À Bianca, Atiya, Ashley, Hannah, Gretchen,
Leigh et Charlotte, qui m'ont toujours raconté
leurs histoires, et à Jay, qui écoute encore les miennes.

Merci à mon agent, Leigh Feldman, pour sa collaboration,
à Michael et Mariangeles, pour leur soutien et leur
enthousiasme, et enfin, merci à mes parents,
Alan et Cynthia Dessen, qui ont survécu à mes « années
perdues » et qui, comme moi, peuvent en témoigner.
Merci.

Ma sœur Cass est partie de chez nous le matin de mes seize ans en laissant mon cadeau, enveloppé dans un joli papier bleu, devant ma chambre et un mot destiné à mes parents sous la machine à café.

On ne l'a pas entendue partir.

Je dormais et je rêvais lorsque j'entendis maman hurler. Je me suis réveillée en sursaut et j'ai tout de suite bondi de mon lit. Mais en ouvrant la porte, je me suis cassé la figure sur ledit cadeau : j'ai valdingué et je me suis pris l'interrupteur du couloir en pleine figure. J'ai repris mon équilibre en voyant au moins trente-six mille chandelles, puis j'ai sprinté dans le couloir pour débouler dans la cuisine où maman, pétrifiée devant la machine à café, tenait le petit mot de Cass.

— Je ne comprends pas ! Ce n'est pas possible !

Elle n'arrêtait pas de le répéter, toute tremblante, à papa à ses côtés. Mon père était en pyjama, mais dans le rush, il avait oublié ses lunettes. La machine à café crachotait et glougloutait joyeusement, comme tous les matins.

— Elle n'a pas pu partir. Elle n'a pas pu !

— Laisse-moi lire, intervint papa avec calme en lui prenant le petit mot des mains.

Cass l'avait rédigé sur son papier à lettres monogrammé (avec enveloppes assorties) qui était au moins aussi épais qu'un parchemin du Moyen Âge. J'avais le même, avec les mêmes initiales : CO.

Je lus son mot, à la suite des parents. C'était concis et précis : Cass n'aimait pas parler pour ne rien dire.

Maman, papa,

D'abord, je tiens à ce que vous le sachiez : je suis désolée. Un jour, j'espère que je pourrai tout vous expliquer et que vous comprendrez.

Surtout, ne vous faites pas de souci. Je garde le contact.

Je vous aime,

Cass

Maman s'essuya les yeux du dos de la main.

— Cass est partie, m'annonça-t-elle. C'est à cause de *lui* : elle est partie *le* retrouver, j'en suis convaincue ! Mais comment a-t-elle pu faire une chose pareille ? Elle doit faire sa rentrée à Yale dans deux semaines.

— Margaret, calme-toi, par pitié, reprit mon père qui plissait les yeux pour mieux déchiffrer le petit mot de Cass.

« Lui », c'était le mec de ma sœur. Adam. Vingt et un ans, et une barbiche. New-Yorkais et assistant machin truc au *Lamont Whipper Show*. Le *Lamont Whipper Show* était un talk-psy-show trash à la Jerry Springer où des nanas et des mecs avouaient (entre mille autres choses) à leur petit ami qu'ils ou elles couchaient avec leur meilleur pote. Comme dans toutes les émissions trash du genre, on y invitait régulièrement des membres du Ku Klux Klan et des gamins de quatre ans gros comme des sumos japonais. Le job d'Adam, c'était de servir le café, d'aller chercher les invités à l'aéroport et de les séparer quand ils pétaient un câble et se tabassaient en direct : non seulement ça arrivait souvent, mais par-dessus le marché, ça faisait exploser l'audimat. Cass avait rencontré son Adam au bord de l'océan, trois semaines plus tôt, et depuis qu'elle était revenue de ses vacances, elle se scotchait à la télé tous les jours à seize heures, en espérant, avec des trémolos dans la voix, qu'il y aurait de bonnes grosses bagarres pour voir son chéri intervenir deux secondes et demie sur le plateau. Neuf fois et demie sur dix, son souhait était exaucé. Il fallait voir Cass sourire aux anges, quand son chéri chargeait sur le plateau, sérieux comme un pape, pour séparer deux frangines louches prêtes à s'étriper ou un couple de drag-queens déchaînées qui s'empoignaient.

Papa posa le petit mot de Cass sur la table pour décrocher le téléphone.

— J'appelle tout de suite la police.

Maman éclata de nouveau en sanglots et se couvrit le visage de ses mains.

Je regardai par-dessus son épaule. Par notre baie vitrée, qui donnait sur le patio, je vis nos voisins, Boo et Stewart Connell, franchir la haie de séparation entre nos jardins : ils venaient bruncher chez nous en l'honneur de mon anniversaire. Boo tenait un bouquet de zinnias jaune soleil, orange et rouge vif, qu'elle venait sans doute de cueillir dans son jardin.

— Je n'arrive pas à y croire, me dit maman qui s'assit, sans cesser de secouer la tête. Et s'il lui arrivait un malheur ? Cass n'a que dix-huit ans !

— Allô ? fit soudain mon père en prenant sa plus belle voix de doyen de l'université. Je voudrais signaler une disparition : il s'agit de Cassandra O'Koren. Oui. C'est ma fille.

Un souvenir jaillit soudain comme une bulle de savon dans ma tête. C'était du temps où Cass et moi, nous partagions la même chambre avec du papier peint rose et des petits lits jumeaux identiques. Maman venait nous dire bonsoir et, après un bisou, sortait, éteignait la lumière et restait un peu sur le pas de la porte. Son ombre se découpait dans le rai de la lumière du couloir qui s'étendait entre nos lits. C'est toujours maman que je voyais en dernier, avant de m'endormir.

« À tout de suite au pays des rêves… » murmurait-elle.

Là-dessus, elle soufflait un baiser du bout des doigts avant de refermer, sans bruit, la porte de notre chambre.

À la façon dont maman prononçait ces mots, on aurait juré que le pays des rêves existait pour de vrai, et que là-bas, on pouvait s'y croiser et s'y frôler des coudes. Je m'endormais toujours en me promettant d'aller y retrouver maman et Cass. Parfois, j'arrivais au rendez-vous, mais ça se passait toujours drôlement. Je compris que le pays des rêves serait à présent le seul endroit où je reverrais Cass et mon moral dégringola aussitôt dans mes chaussettes.

Pauvre maman, maintenant, elle pleurait toutes les larmes de son corps pendant que papa décrivait Cass aux flics : un mètre soixante-cinq, brune et avec un grain de beauté sur la joue gauche.

À cet instant, j'entendis frapper et je me retournai :

Boo et Stewart entraient dans le patio en nous faisant de grands coucous.

Boo et Stewart sont nos voisins depuis toujours : ils l'étaient avant ma naissance, même avant celle de Cass. Hippies Peace and Love dans les années soixante-dix, ils se sont naturellement reconvertis dans le New Age, dans les années quatre-vingt. Ils croyaient donc à la thérapie par le massage, aux vertus du pain cuit maison et au Dalaï-Lama. Boo et Stewart n'avaient strictement rien en commun avec mes parents, si ce n'est leur proximité géographique, et c'est pourquoi, au cours de dix-huit années de bon voisinage, ils étaient devenus nos meilleurs amis.

— Bonjour ! lança Boo derrière la baie vitrée, en brandissant joyeusement son bouquet. Joyeux anniversaire, Catlin !

Elle entra chez nous, suivie par Stewart, qui portait une jatte et une assiette recouvertes par un carré de tissu indien. Il les posa sur la table, devant maman dans tous ses états.

— Au menu : pancakes à la farine de sarrasin et aux myrtilles, et mangues fraîches, annonça Stewart avec son calme habituel.

Il me sourit.

— Tout ce que tu aimes, Catlin.

Boo traversait la cuisine, bras déjà tendus pour me serrer affectueusement contre son cœur.

— Bon anniversaire, Catlin, me murmura-t-elle à l'oreille.

Elle sentait bon l'encens et le pain frais.

— Ce sera une année d'exception, je le sens.

— Ben, c'est mal parti, lui répondis-je.

Elle recula, m'observa, perplexe et un peu perdue, tandis que papa raccrochait. Il toussa comme un grand orateur avant de prendre la parole.

— Stricto sensu, la police ne peut rien entreprendre pendant les prochaines vingt-quatre heures, mais elle va rester vigilante. Nous allons appeler tous les amis de Cass. Peut-être savent-ils quelque chose.

— Que se passe-t-il ? interrogea Boo.

Toujours éplorée sur sa chaise, maman secoua la tête : elle était trop mal pour parler.

— Margaret ? Qu'est-ce qu'il y a ? insista Boo.

— C'est Cassandra, répondit mon père à sa place, et d'une voix inexpressive. Il semble qu'elle *aurait* quitté la maison.

Mon père avait toujours eu une rhétorique bien à lui : il émettait des hypothèses et parlait souvent au conditionnel. Papa était un sceptique-né.

— Oh, mon Dieu ! s'exclama Boo, qui se laissa tomber sur une chaise à côté de maman. Mais où est-elle partie ?

— Je ne sais pas..., répondit maman d'une pauvre petite voix.

Boo pressa et caressa sa main avec amitié, tandis que Stewart posait la sienne, remplie de compassion, sur son épaule. Boo et Stewart ont toujours besoin de toucher les gens et de se connecter à eux. Papa n'étant pas un tactile, ils ont respecté son périmètre de sécurité.

Maman renifla.

— Je n'en ai aucune idée...

— Catlin ? Dresse la liste des amis de ta sœur, des gens à qui elle aurait pu se confier, déclara tout à coup papa. Et trouve-moi aussi le numéro du *Whitter Show*, enfin, je ne sais pas comment ça s'appelle.

Je ne pris pas la peine de le corriger.

— Je m'en occupe.

Papa acquiesça, puis tourna le dos à maman, Boo et Stewart, pour observer, dans le jardin au-delà du patio, quelques écureuils rassemblés autour des mangeoires à oiseaux.

Devant ma chambre, je pris mon cadeau, resté au milieu du couloir. Il n'y avait pas de carte, mais je savais que c'était de la part de Cass. Jamais ma sœur n'aurait oublié mon anniversaire.

J'allai m'asseoir sur mon lit. Je croisai mon regard dans le reflet du miroir au-dessus de mon bureau : j'avais une bosse rose sur le front, là où je m'étais pris l'interrupteur, mais personne n'avait rien remarqué.

Je déballai le cadeau de Cass avec des gestes lents, en pliant le papier bleu avec soin.

C'était un journal intime. Je le remis à l'endroit pour lire le titre sur la couverture : « Journal des rêves ». Autour de ces mots tourbillonnaient des comètes, des étoiles, des lunes et des soleils. C'était beau.

Sur la page de garde se trouvait une introduction sur les rêves, leur signification et la nécessité de s'en souvenir. Les rêves, les signes et les symboles, ç'avait été l'obsession de Cass ces derniers mois. Elle répétait que notre environnement cherche toujours à nous transmettre des messages et que c'est pour cette raison qu'il faut être sans cesse vigilant, même aux petits riens.

J'allais refermer le journal lorsqu'une inscription à l'encre noire, sur la page suivante, retint mon attention. Je reconnus l'écriture ronde de Cass : elle avait écrit mon nom en majuscules avec une phrase en plus petit.

CATLIN, rendez-vous là-bas...

CASS

1.

Quand j'ai eu quatre ans, Cass, qui en avait six, m'a donné un coup de pelle en plastique en pleine figure un jour qu'on jouait dans le square de notre quartier. C'était l'hiver et on s'amusait dans le bac à sable. Sur les photos, Cass et moi, on a les mêmes moufles, anoraks et bonnets. Maman aimait nous habiller pareil, comme si nous avions été des jumelles. De toute façon, non seulement on n'avait que deux ans de différence, mais on se ressemblait comme deux petites gouttes d'eau : même visage rond, mêmes yeux noirs et cheveux bruns. Cela dit, les apparences sont trompeuses : notre ressemblance n'a jamais été que physique.

Je vous raconte l'histoire.

Voilà : Cass avait la pelle que moi je voulais. Non loin de là, maman était installée sur un banc, près de Boo qui nous mitraillait avec son appareil photo. La scène se passait au Commons Park, un square verdoyant qui se trouve au centre de Lakeview. Lakeview, c'est le quartier où j'habite. À côté des bacs à sable s'élevaient un portique de jeux et un tourniquet que les plus grands poussaient comme des forcenés pour ensuite sauter dessus en marche. De plus, il y avait assez de place et d'herbe pour jouer tranquille au base-ball ou au football. Quand on était petites, Cass et moi, on passait presque tous nos après-midi au Commons Park, seulement, on ne se souvient que de l'accident de la pelle.

Plus précisément, on nous l'a tellement raconté qu'on a fini par bien le visualiser et, à partir de là, forcément, on a reconstitué le film des événements qu'on a ensuite greffé sur nos propres souvenirs, flous et épars.

On a donc dit que je voulais prendre sa pelle à Cass, qui n'a pas voulu me la donner. Je lui ai agrippé le bras pour la lui arracher. Sur ce, on s'est bagarrées, Cass m'a balancé un bon coup sur la figure, et mon arcade sourcilière s'est mise à saigner.

Cet instant a été immortalisé par l'une des nombreuses photos que Boo a prises, ce jour-là. Ça se regarde comme un flip book. Sur la première, on joue gentiment. Sur la suivante, on se bagarre pour la pelle : je pleurniche, la bouche en rond, pendant que Cass a son air buté – Cass a toujours été frondeuse. Enfin, sur la troisième, on voit Cass, bras tendu, et moi avec la pelle sur le coin de la figure. À notre gauche, il y a un flou : c'est maman qui bondit pour nous séparer.

Il paraît qu'il y a eu du sang partout. Maman, paniquée, a remonté les trottoirs de Lakeview, ce jour-là balayés par les vents glacés, avec moi dans ses bras, puis on m'a conduite à l'hôpital où mon arcade sourcilière a été suturée (cinq points en tout). Pendant ce temps, Boo et Stewart ont gardé Cass, qui s'est goinfrée de glaces et a regardé la télé jusqu'à ce qu'on rentre à la maison.

La pelle en plastique fut détruite. Maman, déjà très émotive à l'époque, ne nous a plus laissées quitter la maison et seulement autorisées à jouer avec des jouets en peluche ou en chiffon pendant près de six mois. Moi, j'ai gardé ma cicatrice. Elle était toute petite, à peine visible. Sauf à mes yeux, bien entendu. Et à ceux de Cass.

Au fil des années, je surprenais souvent ma sœur en train d'examiner mon visage, cherchant la cicatrice du regard avant de la lisser de la pointe de son index. Cass disait tout le temps qu'elle se sentait mal rien qu'à la regarder, et pourtant, on savait toutes les deux qu'elle n'était pas la seule fautive. On avait cet accident en commun, en plus de notre ressemblance physique, certains de nos gestes et expressions, ou de nos initiales.

Quand Cass est née, maman ne savait pas comment l'appeler. Au début de sa grossesse, elle souffrait de terribles nausées matinales, et Boo, qui avait emménagé dans la maison voisine au quatrième mois de sa grossesse, lui préparait des tisanes ou lui massait les pieds, en la forçant parfois à manger des biscuits salés. C'est Boo qui lui proposa d'appeler ma sœur Cassandra.

« Dans la mythologie grecque, Cassandre était voyante et prophète, expliqua-t-elle à maman, qui aurait plutôt penché pour Alice ou Mary. Bien entendu, la destinée de Cassandre a été assez tragique, mais dans la mythologie grecque, et plus particulièrement chez les Atrides, qui n'a pas eu une terrible destinée ? Enfin, quelle mère ne rêverait pas d'avoir une fille capable de prédire son propre avenir ? »

Voilà comment ma sœur fut baptisée Cassandra. Lorsque je suis née, maman et Boo étaient devenues les meilleures amies du monde. Boo, qui s'appelait en réalité Katherine, détestait son prénom, alors on m'a appelée

Catlin, sa variante irlandaise. S'appeler Cassandra, c'était génial, mais porter le vrai prénom de Boo, c'était tout de même un privilège, alors je ne me suis jamais plainte. Le prénom de ma sœur n'était qu'une chose de plus que je lui enviais. Toutes les deux, on avait beau avoir plein de choses en commun, c'était toujours nos différences qui me frappaient.

Ma sœur n'était ni voyante ni prophète, du moins, elle ne l'était pas à dix-huit ans. En revanche, elle a été, en première et terminale, déléguée des élèves, la superstar de l'équipe de soccer féminine (qui, grâce à elle, fut championne de notre État pendant deux années consécutives) et enfin, reine du lycée. Tous les jeudis soir, Cass était bénévole au foyer d'accueil des SDF où elle épluchait les légumes pour la soupe. Elle avait sauté deux fois en parachute et, au lycée, était devenue célèbre après avoir organisé un sit-in pour protester contre la révocation d'un prof de littérature anglaise que tout le monde adorait et qui avait mis à son programme « une œuvre littéraire discutable et subversive » : *Beloved* de Toni Morrison. Cass était même passée au JT local et, le regard étincelant, avait répondu avec concision et beaucoup de colère aux questions d'un journaliste du coin ; derrière elle, la moitié des élèves du lycée l'acclamaient. De son fauteuil inclinable, papa avait souri. Sans doute aux anges.

Deux fois seulement j'avais vu Cass avec le moral très en dessous de zéro. La première fois, elle était en seconde, et avait raté le but gagnant de son premier championnat de foot. Elle s'était enfermée dans sa chambre en une journée entière. Depuis, elle n'en avait plus reparlé et s'était au contraire concentrée sur la saison suivante, où elle avait rectifié le tir (c'est le cas de le dire) et marqué les deux seuls buts du match de championnat.

La deuxième fois, c'était à la fin de son année de première, lorsque son premier grand amour, Jason Packer, l'avait larguée « pour faire d'autres rencontres » et « profiter de sa liberté » pendant le dernier été avant sa rentrée universitaire. Cass avait pleuré toutes les larmes de son corps pendant une semaine, refusé de quitter sa chambre, son lit et son peignoir, et gardé les yeux fixés sur sa fenêtre. À partir de là, Cass s'était détachée de nous pour passer de longues heures avec Boo : toutes deux buvaient du thé au jasmin, parlaient bouddhisme zen et lisaient, en duo, des bouquins sur la signification des rêves. C'est à cette époque que Cass s'est intéressée à la spiritualité et qu'elle a commencé à décrypter le monde au moyen de signes et de symboles, parce qu'elle était désormais convaincue que l'univers avait un message pour elle.

Cass avait été acceptée dans trois universités sur les quatre auxquelles elle avait adressé ses dossiers de candidature et, naturellement, elle avait choisi d'aller étudier à la plus prestigieuse des trois : l'université de Yale. Mes parents extasiés organisèrent une mégafête en son honneur. On a tous applaudi et acclamé Cass au moment où elle découpait le gâteau que maman avait commandé spécialement à la pâtisserie, et où on lisait : « Attention Yale : voilà Cass ! »

Mais ce jour-là, Cass n'était pas vraiment présente. C'est sûr, elle avait souri aux petites tapes d'encouragement et levé les yeux au ciel, parce que trop gênée par la fierté et l'excitation de mes parents, mais j'avais eu l'impression qu'elle suivait le mouvement. Cherchait-elle un signe, un petit quelque chose qu'elle ne trouvait pas avec nous, et qu'elle doutait de trouver à Yale ?

Cass est restée dans cet état d'esprit pendant la remise des diplômes. Puis à la mi-juin, elle est partie au bord de l'océan chez les parents de son amie Mindy. Là, elle s'est trouvé un petit boulot de loueuse de transats à la journée. Trois jours plus tard, elle y rencontrait Adam qui passait les vacances dans le coin avec des potes du talk-show. Il lui avait loué un transat et ils avaient passé la journée sur la plage. Après ça, il l'avait invitée à prendre un verre.

Le lendemain, quand Cass nous a téléphoné, heureuse et riant à chaque mot, je sentis qu'on avait retrouvé notre Cass – mais ça n'a pas duré, comme on le découvrait maintenant.

C'est seulement lorsque Cass est partie qu'on a compris combien on avait besoin d'elle. De ma sœur, il ne restait désormais que sa chambre, ses histoires et, surtout, le silence qui s'étendait et s'installait, tandis qu'on se déployait pour combler le vide qu'elle avait laissé, en nous quittant.

Tout le monde a évidemment oublié mon anniversaire. Notre cuisine est vite devenue une cellule de crise où le téléphone sonnait tout le temps, dans le brouhaha et la panique. Maman refusa de s'en éloigner, ne serait-ce que d'un mètre, d'une seconde. Elle croyait dur comme fer que Cass allait appeler d'une minute à l'autre pour nous dire que c'était *seulement* pour rire, qu'est-ce que vous croyez !, et qu'elle irait à Yale, et même au pas de course ! En attendant, les amies de maman s'affairaient dans la cuisine, préparaient des tournées de café toutes les dix minutes, passaient l'éponge sur la table et les plans de travail, et hochaient la tête avec fatalisme en parlant à voix basse dans notre jardin.

Papa s'enferma dans son bureau pour contacter tous les amis et connaissances de Cass. Il appelait, raccrochait et biffait un nouveau nom sur sa longue liste. Cass avait dix-huit ans, donc, dans les faits, elle ne pouvait être considérée comme fugueuse. Ma sœur était comme un soldat qui aurait déserté et serait maintenant en cavale.

On essaya bien de téléphoner chez Adam, à New York, mais on découvrit que son numéro était hors service. Là-dessus, on appela le *Lamont Whipper Show*, où on est tout le temps tombé sur un répondeur qui vous encourageait à laisser votre témoignage sur le thème de la semaine : « Au secours ! Je craque : mes jumelles s'habillent comme des putes ! » et vos coordonnées, bien sûr, pour que les assistants de rédaction vous recontactent.

— Je n'arrive pas à croire qu'elle soit partie. Elle doit tout de même faire sa rentrée à Yale ! répétait maman comme un disque rayé.

Autour d'elle on acquiesçait, on lui tendait une énième tasse de café ou on soupirait de nouveau.

Je suis allée dans la chambre de Cass, je me suis assise sur son lit et j'ai regardé tout autour de moi. Sa chambre était nickel. Sur son bureau se trouvaient les affaires qu'elle et maman avaient achetées lors de virées répétées et interminables du samedi après-midi chez Wal-Mart : oreillers, ventilateur, petit panier en plastique pour shampoing et bain de douche, cintres et une couette bleue toujours dans son emballage.

Depuis combien de temps Cass savait-elle qu'elle ne les utiliserait jamais ? Quand avait-elle comploté avec Adam ? Elle s'était bien fichue de nous, et sous notre nez en plus.

Cass était rentrée de ses vacances au bord de l'océan, bronzée à mort, super belle et folle amoureuse. Tous les soirs, elle téléphonait au moins une heure à son chéri, dépensant ainsi le fric qu'elle avait gagné au cours de son été.

— Je t'aime, lui murmurait-elle.

Je rougissais d'embarras, mais ça lui était bien égal que j'entende tout.

Vautrée en travers de son lit, Cass jouait avec le cordon du téléphone, en bracelet autour de son poignet.

— Non, je t'aime encore plus. Si. Adam, je t'aime. OK. Bonne nuit. Je t'aime. Quoi ? Plus que tout. Tout ! Je le jure. OK. Je t'aime aussi.

Quand enfin elle raccrochait, elle ramenait ses jambes sous son menton et souriait d'un air stupide, puis poussait une série de petits soupirs.

— Tu es pathétique, ma pauvre fille, lui dis-je, un soir que leur échange avait été vraiment trop grave : une vingtaine de *je t'aime* et quatre *bébé* !

— Oh… Catlin, me répondit-elle avec un nouveau soupir.

Elle roula sur le lit, puis se redressa pour me regarder.

— Un jour, toi aussi tu tomberas amoureuse.

— J'espère que non ! Si jamais j'ai l'air aussi bête, par pitié, achève-moi !

Cass haussa un sourcil.

— Catlin !

Tout à coup, elle se jeta sur moi, me prit par la taille et on tomba sur le lit. J'essayai de me débattre, mais elle était drôlement plus forte que moi. Je l'entendais rigoler tandis qu'on se battait pour de faux.

— Allez, cède, me souffla-elle à l'oreille, et sans me lâcher.

— OK ! Je cède ! dis-je, rigolant moi aussi.

Je sentais son souffle tiède sur ma nuque.

— Catlin, Catlin..., me murmura-t-elle à l'oreille, toujours sans me lâcher.

Puis elle passa l'index sur ma cicatrice à l'arcade sourcilière. Je fermai les yeux. Cass sentait bon le savon et l'air frais.

— Tu es une sacrée engeance, mais tu es tout de même ma sœur adorée ! conclut-elle.

— Même chose pour moi.

Ça s'était passé deux semaines plus tôt. À ce moment-là, Cass devait déjà savoir qu'elle partirait de chez nous.

Je m'approchai de son miroir, observai les rubans, diplômes et photos coincés dans le cadre : prix au concours d'orthographe, clichés de Photomaton où on la voyait avec ses amis morts de rire qui grimaçaient et louchaient, bras en crochet autour du cou. Il y avait aussi deux photos de nous. La première datait de quand on était petites : c'était Noël, on portait des robes rouges et des collants blancs, et on avait les bras levés. La seconde remontait à cet été : on était en maillot de bain (les bleus avec des ronds), et on mangeait des esquimaux, assises au bout de la jetée au bord du lac, les jambes pendantes.

Ma chambre était à côté de la sienne. J'avais le même lit, le même bureau et le même miroir. Mais sur mon bureau à moi se trouvaient seulement une photo de ma meilleure amie, Rina, et une médaille de bronze d'équitation. J'en connaissais qui s'en seraient contentés. Pas moi. Cass faisait toujours tout mieux que moi, la cadette qui restait dans le flou, dans son sillage.

Je le reconnais, j'étais parfois un peu jalouse de ma sœur, mais je l'adorais. Elle assistait à toutes mes compétitions et m'avait acclamée plus fort que les autres lorsque j'avais reçu ma médaille de bronze. C'était aussi Cass qui m'avait attendue, quand, après mon unique compétition de patin à glace (où j'étais tombée quatre fois en cinq minutes), j'étais sortie de la patinoire. Cass n'avait fait aucun commentaire, juste retiré ses moufles pour me les donner. Elle m'avait ensuite soutenue jusqu'aux vestiaires, où j'avais pleuré, loin des regards, tandis qu'elle délaçait mes patins en me posant des devinettes.

C'est sûr, d'une certaine manière, il me tardait que Cass fasse sa rentrée à Yale. Je me disais que, Cass loin de chez nous, j'aurais enfin l'espace nécessaire pour m'épanouir et devenir moi. Mais sa fugue chamboulait tout.

J'avais toujours compté sur ma sœur pour me guider. Cass était partie. Où ? Personne ne le savait encore, mais elle avait choisi sa voie, et pour une fois je ne pouvais la suivre : j'étais livrée à moi-même pour trouver la mienne.

2.

Le lendemain, en me réveillant, je me suis rendu compte que je n'avais pas rêvé de la nuit parce que je ne me souvenais de rien. Je sortis de sous mon lit le journal que Cass m'avait offert et l'ouvris à la première page blanche. J'écrivis en haut :

18 août

Rien cette nuit. Et tu n'es toujours pas revenue à la maison.

Je me suis vite levée pour ne plus y penser. Douchée puis habillée, je me suis rendue à la cuisine. La porte de la chambre de mes parents était fermée. Papa, dans son bureau, téléphonait. Il avait dû passer au moins une centaine de coups de fil au cours de ces dernières vingt-quatre heures.

Par la porte entrouverte, j'entendis sa voix calme et posée, et pourtant je me doutais qu'il était mort d'inquiétude.

— Je comprends, mais elle a beau avoir dix-huit ans, nous voulons qu'elle rentre à la maison. Cassandra n'est pas le genre de fille à fuguer.

Posté devant la fenêtre de son bureau, front plissé, papa se passait la main sur le sommet de son crâne pas mal dégarni. Doyen de l'université, mon père gérait chaque jour tous les problèmes possibles et imaginables. Il était comme un père pour ses milliers d'étudiants et était en première ligne chaque fois que certains dépassaient les bornes ou lorsqu'une beuverie dégénérait grave. Mais cette situation-là était différente. Il s'agissait d'un séisme d'ordre privé qui secouait sa famille.

J'ouvris la baie vitrée du patio et sortis. Dehors, il faisait lourd et humide. Encore une matinée d'août. Mais si tous les matins se suivent, ils ne se ressemblent pas : aujourd'hui, c'était calme.

En face de chez nous, je vis Boo et Stewart qui petit-déjeunaient dans leur cuisine. Boo agita la main pour me dire bonjour puis, d'un sourire, me fit signe de venir. Je tournai les yeux vers chez moi, où le stress de maman, aussi épais et étouffant qu'une fumée de cigarette, saturait l'atmosphère de notre maison. Je me décidai donc à franchir le monticule d'herbe et la haie qui séparait leur jardin du nôtre.

Quand j'étais petite, quand mes parents me disputaient et m'envoyaient dans ma chambre pour me punir, je m'asseyais sur mon lit, accablée, et je regrettais que Boo et Stewart ne soient pas mes parents. Ils n'avaient pas d'enfants, et selon maman, c'est parce qu'ils agissaient eux-mêmes comme des enfants, mais j'aimais penser que c'était pour rester disponibles, si un jour je devais échanger ma famille contre la leur.

La fenêtre de ma chambre donnait sur leur véranda de derrière, toute vitrée, où Boo conservait la plupart de ses plantes, surtout les fougères (sa passion). L'atelier de Stewart (il était prof d'art plastique à l'université de papa) se trouvait juste à côté, dans une pièce censée être le salon. Leur lit trônait dans un coin, sinon, on ne peut pas dire qu'ils avaient du mobilier. Quand on était invités chez eux, on s'asseyait sur de gros coussins en velours rouge que Boo avait ramenés d'un voyage en Inde. Leur façon de vivre rendait ma mère, ordonnée et conformiste, malade. Du coup, Boo et Stewart venaient toujours à la maison, où maman pouvait se détendre dans la sécurité et le confort de son ottomane et de ses tables basses.

Mais ce que Cass et moi on aimait le plus chez eux, c'était leur maison justement, leur vie et même leurs noms.

« Appelez-moi Stewart et pas monsieur Connell, parce que le seul M. Connell que je connaisse, c'est mon père, et il habite en Californie ! » aimait à répéter Stewart.

C'était un type calme et doux, très brillant, dont les cheveux tachés de peinture se hérissaient toujours sur sa tête, à la façon d'un savant fou.

Depuis que j'étais petite, j'entendais Stewart rentrer tard de son atelier à l'université ; les freins de son vélo (Boo et Stewart possédaient un vieux minibus Volkswagen, toujours en panne) couinaient dans la descente du pont jusqu'à notre rue. Stewart dévalait la côte de son jardin, passait sous la corde à linge, et hop hop direction le garage. Malheureusement, il oubliait parfois l'existence de cette maudite corde à linge et manquait de se tuer en effectuant un vol plané par-dessus son guidon tandis que son vélo continuait sa course tout seul, pour aller s'écraser contre la porte du garage. On avait pensé que Boo et Stewart retireraient leur corde à linge, au moins après le deuxième accident de Stewart, mais pensez-vous.

— Ça n'est pas la faute de la corde à linge, m'expliqua un jour Stewart en frottant son bras écorché.

Il avait de nouveau cassé ses lunettes en deux, et les avait réparées avec du ruban adhésif.

— Le problème, c'est moi qui ne respecte pas la corde à linge en tant qu'obstacle.

Bref...

À ma vue, Boo ouvrit la baie et me rejoignit dans le patio. Elle portait une vieille salopette, et dessous, un T-shirt dont le rouge avait pâli. Elle était également pieds nus. Ses longs cheveux roux étaient réunis au sommet de sa tête par un chignon flou maintenu seulement par des baguettes. À la cuisine, Stewart attablé mangeait une grosse pêche en lisant un bouquin. Il leva les yeux et me fit coucou. Un peu de jus coulait sur son menton.

— Alors ? me demanda Boo, quelle est la situation sur le front ?

— C'est l'horreur. Maman n'arrête pas de pleurer.

Boo soupira. Immobiles, silencieuses, on observa son jardin. Quelques années plus tôt, Boo avait été fan de jardin japonais. Résultat, le sien avait un petit pont de bois et un gros bouddha en fer plutôt rouillé.

— Pourquoi Cass ne m'a rien dit ? demandai-je. J'aurais dû sentir qu'il se passait quelque chose.

Boo soupira, et recoiffa une mèche derrière son oreille.

— Elle ne voulait peut-être pas te mettre dans une situation difficile ?

Puis elle s'accroupit pour cueillir un pissenlit, au coin du patio, et le respira.

— Tu aurais eu du mal à garder le secret.

— J'imagine, oui.

Un bruit de moteur nous parvint, au loin : un voisin tondait son gazon.

— Mais je pensais que sa vie était parfaite. Elle l'a toujours été, non ?

Boo hocha la tête, se redressa et s'étira.

— C'est une sacrée pression que d'être tout le temps parfaite, tu ne crois pas ?

Je haussai les épaules.

— Comment veux-tu que je le sache ?

Elle me sourit.

— Et moi ? À mon avis, Cass avait peut-être plus de mal à assumer sa perfection que nous ne le pensons. C'est facile d'être prisonnier de ce que les gens pensent de vous. Parfois, on finit par ne plus savoir qui on est.

Elle se dirigea vers le coin du patio où elle cueillit un autre pissenlit.

— Boo ?

— Oui ?

— Cass t'avait dit qu'elle allait partir ?

Elle se redressa lentement.

— Non, répondit-elle. Mais Cass a eu une année difficile.

Je l'entendais mal, car le bruit de la tondeuse, en bas de la rue, devenait plus audible.

— Sa vie n'était pas aussi facile qu'elle paraissait l'être, il faut que tu en sois consciente, Catlin.

Je la regardai cueillir d'autres pissenlits qu'elle ajouta

à son petit bouquet, puis elle s'approcha de moi et posa sa main sur mon bras.

— Sale journée pour un anniversaire, n'est-ce pas ?

Je haussai de nouveau les épaules.

— Bof, je m'en fiche bien. De toute façon, je n'avais rien prévu.

— Et Rina ?

— En vadrouille avec son tout dernier beau-père.

Boo secoua la tête.

— Aux Bermudes, cette fois, précisai-je.

La mère de Rina Swain, ma meilleure amie, venait de se remarier pour la quatrième fois. Elle se mariait toujours pour le fric, jamais par amour : si bien que, au fil des maris, Rina vivait dans des maisons de plus en plus belles, voyageait dans des endroits toujours plus exotiques et, surtout, ramenait des factures de psy toujours plus salées à la maison. Boo disait pudiquement que Rina avait « des soucis », mais les garçons du lycée, disaient qu'elle avait autre chose.

— Allez, entre, me dit Boo. Je vais te préparer un bon petit déjeuner, et te changer les idées.

Elle ouvrit la baie toute grande, et je la précédai à l'intérieur.

Je m'assis à côté de Stewart, qui avait terminé sa pêche et crayonnait maintenant au dos de l'enveloppe de sa facture d'électricité. Boo fit couler de l'eau dans un bocal en verre et y mit ses pissenlits. Les tableaux de Stewart, achevés ou non, étaient posés partout et couvraient tous les murs. Stewart dessinait des portraits d'inconnus : son œuvre était basée sur la théorie selon laquelle l'art, c'est le contact avec ce qui nous est étranger.

Stewart était loin d'être conventionnel, et ses cours de dessin étaient follement réputés à l'université. En majeure partie parce qu'il ne croyait ni aux notes ni aux critiques, et aussi, parce qu'il était un fana du massage : c'était selon lui une façon de libérer l'artiste qui sommeillait en chacun de ses étudiants.

Papa avait souvent été averti de ses méthodes d'enseignement plutôt originales, et les qualifiait pudiquement de « choix artistique assumé ». Il disait aussi que Stewart était un « esprit libre et unique en son genre ». Entre nous, il espérait qu'il finirait par porter une cravate, au moins de temps en temps, et qu'il cesserait d'organiser des séminaires de méditation sur le campus, lors des week-ends consacrés aux matchs de foot.

Stewart leva les yeux et me sourit.

— Ça te fait quel effet d'avoir seize ans ?

— Aucun.

Dans la confusion générale, papa avait oublié que nous devions passer chercher mon permis de conduire, et depuis hier, tout s'était tellement déglingué que je n'avais pas osé le lui demander.

— Ne dis pas ça !

Il repoussa son enveloppe et remit son capuchon à son crayon.

— Au contraire, à chaque année qui passe, la vie est plus belle !

Boo posa une assiette devant moi : tofu sauté, bacon végétarien et grenades.

— Allez, mange, me dit-elle.

— Je me souviens bien de mes seize ans, déclara Stewart en se redressant.

Ses pieds nus étaient criblés de peinture verte.

— J'ai taillé la route jusqu'à San Francisco, et j'ai mangé un burrito pour la première fois de ma vie. Inoubliable.

— Ah oui ?

Je pris distraitement l'enveloppe sur laquelle il venait de dessiner. J'y vis l'esquisse d'un visage expédié en deux coups de crayon. Lorsque je tournai l'enveloppe, je me figeai en voyant l'écriture de Cass : elle avait gribouillé son prénom à l'encre bleue et y avait ajouté de drôles de petits dessins. J'eus l'impression d'occuper la place qu'elle avait occupée, un jour, un autre matin où elle avait mangé comme moi du tofu sauté.

— Être libre. Sur la route. Avoir le monde rien qu'à soi...

Stewart se rapprocha de moi, mais je fixai toujours le nom de Cass. Je me sentis tout à coup si triste que ma gorge se serra et j'eus du mal à respirer. Je n'arrivais toujours pas à croire que Cass ait programmé un changement aussi radical dans sa vie sans que personne n'ait rien remarqué. Au moment où elle avait griffonné sa signature sur cette enveloppe, elle devait déjà penser à son prochain départ.

— Oui, tout est possible, acheva Stewart. Tout !

Je cillai, revins à la réalité, et essayai de dissiper la grosse boule dans ma gorge. J'aurais voulu garder précieusement cette enveloppe contre mon cœur. Comme si c'était tout ce qui restait de Cass, comme si c'était un peu de sa vie qui palpitait entre mes mains.

Boo s'assit à côté de moi.

— Catlin ? Qu'est-ce que c'est ?

Elle se pencha, et vit l'enveloppe.

— Oh, ma puce…, dit-elle dans un soupir.

Je me suis blottie dans ses bras, et tandis que j'enfouissais ma tête dans son épaule, Boo me serra sur son cœur, comme je savais qu'elle y avait pressé Cass, sur cette même chaise de cuisine baignée de soleil, à cette même table, mais un autre matin que celui-là.

Je venais de refermer notre baie vitrée, quand j'entendis le téléphone sonner. J'étais seule, donc je décrochai.

— Allô ?

Silence et grésillements.

— Allô ? répétai-je.

Mon père déboula dans le salon, essoufflé : il avait dû entendre le téléphone sonner du garage.

— Qui est-ce ? me demanda-t-il.

Je secouai la tête.

— Je ne…

Il se précipita à mes côtés et m'arracha le combiné.

— Cassandra ? C'est toi ?

La voix exsangue de maman s'éleva de la chambre à coucher.

— Jack ?

Puis je l'entendis se lever, et sortir de la chambre. Maman serrait un mouchoir dans son poing.

— Je me suis assoupie. Est-ce que… ?

— Cassandra, écoute-moi ! coupa papa d'une voix tremblante. Il faut que tu rentres tout de suite à la maison ! Nous ne sommes pas en colère contre toi, mais il faut que tu reviennes !

— Laisse-moi lui parler! intervint maman en s'approchant, mais papa hocha la tête avec fermeté et leva une main impérieuse pour la tenir à distance.

— Dis-lui que nous l'aimons! s'écria maman.

Je ne supportai pas de lui entendre cette voix mal assurée si frémissante. Je me faufilai entre mes parents pour courir dans ma chambre où je décrochai mon propre téléphone. À l'autre bout du fil, c'était toujours silence radio.

— Cassandra! ordonna papa. Parle!

Rien. Pas un mot.

J'imaginai ma sœur dans une cabine téléphonique sur une autoroute, et les voitures qui passaient à toute vitesse. Un endroit que je n'avais jamais vu et un monde que je ne connaissais pas.

Soudain, elle parla.

— Papa..., commença-t-elle.

Mon père suspendit son souffle, comme s'il venait de recevoir un coup dans le ventre.

— Je vais bien, continua Cass. Je suis heureuse. Mais je ne rentrerai pas à la maison.

— Où es-tu? coupa papa.

— Laisse-moi lui parler! s'écria de nouveau maman qui piétinait derrière lui. Cassandra!

Bien sûr, maman aurait pu se rendre dans le bureau de mon père et y décrocher le téléphone, mais elle n'y avait pas pensé une seconde, de toute façon, elle aurait été incapable de s'arracher à sa place.

— Ne vous faites pas de souci pour moi, continua Cass. Je...

— Non ! coupa de nouveau papa. Il faut que tu rentres !

— C'est ma décision. Tu dois respecter mon choix.

— Tu n'as que dix-huit ans ! C'est ridicule, tu ne peux…

— Papa…

Et moi je me remis à pleurer, comme tout à l'heure chez Boo. Mes larmes coulaient sur le combiné.

— Je vous demande pardon, je vous aime, déclara Cass. Papa, dis à maman de ne pas s'inquiéter.

— Non ! répéta papa, très ferme. Nous ne…

— Catlin ? l'interrompit Cass. Je sais que tu m'écoutes. Je t'entends.

Et pendant ce temps, maman répétait toujours la même chose. J'entendais sa voix, toute proche sur la ligne :

— Jack ? Que dit-elle ? Où est-elle ?

— Margaret, attends un peu ! lui intima papa.

— Oui, je suis là, je t'écoute, murmurai-je à Cass.

— Catlin, ne pleure pas, s'il te plaît…

La ligne grésilla. Je repensai à ma sœur me plaquant sur le lit, à son souffle tiède sur ma nuque et à son rire heureux à mon oreille.

— Je t'aime, Catlin. Pardon d'avoir manqué ton anniv.

— Pas grave…

Soudain j'entendis une voix qui appelait ma sœur. Puis un nouveau buzz.

— C'est lui ? interrogea papa. Il est là ? Près de toi ?

— Il faut que je vous laisse…, déclara Cass. Surtout, ne vous inquiétez pas, d'accord ?

— Pour l'amour du ciel, Cass ! Je t'interdis de raccrocher, tu m'entends ! tonna papa.

— Au revoir, enchaîna-t-elle à voix basse. Au revoir…

— Cassandra ! hurla maman en pleurant dans le téléphone, déversant dans son cri sa colère et sa peur de ces dernières vingt-quatre heures. Je t'en supplie, ma chérie…

Clic.

Partie, Cass…

3.

Au cours des deux jours suivants, Cass ne rappela pas. Elle nous avait téléphoné du New Jersey, mais au-delà du New Jersey, il y avait le reste du monde, tout un univers qui aurait pu l'engloutir.

Le surlendemain de son appel et jour de la rentrée des classes, je n'avais toujours rien trouvé d'intéressant à écrire dans mon journal des rêves. J'attendais un rêve intense avec une signification, où je verrais Cass, où je lui parlerais. Malheureusement, mes rêves étaient aussi nuls que mes journées, qui se résumaient à des virées au centre commercial ou à mes cours au lycée. J'évoluais dans un brouillard où les visages étaient flous, à la recherche de quelque chose, je ne sais même pas quoi, qui semblait de toute façon introuvable. Chaque matin, je me réveillais fatiguée comme si je n'avais pas dormi, et frustrée.

Maman avait fermé la porte de la chambre de Cass. Toutes ses affaires pour Yale, empilées sur son lit, semblaient attendre son retour. J'étais la seule à y entrer, et chaque fois, j'y sentais le renfermé, une odeur absurde quand on connaissait Cass, et aussi chargée que le désespoir de maman, qui le portait sur ses épaules, dans son cœur et dans ses yeux.

Car c'est maman qui vivait le plus mal cette situation. Il faut dire que maman avait passé ces dix-huit dernières années à s'investir à fond dans les activités de Cass. Plus que Cass. Maman avait ainsi cousu des centaines de sequins sur ses justaucorps et costumes de ballet, préparé des milliers de carrés au riz soufflé aux marshmallows pour les ventes de gâteaux destinées à arrondir les fonds de l'équipe de foot, et j'en oublie...

Maman connaissait par cœur le nombre de buts que Cass avait marqués, et quand. Elle pouvait aussi vous réciter, de mémoire, ses notes, et ses moyennes chaque trimestre. De plus, maman était dans les starting-blocks pour s'investir dans ses futures activités à Yale. Une photocopie de l'emploi du temps de ma sœur se trouvait donc sur le réfrigérateur depuis belle lurette. Maman était même déjà membre de l'organisation des parents d'élèves de Yale, et avait réservé des billets d'avion pour le Family Week-end de Yale, qui se déroulait le dernier week-end d'octobre. Ainsi, en revendiquant le droit de vivre sa vie, Cass avait emporté avec elle une partie de la vie, et de la raison de vivre de maman.

J'avais enfin mon permis de conduire, et c'est sans le plus petit commentaire qu'on me refila les clés de la voiture de Cass. OK, ç'avait été prévu, parce que Cass ne pouvait partir avec à Yale, mais bon, c'était devenu un drôle d'héritage. J'ai rangé ses cassettes audio, le collier porte-bonheur de Mardi gras (perles de couleurs en toc garanti !), pendu au rétroviseur, dans un carton à chaussures que j'ai planqué dans un coin de notre garage, sous une chaise du patio et derrière des pots en grès. Mais je ne pouvais rien entreprendre sans penser à Cass.

Maintenant, par exemple, quand je me regardais dans un miroir, la première chose que je voyais, c'était ma cicatrice à l'arcade sourcilière.

Papa, lui, s'est jeté à corps perdu dans le travail. Avec la rentrée universitaire et un début de semestre, il était débordé : il devait gérer ses étudiants de première année, une série de manifs contre un conférencier assez controversé et les débordements des joueurs de l'équipe de football américain, qui s'étaient castagnés dans une boîte branchée du centre-ville. Papa n'avait trouvé aucune solution pour régler la fugue de Cass, mais grâce à son boulot, il parvenait à accomplir des miracles quotidiens en détendant les esprits et en rassurant les représentants de l'administration scolaire et gérants de boîte de nuit, toujours très nerveux.

Les fois où je pense à papa, je le vois toujours avec une cravate. C'est le seul cadeau qu'on lui ait jamais offert, Cass et moi, pour son anniversaire, Noël et la fête des Pères. Papa devait ainsi posséder une bonne centaine de cravates, une collection rangée avec soin et classée par couleur et par degré, disons, d'intensité. Quand on était encore en primaire, on adorait lui acheter des cravates avec des motifs pop, psychédéliques ou kitsch à mort : gros ronds ou/et épaisses rayures. Au fil des années, le « cadeau de la cravate » était devenu une tradition familiale, une espèce de blague, et désormais, on les plaçait dans des boîtes aux formes rigolotes et originales : roulée dans des tubes, ou pliée en tout petit dans un écrin à bijoux. C'était notre façon de jouer l'effet de surprise !

N'empêche, papa portait ses cravates fièrement, et tous les jours s'il vous plaît, pour se rendre à son bureau à l'université ! Et non seulement il se vantait de se souvenir qui de moi ou de Cassandra les lui avait offertes, mais aussi, en quelle occasion. Dans la famille O'Koren, si maman était la carte Émotion, papa, lui, était la carte Gardien de la Mémoire familiale. C'est fou, mon père se souvenait de tout !

« Catlin, Noël 1988, disait-il en caressant, l'air satisfait, une cravate que je ne reconnaissais même pas. Tu avais la rougeole. »

Papa nous adorait, il aimait ses cravates, mais il avait une troisième passion : le sport. Quand il y avait un match où participait l'équipe de basket-ball ou de football américain de l'université, Cass et moi on se pointait dans le salon et on s'asseyait à ses pieds pour regarder, encourager les joueurs et insulter, avec lui, les arbitres. C'étaient les seuls moments où mon digne papa perdait son calme, criait à tout va ou s'extasiait. On adorait le voir se mettre dans tous ses états ! Dans le quotidien, papa était plutôt style sportif aux nerfs d'acier, vous savez, le seul joueur à qui on veut passer le ballon à la fin de la deuxième mi-temps, quand le match peut encore basculer, même à trois secondes du coup de sifflet. En somme, papa ne vous laissait jamais tomber.

Mais le départ de Cass lui avait porté un sacré coup : un coup bas et vicelard, un mouvement illégal, la pire des fautes. J'étais à la maison, le jour où l'administration de Yale avait appelé pour savoir si Cass ferait sa rentrée, et j'avais vu le visage de mon papa, lorsqu'il avait expliqué que non, non, pas ce semestre... Là-dessus, il s'était laissé tomber dans son fauteuil inclinable pour regarder un match de base-ball à la télé pendant que j'allais dans la chambre de Cass et m'asseyais sur son lit, respirant cet air chargé, et songeant moi aussi à notre monde qui continuait de tourner sans elle.

J'avais repris les cours depuis une semaine quand Rina, ma meilleure amie, a finalement réussi à me convaincre de faire partie de l'équipe des cheerleaders de notre lycée. Son argument : c'était l'un des rares trucs que Cass n'avait pas essayés ; donc le cheerleading, c'était pile fait pour ma pomme. Sérieux, j'en doutais.

— Cass n'est jamais devenue pom-pom girl, et ce, pour une bonne raison, lui dis-je, alors que cet après-midi-là, on se dirigeait vers le gymnase, pour la sélection.

J'avais eu du mal à me réhabituer au lycée, après mon long été paresseux. De plus, je ne supportais pas les messes basses ou les regards en biais de ceux qui savaient que Cass était partie de chez nous. Cass était connue comme le loup blanc, au lycée, et sa fugue, c'était le mégascoop de la rentrée. Ça me donnait une notoriété inattendue qui me mettait mal à l'aise.

— Ah ouais, laquelle ? demanda Rina.

— Parce que Cass était une vraie sportive, ma vieille ! Pas une poupée Barbie.

Je parlais de Cass au passé, dorénavant, comme si elle avait été morte, et pas seulement partie de chez nous.

— Le cheerleading, c'est un vrai sport, objecta Rina d'une voix ferme. Et l'avantage, c'est que tu es aussi invitée à toute fête !

Je soupirai en secouant la tête. Rina et moi, c'était le jour et la nuit, mais on était tout de même copines depuis la cinquième. Rina avait débarqué de Floride avec sa mère pour emménager avec Beau-Père numéro deux, le roi du nettoyage à sec, en face de chez moi. Toutes les nanas du lycée l'avaient immédiatement haïe, parce que Rina était super belle, déjà à l'époque : grande et mince avec une silhouette parfaite, des cheveux blond vénitien, de grands yeux bleus, une bouche généreuse et un visage en forme de cœur. Son arrivée à Jackson avait provoqué la séparation de deux bébés couples et marqué le début d'une réputation davantage construite sur des spéculations et des illusions que sur la vérité, mais qui la suivait malheureusement comme son ombre.

Moi je connaissais bien Rina. Je savais qu'elle flirtait avec tous les mecs et tombait tout le temps amoureuse, parce que son père animateur télé pour enfants avait refusé de la reconnaître, même après un test de paternité. Rina m'avait raconté qu'elle regardait son émission tous les jours quand elle était petite : il était trop génial avec les gamins, si drôle et extravagant lorsqu'il faisait sortir des lapins de chapeaux et racontait des blagues. « Je trouvais que c'était un père de rêve, tu vois ? Et moi, je n'arrêtais pas de me répéter qu'il me détestait. Mais ça ne m'empêchait pas de regarder son émission tous les jours. Je ne sais même pas pourquoi. »

Lisa, la mère de Rina, elle aussi grande, blonde et sublime, ne cessait de se remarier, grâce à quoi Rina voyageait partout dans le monde, possédait de beaux bijoux et habitait de super belles maisons où elle avait sa propre chambre, immense, avec TV et ligne privée. L'amour qu'elle voulait, elle le recherchait avidement ailleurs, avec des résultats hélas mitigés.

Au début de notre année de troisième, Lisa avait eu une liaison avec son patron et déménagé, avec Rina, à l'autre bout de la ville, se séparant par la même occasion de Beau-Père numéro deux pour vivre avec ledit patron qui allait devenir Beau-Père numéro trois. À cette occasion, maman ne cacha pas son soulagement : elle espérait que j'allais enfin me trouver une amie plus « raisonnable ». Mais Rina, comme moi, on ne se liait pas facilement. De plus, j'adorais Rina, forte tête et forte personnalité, rigolote et hyper loyale. Je n'avais pas beaucoup d'autres amies parce que les trois quarts des filles : un, la trouvaient trop canon, ce qui les intimidait, deux, la jugeaient trop autoritaire, trois, elles avaient peur que Rina leur pique leur mec. Ça ne me gênait pas, je n'avais jamais eu besoin d'avoir une bande de copines. Rina me suffisait. On acceptait nos faiblesses et nos défauts, on se contentait l'une de l'autre, et c'était génial. D'ailleurs, une fois que maman s'était rendu compte que je n'allais pas porter des minijupes moulantes ou sortir avec la moitié des mecs de l'équipe de basket – parce que ça, c'était du Rina tout craché –, elle avait poussé un « ouf » de soulagement et avait accepté Rina. Maman pensait volontiers que Rina avait besoin de « structuration » parce qu'elle était « déstructurée » par les divorces en série de Lisa. Elle s'efforçait donc de l'intégrer à notre cercle familial, et l'invitait souvent à dîner chez nous, le soir, pour Pâques et les jours fériés, ou lui proposait de se joindre à nos excursions annuelles au bord de l'océan.

Rina et moi, on entrait maintenant dans le gymnase. Des pauvres meufs, près des gradins, nous fixèrent, en faisant leurs petits yeux méchants et en activant leur langue de vipère. C'était la réaction type que provoquait l'arrivée de Rina quelque part, que ce soit au lycée, chez Wal-Mart, au cinéma, enfin bref, n'importe où. Cela me gavait, il faut dire, j'avais toujours eu un petit côté mère poule avec Rina, mais elle ne semblait même plus le remarquer.

— Je n'ai pas envie de devenir cheer, me plaignis-je.

Mais Rina inscrivait déjà nos deux noms à la table des inscriptions, où officiait Chelsea Robbins, la capitaine des cheerleaders de Jackson, la dauphine de Cass (ma sœur avait été élue reine du lycée, l'année dernière).

— Mais si mais si, répliqua Rina, très cool, en adressant un sourire de star à Chelsea. Tu verras, ce sera trop marrant.

Chelsea lui adressa un sourire aussi faux que le sien, avec de grands effets de queue-de-cheval.

— Alors Catlin ? me demanda-t-elle, m'observant, la tête inclinée et l'air sérieux. Ça va ?

— Oui, super.

Elle acquiesça avec une mimique compatissante, puis baissa la tête et la voix, avant d'ajouter :

— J'ai du mal à croire, tu sais, pour Cass. Ça n'est pas son genre, tu vois ce que je veux dire ?

Je revis soudain Chelsea sur le char de la reine du lycée, agitant la main avec un sourire guilleret qui cachait mal son amertume de n'être que dauphine.

— Quel genre ?

Chelsea ouvrit tout grands ses yeux bleus.

— Eh bien, je pense que… elle devait aller à Yale et tout. Mais elle a lâché l'affaire.

— Laisse, Catlin, me dit Rina, en me prenant par le poignet.

Je bouillais de colère. Et ça ne me ressemblait pas. Mais des instantanés de notre vie sans Cass, et de ces deux dernières semaines, défilaient devant mes yeux : maman en larmes, papa qui, les yeux fermés, passait et repassait sa main sur sa tête, la signature de Cass, gribouillée au dos de l'enveloppe, chez Boo et Stewart, et les mots qu'elle avait griffonnés à l'encre bleue sur le journal des rêves, et qui m'étaient destinés. *Rendez-vous là-bas.*

Rina tira sur mon bras pour qu'on s'arrache.

— Bonne chance ! nous cria Chelsea.

Je me serais bien retournée, mais Rina m'entraînait toujours. J'entendis un coup de sifflet : le casting, enfin, les essais et la sélection allaient commencer.

— Écoute, Catlin, me dit Rina à voix basse, ça ne m'aurait pas gênée de lui rabattre son caquet, à cette pouffe, mais là, tu vois…

— Non, mais tu as entendu ce qu'elle a dit ?

— Laisse, c'est une conne, déclara Rina d'une voix égale en s'asseyant sur un gradin et en croisant les jambes.

Deux filles rondouillardes installées plus bas se retournèrent et regardèrent Rina de la tête aux pieds. Elle les ignora.

— On le sait déjà, OK ? Mais si tu la cherches maintenant, on va gâcher nos chances de devenir cheerleader. Et ça serait dommage, hein, on est bien d'accord ?

— Si tu le dis.

Rina soupira, fit bouffer ses petites boucles.

— Fais-le pour moi, d'accord ? Je te promets que tu me diras merci. Aie confiance en moi.

Une phrase qui m'avait hélas trop souvent mise dans des situations impossibles dont j'aimais mieux ne pas me souvenir.

— Bon, d'accord... si tu préfères, agis comme Cass aurait agi, se reprit Rina très vite.

— Développe.

Rina secoua la tête.

— Tu le sais bien.

Au milieu du gymnase, Chelsea Robbins frappa dans ses mains.

— Bon, les filles, il est temps de commencer ! Nous allons vous montrer un numéro de base pour les premières qualifs. Regardez bien, c'est parti !

Rina me sourit.

— Leur en coller plein la vue, pardi ! dit-elle en se levant. Ça, c'est du Cass tout craché !

Au moins deux cents filles s'attroupaient maintenant dans le gymnase en s'étirant et en jacassant. J'étais sûre qu'elles rêvaient toutes de devenir cheerleader. Pas comme moi, mais ce n'était pas une raison pour rater les qualifs.

— Leur en coller plein la vue ! répétai-je, comme si cela pouvait être aussi simple, tandis que Chelsea Robbins faisait des roues dans le gymnase, se la jouant pêchue à mort.

Lorsque trois jours plus tard j'ai ramené mon uniforme de cheerleader à la maison, je vis Boo de loin.

Malheureusement, je fus trop lente à m'esquiver, et elle m'intercepta dans les escaliers de chez nous.

— Salut, toi ! me dit-elle avec bonne humeur. Cela fait une heure que je tente de convaincre ta mère de m'accompagner à un cours de poterie, pour qu'elle sorte un peu, mais il n'y a rien à faire. Elle est têtue comme une bourrique.

Je portais mon uniforme de cheer sur mon bras ; je tentai de le planquer derrière mon dos.

— Ah, la poterie. Bonne idée.

— Mais elle n'est pas encore décidée, me dit-elle, essayant de voir ce que je voulais lui cacher. Oh, qu'est-ce que c'est ?

— Je ne crois pas que...

Trop tard. Boo s'était emparée de mon uniforme et le déployait à bout de bras devant elle.

— Oh, mon Dieu ! s'exclama-t-elle en posant une main sur la bouche.

Je me suis sentie rougir et brûler de honte. Connaissant Boo, j'aurais rejoint le Ku Klux Klan que ça lui aurait fait le même terrible choc.

— Je sais ce que tu vas dire, commençai-je, mais...

— Non, non, dit-elle très vite tandis qu'elle me rendait mon uniforme. C'est génial, Catlin. Ça te fera du bien.

— C'était l'idée de Rina, dis-je.

J'avais tellement honte que c'était insupportable.

Professeur en études féminines et internationales, Boo était fondamentalement révoltée par les concours et l'industrie de la beauté, et bien sûr, le cheerleading.

— Il n'y a pas de problème, me dit-elle avec calme, tout sourires, maintenant. Du moment que ça te rend heureuse.

— Mais ça ne me rend pas heureuse, expliquai-je à la hâte. C'est arrivé, c'est tout.

C'était la vérité.

Au début, j'avais haï l'idée de devenir pom-pom girl, et pof, tout à coup, j'avais été tellement emballée que plus rien ni personne n'avait pu m'arrêter. J'avais recueilli les bénéfices d'une année de gymnastique au sol et ainsi réussi à enchaîner roues et saltos. Et pendant que je m'exhibais tout en invoquant Cass pour leur en coller plein la vue, j'avais été sélectionnée ! La suite, je m'en souviens à peine, parce que ça s'est passé comme dans un grand brouillard. Les autres cheerleaders m'ont serrée dans leurs bras, me donnant, dans leur enthousiasme, de grands coups de pompons dans la figure. Rina aussi avait réussi la sélection, mais c'est surtout parce que la moitié du jury était composée des joueurs de l'équipe de football américain de Jackson.

Boo recula pour me contempler.

— Je comprends.

Elle observa mon uniforme, en lissa le sweat.

— Certaines choses nous tombent dessus : c'est la vie.

Et de nouveau, sans me laisser le temps de répondre, elle me serra le bras et descendit les marches. Ses sabots hollandais claquèrent dans l'allée devant chez nous, puis, moins fort, dans la pelouse du jardin.

Une fois dans ma chambre, je plaquai mon uniforme contre moi, en essayant de m'imaginer faire la roue sur un terrain de football. Mm, difficile.

J'entendis frapper. C'était maman.

— Catlin ? Tu es là ? Je peux entrer ?

— Oui. Entre.

Maman ouvrit, passa la tête par l'entrebâillement de la porte. Elle s'était mis du rouge à lèvres et s'était parfumée, comme toutes les fins d'après-midi avant le retour de papa à la maison. Ce soir, maman était belle comme tout, hélas, son visage n'exprimait plus rien depuis que Cass était partie. Elle était toujours la même, mais en apparence seulement, car elle parlait et se déplaçait désormais comme un petit robot.

— Tu as passé une bonne journée au lycée ?

— Super.

Je me détournai, tenant toujours mon uniforme plaqué contre moi.

— J'ai été sélectionnée pour faire partie de l'équipe des cheerleaders.

— Oh, c'est vrai ?

Le visage de maman s'illumina. Elle entra dans ma chambre en joignant les mains devant ses lèvres.

— C'est formidable, Catlin ! Je ne savais pas que tu en avais envie. Pourquoi ne m'as-tu rien dit ?

— Ben… je ne sais pas. C'est arrivé tout seul.

Maman passa devant moi et se dirigea vers la chaise où je venais de poser mon uniforme, le prit et le plaqua contre elle.

— Mon Dieu, regarde-moi ça ! s'exclama-t-elle. Splendide ! Mais tu ne dois pas laisser cet uniforme sur cette chaise, voyons, tu dois le pendre avec soin sur un cintre. Quant à ce sweat-shirt, il me semble qu'un bon nettoyage à sec ne lui ferait pas de mal !

— Ça, oui.

Je n'avais pas vu maman aussi enthousiaste depuis que Cass était partie de chez nous.

— On vous a dit quel genre de chaussures vous deviez porter ? As-tu déjà le planning de ton entraînement ?

Maman ouvrit mon armoire et y suspendit mon uniforme, sans cesser d'en lisser la jupette du plat de la main.

— Je trouve étrange qu'on ne t'ait remis qu'une seule tenue ? Nous devrons en prendre soin s'il y a beaucoup de matchs.

Je voyais que maman réfléchissait déjà au problème tandis qu'elle examinait le tissu de la jupette, qu'elle tournait dans tous les sens.

— Justement, on a entraînement demain, annonçai-je.

Je commençais à me sentir bizarre, avec toute cette histoire, soudain.

— Je pense qu'on me donnera des infos. Aujourd'hui, tout ce qu'on nous a refilé, c'est le planning des matchs, dis-je en le sortant de ma poche.

Maman s'approcha aussitôt, main tendue et impatiente. Elle déplia ma feuille de papier et la parcourut.

— Eh bien, tu vas être très occupée ! Mais nous y arriverons ! On a toujours fait face, n'est-ce pas, ma chérie ?

— Heu... oui.

Je trouvais son « on » plutôt étrange, vu que je n'avais jamais fait partie d'aucune autre équipe ou de club, auparavant. C'est comme si maman avait oublié que j'étais là.

Pressée soudain, maman sortit de ma chambre, mon planning à la main.

— Je vais tout de suite le placer sur le réfrigérateur afin que nous sachions quand tu seras absente. Et dès demain après-midi, une fois qu'on t'aura transmis la liste des affaires dont tu as besoin, nous irons faire des courses au centre commercial. D'accord ? À moins que la coach n'ait la possibilité de passer une commande à un catalogue de vente par correspondance ?

— Je ne sais pas, dis-je à mi-voix.

— À tout hasard, je te donnerai un chèque en blanc... Ainsi, s'il faut passer commande, dès demain, tu seras parée ! Inutile d'attendre. Oh, à moins que l'on ne fasse une commande groupée ?

— Je ne sais pas, répétai-je.

Je commençais à avoir mal au ventre.

— Chaque chose en son temps, on verra ! conclut maman.

Sur ces mots, ma mère, ravie, quitta ma chambre en agitant gaiement mon papier.

Je la voyais déjà sortir le rouleau de Scotch du tiroir près de la gazinière, scotcher mon planning au centre du frigo, là où elle avait scotché celui des entraînements de soccer de Cass, de ses réunions au Conseil des lycéens, ainsi que son emploi du temps à Yale.

La seule raison pour laquelle j'avais voulu devenir cheerleader, ç'avait été pour faire quelque chose de différent de Cass. Raté : je suivais clairement son exemple.

Je regardai par la fenêtre, vers chez Boo et Stewart : ils étaient en train de préparer leur dîner. Stewart épluchait des carottes en parlant à Boo qui, un verre de vin à la main, remuait un truc dans une casserole avec une longue cuillère en bois. De nouveau, je regrettai de ne pas être leur fille. J'aurais aimé, au moins une fois dans ma vie, me trouver dans leur cuisine et manger avec eux des légumes verts bio bien relevés ou éplucher des carottes. Pour être seulement moi, Catlin.

Un jour, je me souviens, j'avais huit ou neuf ans, je ne sais plus bien, Boo me gardait et me regardait jouer. Je m'amusais avec la chambre portable de ma Maison de Barbie Pliable en Mallette, et j'habillais ma Barbie pour son rendez-vous avec Ken, qui gisait tout nu par terre, en attendant que je lui trouve son pantalon en velours bleu.

— Dis-moi, comment s'appelle ta poupée? me demanda Boo.

— Barbie. Elles s'appellent toutes Barbie.

— Ah, je vois. Tu ne trouves pas que c'est terrible de porter le même prénom?

Je réfléchis avant de répondre.

— Alors, disons qu'elle s'appelle Sabrina.

— C'est très joli.

Je me souviens que, ce jour-là, Boo faisait du pain; elle pétrissait vigoureusement sa pâte.

— Et qu'est-ce qu'elle fait, Sabrina?

— Elle sort avec Ken.

— Quoi d'autre?

— Elle va à plein de fêtes…, répondis-je avec application. Et elle aime le shopping.

Boo hocha la tête.

— Oh… elle ne travaille pas?

— Pas la peine.

— Pourquoi?

— Ben, parce que c'est Barbie.

— Je ne veux pas te contrarier, Catlin, mais elle doit tout de même payer sa maison et sa Corvette, déclara Boo gentiment. À moins que Barbie n'ait eu un héritage ?

Je réfléchis pendant que je mettais son pantalon à Ken. Boo déposa sa pâte dans un plat et la lissa.

— Tu sais ce que je pense, Catlin ?

Sa voix était douce et très agréable, comme toujours quand elle me parlait.

— Quoi ?

— Je pense que Barbie peut faire du shopping et sortir avec Ken, tout en ayant une carrière épanouissante.

Là-dessus, Boo ouvrit son four et plaça son plat bien au milieu sur la grille.

— Qu'est-ce qu'elle pourrait bien faire ? demandai-je.

Maman ne travaillait pas. Elle s'occupait de la maison et se rendait aux réunions de parents d'élèves. J'imaginais mal ma Barbie, dont les vêtements les plus simples étaient garnis de paillettes, et qui portait des bottes en Skaï vintage, faire le ménage ou la vaisselle.

Boo s'assit à côté de moi. Dans mes souvenirs, Boo se mettait toujours à ma portée : elle s'accroupissait au bord du bac à sable, ou s'allongeait en travers du lit avec moi et Cass pour écouter la radio.

— Eh bien, dit-elle, pensive, en prenant Ken dont elle examina le physique plus que parfait. Quel métier aimerais-tu avoir, quand tu seras grande ?

Je me souviens particulièrement bien de cet instant. Je revois Boo assise, jambes croisées avec Ken en main, qui m'observait tandis qu'elle essayait de me faire comprendre que, entre les réunions de parents d'élèves de maman et la drôle de vie de Boo, il existait un juste milieu qui commençait avec ma Barbie, enfin Sabrina, et conduisait à moi.

— Eh bien…, dis-je tout à coup, je veux travailler dans la publicité !

Je ne savais pas d'où m'était venue une idée pareille.

— La publicité, répéta Boo qui acquiesça. D'accord. Admettons. Sabrina va travailler tous les jours et doit sans cesse trouver des idées pour des publicités.

— Oui, et elle travaille dans un grand bureau, continuai-je, enthousiaste. Parfois, elle doit travailler tard.

— Sans aucun doute, enchaîna Boo. C'est difficile de progresser. Même si on s'appelle Barbie. Enfin, Sabrina.

— C'est parce qu'elle veut avoir une promotion. Comme ça, elle peut payer sa maison. Et sa Corvette.

— Elle est très responsable.

— Sabrina pourrait être divorcée ? demandai-je. Et puis, être célèbre pour ses idées et ses publicités ?

— Elle peut être qui elle veut. Tout ce qu'elle veut, me dit Boo. Et toi aussi, Catlin.

Ce dont je me souviens le mieux, c'est son visage plein de taches de rousseur, à l'expression soudain solennelle, comme si elle savait qu'elle était la première à me révéler ce secret.

Et maintenant je me retrouvais cheerleader : c'est avec des pompons et en grimpant sur des pyramides que je me frayais une voie au travers de territoires inexplorés et inconnus. Je me demandai de nouveau ce que Cass aurait pensé de moi : aurait-elle été déçue, comme Boo ?

Ou extasiée, comme maman ? Connaissant ma sœur, elle aurait été un peu les deux.

Mes parents, Boo et Stewart ont toujours organisé un dîner pour fêter le Labor Day[1]. Cass partie, allait-on respecter la tradition ? C'était difficile à dire. Au bout du compte, c'est maman qui trancha, le week-end précédent, tandis qu'elle buvait le café avec Boo.

— De toute façon, Cass n'aurait pas été à la maison : sa rentrée à Yale était prévue le 3 septembre.

En parlant, maman regardait le réfrigérateur, où le calendrier académique de Yale se trouvait à côté de la photo de Cass à son bal de promo de première, et de la liste des courses. Maman n'avait pas encore eu le cœur de retirer le dernier vestige des ex-futurs projets universitaires de Cass.

Boo prit une grappe de raisin dans l'égouttoir à fruits devant elle, et la porta à sa bouche avec gourmandise.

— Très juste, et ne pas respecter une tradition porte malheur. J'ajoute que j'ai une nouvelle recette de salade de tagliatelles aux aubergines caramélisées. En un mot : su-ccu-lente !

Maman sourit. Elle remua son café, ce qui fit tinter sa petite cuillère contre sa tasse.

— Je pense que je vais préparer ma salade d'ambroisie. Jack s'occupera des steaks. Comme tous les ans.

— Et Stewart nous fera ses fajitas au tofu ! ajouta

1. Fête du Travail. Le premier lundi de septembre.

Boo. Et toi, Catlin ? Que vas-tu nous concocter, ma belle ?

Je réfléchis. En général, ma participation se limitait à l'allumage du barbecue. Cass avait été la championne toutes catégories du cheesecake aux pépites de chocolat noir. C'était le seul dessert qu'elle savait préparer, et l'élaboration de ce monument de gourmandise nécessitait un investissement en temps, en énergie et en espace impressionnants. Pour commencer, Cass réquisitionnait la cuisine, puis sortait ingrédients et ustensiles dans un concert de bing et de bang, murmurait et jurait à voix basse avant d'émerger de la cuisine en folie, avec un dessert absolument délicieux, quoique d'une forme très imparfaite. Comme c'était un plat végétarien, tout le monde adorait, sauf Stewart, irréductible végétalien. Tant pis pour lui, il en restait davantage pour nous autres !

La vision de Cass dans la cuisine, le visage et les cheveux blancs de farine et nous menaçant de mort avec sa spatule si jamais on osait lui proposer notre aide, symbolisait toujours – plus que la fermeture de la piscine, les nuits plus fraîches et le retour des devoirs –, la fin de l'été...

En fin de compte, je décidai de faire un coleslaw, après tout, n'est-ce pas une salade d'été ? Le soir du Labor Day, Maman alluma la lampe antimoustiques, Boo vint avec un énorme bouquet de zinnias et de cosmos chocolat, les derniers de son jardin, et papa retourna ses steaks dans le patio tout en buvant des bières avec Stewart, qui avait précuit ses fajitas, afin d'éviter toute contamination tofu-viande.

Verres de vin en main, maman et Boo firent le tour de notre jardin, en parlant des bulbes à planter en automne. Pendant ce temps, j'allai allumer la télé afin que papa garde un œil sur son match sans perdre de vue la cuisson de ses chers steaks, et revins dans le jardin. Ce soir-là, il y avait des nuées de moustiques, et comme la conscience de Stewart lui interdisait de tuer le moindre moustique (et tous les insectes), il clignait des yeux comme s'il souffrait lui aussi à la énième victime que faisait la lampe antimoustiques.

— J'ai entendu dire qu'il y avait une bonne équipe universitaire de football américain, cette année, déclara Stewart, histoire de parler.

Parce que Stewart ne connaissait rien au sport. Il nous avait terriblement déçus, quelques années plus tôt, quand il nous avait demandé combien de points rapportait un panier au basket !

— On a un bon quarterback ! répondit papa tandis qu'il plantait sa fourchette dans un steak. Cela dit, notre ligne de défense est faible. Si jamais on rencontre une équipe offensive, c'est clair, on est fichus.

— Ah, je vois, commenta Stewart.

Il ne devait rien voir du tout, mais il hocha la tête.

Une bestiole fonça dans la lampe antimoustiques, et dans un affreux grésillement, rendit l'âme sur-le-champ. Stewart poussa un soupir attristé.

Papa regarda par la porte du patio, vers la télé dans le salon.

— Quel est le score, Catlin ?

— Je vais voir.

Je pris mon Coca et revins dans le salon.

— 10-17. Le Nebraska mène.

— Bien, très bien, fit papa qui retournait un autre steak.

Je regardais la ligne offensive s'organiser pour protéger le quarterback quand j'entendis Stewart reprendre dans un murmure.

— Alors ? Des nouvelles de Cassandra ?

Je glissai un regard en douce vers papa, qui ne bougea pas un cil, à la question et à la mention de ma sœur aînée. Ce soir, on agissait comme si tout était normal. Voilà voilà, on fêtait de nouveau le Labor Day, j'avais fait ma rentrée et Cass avait fait la sienne à Yale, et d'ailleurs, son emploi du temps de Yale ne se trouvait-il pas toujours scotché sur notre frigo ?

— Non, aucune, répondit papa comme s'il avait tenu une conférence de presse et répondu aux questions d'un journaliste particulièrement futé.

Stewart hocha la tête, puis se caressa le menton, pensif.

— Ce que je vais te dire ne va peut-être pas te consoler..., commença-t-il.

Stewart était très fier d'être Ouvert à Toutes ses Émotions et de les Accueillir à Bras Ouverts, et il était, on l'a déjà compris, aux antipodes de papa, l'Incarnation du Stoïcisme.

— Mais autrefois, j'ai arraché Boo, qui n'avait que dix-huit ans, à sa famille. On était deux gosses, alors bien entendu, c'était stupide. Ses parents ont mis des années avant de me pardonner.

Mon père retourna un autre steak, puis le taquina de la pointe de sa spatule. Un moustique entra en collision avec la lampe et grésilla à grand bruit.

— Mais j'ai fait de mon mieux pour la rendre heureuse, poursuivit Stewart. Et je suis certain qu'Adam fait aussi de son mieux pour rendre Cassandra heureuse. Et puis tu sais, c'est une fille intelligente. Sinon, elle ne serait pas avec lui.

Mon père, dont les nerfs d'acier ne flanchaient jamais, réagit par un hochement de tête militaire. Dehors, j'entendais maman rire : sa voix et celle de Boo se rapprochaient.

— J'espère que tu as raison, conclut papa, qui jeta de nouveau un œil vers la télé.

Là-dessus, Stewart et lui sont restés silencieux. On n'entendait plus que les steaks, et les moustiques, qui grésillaient. La nuit tombait, le dîner était presque prêt. Je suis donc allée à la cuisine, et en cette fin d'été si inhabituelle, j'ai regardé le soleil se coucher et j'ai pris avec les doigts un quartier d'orange saupoudré de noix de coco dans la salade ambroisie.

4.

En devenant cheerleader, j'ai changé la vie de maman.

Maman assista à tous les matchs. Elle nous applaudissait et nous ovationnait avec un tel enthousiasme que je n'entendais qu'elle. Maman organisait nos journées « ventes de gâteaux et spécial promo lavage & nettoyage de voiture » pour qu'on récolte des fonds. Elle me préparait aussi des Tupperware pommes golden et galette de riz soufflé pour que je ne meure pas de faim, quand on se déplaçait les fois où on ne jouait pas à domicile. Enfin, elle portait consciencieusement mon uniforme chez le teinturier après chaque match. Maman avait retrouvé une occupation, familière, pour combler et conjurer l'étrange silence qui s'était abattu sur notre maison depuis le départ de Cass. Elle était presque heureuse. Conclusion, moi aussi, j'aurais dû l'être.

Malheureusement, je haïssais le cheerleading de toute mon âme. Erreur génétique, ou dysfonctionnement chimique de mon cerveau, je manquais de l'entrain et du punch que les autres pom-pom girls avaient pour faire leurs roues, sauter, et sourire sans arrêt. J'avais l'impression d'être une usurpatrice, et que cela se voyait.

Comme j'étais la plus mince, donc la plus légère de toutes, on avait dès le début décidé que je serais voltige, en somme, au sommet de la pyramide, qu'on ne formait que dans les grandes occasions. Eliza Drake en a crevé de jalousie et m'a aussitôt détestée : la pauvre avait pris près de sept kilos pendant l'été (tout dans le bidon et dans les fesses), à cause de la pilule, et formait donc la base arrière de la pyramide. Franchement, j'aurais volontiers échangé ma place contre la sienne. Moi, les hauteurs, cela me fichait la trouille. Rien que de grimper sur toutes ces épaules pour être propulsée au sommet et me retrouver là seulement tenue par les chevilles me collait le vertige. Je me voyais tout le temps dégringoler et m'écraser par terre tandis que la fanfare du lycée me passerait dessus tambour battant.

Quand j'étais en haut de la pyramide, tremblante et malade de vertige, je me disais toujours : « Après le match, je le jure, je me tire ! » Mais mon regard tombait sur les tribunes où je voyais maman radieuse m'adresser de grands coucous. Elle avait le même sourire fier que mon père lorsque, au choix : Cass avait marqué le but de la victoire, penché la tête pour recevoir la couronne de reine du lycée et manifesté pour le respect des droits de l'homme à la télé locale. Moi de toute ma vie, je n'avais remporté qu'une médaille de bronze, et je n'avais jamais eu droit à un regard pareil. Je savais que si j'abandonnais les cheers, maman en ferait une maladie. J'avais l'impression de lui avoir lancé un filin de sauvetage malgré moi, et si par malheur je le lâchais maintenant, maman aurait de nouveau le mal de Cass et, cette fois, sombrerait corps et biens.

Mais je n'étais pas le seul nouveau hobby de maman.

Un jour, après les cours, Rina et moi, on a dû repasser vite fait chez moi avant de partir à un match : j'avais de nouveau oublié mon sweat de pom-pom girl. À vrai dire, j'oubliais toujours un truc : socquettes blanches, chouchou assorti pour la queue-de-cheval ou pompons. J'avais découvert que les cheerleaders avaient une foule d'accessoires. C'était comme d'être Barbie.

— Qu'est-ce que c'est que ça ? me demanda Rina à mi-voix en arrivant chez moi.

Ça, c'était le nouveau style déco « époque victorienne » de maman : couronnes fleuries et tressées, fixées au mur, trucs et machins variés – minidés à coudre, dînettes, familles de cygnes en verre – qui recouvraient toutes les surfaces plates de la maison. Mais le pire, c'étaient les poupées d'époque victorienne que maman commandait compulsivement sur Internet : leurs grands yeux figés dans leur visage de porcelaine donnaient la chair de poule. Ces créatures, qui étaient livrées avec leur support, avaient subitement envahi toutes les pièces. Il y en avait dans le salon, près du porte-revues et sur la crédence, où elles étaient alignées à côté d'une famille de cygnes en verre, et jusque sur le bureau de la chambre d'amis, où elles fixaient l'armoire sans jamais battre une paupière (évidemment). Parfois, quand je ne pouvais pas dormir, je pensais à toutes ces poupées qui regardaient dans le noir, et je vous jure que je tremblais de la tête aux pieds.

— Je t'ai déjà dit que maman passait par une phase d'adaptation assez drôle, expliquai-je à Rina.

Pour une fois, maman était sortie, sans doute pour de nouveau acheter des pommes, poires ou maisons en céramique afin de les accrocher à nos murs.

— Hein ? fit Rina.

Je secouai la tête.

— Laisse tomber, je n'y comprends rien moi non plus.

J'entrai dans ma chambre et vis un ours en peluche style victorien posé sur mon lit. Il portait des lunettes, un nœud pap et un gilet, mais pas de costume. Merci QVC.

Rina s'approcha, le prit.

— Oh la vache ! s'exclama-t-elle à voix basse. Au secours, sortez les antidépresseurs !

Je pris mon sweat sur la chaise.

— La ferme ! On y va.

Freiner maman, oh là, mais vous n'y pensez pas ! Boo avait essayé de la convaincre de suivre les cours de poterie du mardi soir. Mais maman nous avait raconté, avec inquiétude, que sa prof, une artiste avec dreads et tatouage, ne s'épilait ni les jambes ni les aisselles. Mais même si sa prof était velue comme le yéti, elle lui avait appris à fabriquer des bols (qui tanguaient), des cendriers vernis avec de curieuses traînées rouges et vertes ainsi qu'un grand vase rainuré qui, à mon humble avis, penchait plus que la tour de Pise.

Je pensais sincèrement que maman avait l'impression de remplacer Cass en remplissant la maison avec toutes ces horreurs. Mais elle avait beau faire, il y avait toujours quelque chose qui manquait, alors rebelote, elle se remettait à acheter des cygnes en verre, des poupées de porcelaine, des couronnes de fleurs, des dînettes service à thé et des cendriers. Papa soupirait en voyant la fourgonnette de chez UPS repartir, et il haussait les sourcils jusqu'à la racine des cheveux en voyant la facture de la carte de crédit. Lorsque maman était sortie, ou quand son attention était ailleurs, papa tournait les poupées victoriennes face contre mur.

Un soir, je surpris mon père agenouillé près du porte-revues, en train de mettre furtivement les poupées au piquet.

— C'est parce que leurs regards me perturbent, m'expliqua-t-il d'une petite voix gênée.

Mon pauvre papa ne savait plus où se mettre, tant il était embarrassé d'avoir été surpris à tenir l'une de ces poupées – la poupée mademoiselle l'institutrice qui, grâce à un petit fil de fer, tenait un abécédaire et une ardoise entre ses mains.

— Je te comprends, dis-je seulement.

Mais au petit déjeuner, le lendemain, mademoiselle l'institutrice et la poupée jeune maman, avec ses deux enfants et son bébé en robe de baptême, nous faisaient de nouveau face, comme si elles s'étaient retournées par leur seule volonté au cours de la nuit.

Cass manquait aussi à papa, mais il exprimait sa tristesse avec plus de subtilité que maman. La Newsletter des Parents et les demandes de dons continuaient d'arriver régulièrement de Yale, parce qu'on figurait sur la mailing list. Maman les posait sur la tablette près de l'entrée comme si de rien n'était. Je pensais que papa fichait tout à la poubelle, jusqu'à ce que, cherchant un crayon dans un tiroir de son bureau, je découvre les enveloppes de Yale toutes cachetées et bien empilées.

Moi, j'évitais de trop m'appesantir sur ce qui se passait autour de moi et en moi. J'évitais de voir et de regarder les cygnes en verre, maman qui m'acclamait pendant les matchs, les cendriers qui ressemblaient à des berlingots géants, la lassitude dans les yeux de papa quand un énième bulletin de Yale arrivait au courrier. Pendant tout le début de cet automne, je trouvais plus facile de flotter, de me laisser porter, comme dans un rêve éveillé, et de passer au travers des mouvements, le regard fixe comme ceux des poupées victoriennes de maman, en attendant que quelque chose ou quelqu'un me tire de mon sommeil.

C'était un soir de match, un peu avant Halloween. On jouait contre notre principal adversaire, Central High, chez nous, et les supporters débordaient d'enthousiasme. Pendant près de deux semaines, on avait bossé comme des dingues sur une super chorégraphie pour la mi-temps : elle ne comprenait pas seulement une pyramide, mais des sauts assez compliqués, genre Double Neuf, plus un cancan et une série d'impressionnants saltos arrière. C'était une soirée super importante, enfin disons, pour les autres cheers.

Notre équipe menait, à la mi-temps, et on est retournées dans les vestiaires pour nous changer et enfiler nos petits tops violets, conçus et cousus avec la participation de maman. On attendait, gonflées au stress et à l'adrénaline, de débouler sur le terrain.

J'avais froid, de plus, j'étais convaincue que j'allais

rater mon salto arrière, comme hier : je m'étais ramassée sur le dos, ça m'avait coupé le souffle. J'étais restée un moment sans bouger, un peu dans les vaps, à regarder fixement les paniers de basket-ball.

Rina me prit la main et me la serra.

— Ça va aller, me dit-elle.

Sans surprise, Rina adorait les cheers. C'était même une pom-pom girl-née. On n'avait pas encore commencé la saison qu'elle sortait déjà avec le joueur vedette de l'équipe de football américain : le quarterback. De plus, le public l'adorait : sa seule apparition sur le terrain suscitait des acclamations délirantes, surtout (on s'en doute), de la part des mecs. Inutile de dire qu'Eliza Drake, la jalouse de naissance, la haïssait elle aussi.

La fanfare commença à jouer la chanson de notre équipe. J'imaginai aussitôt Boo dans les gradins, faisant une grimace de dégoût en entendant ce monument de musique girly. Les filles devant moi se préparaient psychologiquement, s'échauffant, bondissant et agitant leurs pompons tandis qu'on remontait le couloir pour se diriger vers le terrain où l'on entendait déjà la foule en délire. Beaucoup venaient seulement pour les cheers : des mecs (en majorité), des petites nanas qui n'avaient pas été sélectionnées, et les parents. Tous étaient assis près de l'accès au terrain, et nous appelaient au fur et à mesure qu'on sortait.

— Eliza !

Et hop, Eliza improvisa un salto.

— Meredith !

— Angela !

— Rina !

Là, le public s'est déchaîné, hurlant et ovationnant Rina qui tournait sur elle-même comme une star d'Hollywood pour sourire à ses fans.

J'étais la dernière à sortir.

La musique m'assourdissait et le froid me transperçait. Je pensais déjà à mon salto arrière lorsque j'entendis un cri.

— Cass!

Je stoppai net. Du coup, Caroline Miter, notre mascotte, me rentra dedans. Je ne sais pas vraiment si on hurlait le prénom de ma sœur, mais je n'entendais que cette voix dans ce boucan. Et pendant une seconde de folie, je me dis que Cass était là, toute proche, dans l'un de ses endroits où je l'avais tant cherchée dans mes rêves.

— Cass! hurla de nouveau la voix.

Je levai les yeux et vis un garçon qui brandissait le poing. C'est à moi qu'il s'adressait. Je voyais sa respiration former des petits nuages dans l'air froid.

— Cass!

— Allez, viens, me dit Caroline, dont la voix était étouffée par sa tête de tigre.

Elle me tira par la manche pour m'entraîner vers le terrain.

Je courus derrière elle pour rejoindre la formation, mais je n'arrêtais pas de tourner la tête pour regarder dans la direction du mec qui continuait de hurler le prénom de ma sœur. Puis je ne fis pas attention à la chorégraphie, j'en suivais les mouvements comme un automate. Tout paraissait même se dérouler au ralenti au moment où les autres cheers se sont rassemblés pour former la pyramide, où je suis montée. Quand, au sommet, je me suis déployée, j'avais les jambes tremblantes et la foule n'était plus à mes yeux qu'une immense houle, un fondu de bruits et de couleurs.

J'avais froid, vraiment très froid, quand je levai la main à ma cicatrice sur mon arcade sourcilière, pour y passer l'index. J'y sentis mon pouls battre comme un petit tam-tam. Je rejetai la tête en arrière et fixai les étoiles. J'entendais toujours le prénom de Cass dans ma tête. Et soudain, je sentis que je me réveillais.

« Le monde nous parle tous les jours, mais le problème, c'est qu'on ne sait pas toujours écouter et entendre ses messages », disait souvent Cass.

J'écoutais maintenant. Et j'entendais tout.

— Cass ! continuait de hurler le mec.

Ou peut-être pas ? Peut-être que je rêvais seulement ? Je fermai les yeux.

— Cass !

Après, je ne me souviens plus : je suis tombée.

C'est un miracle qu'Eliza Drake ait levé les yeux à ce moment-là et m'ait vue dégringoler. C'est sûr, elle me détestait, mais elle a déboîté pour me rattraper, total, Lindsay White, qu'elle soutenait, a dégringolé et s'est pété le nez. Les sept kilos qu'Eliza Drake avait pris dans les hanches et les fesses au cours de l'été m'ont sauvé la vie.

Quand j'ai ouvert les yeux, mes oreilles bourdonnaient. Voyant les cheers, pompons bas, leurs hauts garnis de sequins violets étincelants autour de moi, je me suis demandé si j'étais morte et montée au ciel.

— Catlin ?

Je tournai les yeux et vis un type en blouse de médecin.

— Tu m'entends, Catlin ?

— Oui.

Je me redressai lentement.

Je découvris plus tard que j'avais eu du bol de dégringoler sur Eliza Drake qui, en me sauvant la vie, s'était fait un énorme bleu à la hanche et égratigné les coudes. Moi, au bout du compte, je n'avais pas grand-chose : quelques égratignures, une grosse éraflure sur le bras et une entaille au genou qui n'aurait même pas besoin de points de suture : on me le banda simplement. Ma mère, qui avait failli mourir en me voyant tomber, n'arrêtait pas de répéter que c'était un miracle.

Lorsque Eliza, Lindsay et moi nous nous sommes levées pour nous diriger vers l'ambulance où on devait nous soigner, la foule nous a fait une standing ovation. Notre équipe avait gagné le match, mais ma chute avait tout de même refroidi l'enthousiasme ambiant.

— C'est un miracle ! répéta maman plus tard tandis que nous regardions l'ambulance s'éloigner.

Je remerciai Eliza Drake, qui était devenue l'héroïne du jour, et m'excusai auprès de Lindsay, qui serait obligée de porter une attelle de nez pendant deux mois, et qui, par conséquent, pouvait dire adieu à sa carrière de mannequin. En clair, mon black-out au sommet de la pyramide avait eu de sérieuses conséquences.

— Tu as conscience que ta chute aurait pu être plus grave ? me dit maman. Tu aurais pu être grièvement blessée ?

— Je sais, dis-je.

— Mon Dieu, tu as eu une chance inouïe ! reprit maman, me serrant le bras avec élan. Au prochain match, tu seras de nouveau d'attaque.

Mais quelque chose avait changé en moi. Quoi ? Je ne le savais pas encore. Tout ce que je savais, en définitive, c'est que je me sentais vivante pour la première fois depuis le jour de mes seize ans. Je n'avais aucune idée de l'endroit où se trouvait Cass, mais elle m'avait parlé. Ma sœur était sortie du pays des rêves pour venir à ma rencontre, tandis que, debout sur ma pyramide, à moitié endormie, à moitié chancelante dans ce monde en état de veille, je fixais les étoiles étincelantes et brillantes.

Maman aurait préféré que je rentre à la maison, parce qu'elle était certaine que j'avais tout de même un petit traumatisme, ou au moins une côte cassée que les médecins urgentistes n'avaient pas remarquée, mais papa m'autorisa à me rendre à la fête organisée par les cheers. En route, avec Rina et une autre pom-pom girl, Kelly Brandt, on s'arrêta à la station de lavage auto pour nettoyer la voiture de Kelly. Sa caisse était dégueu, parce que hier soir, Chad, son mec, avait vomi sur la banquette arrière. Kelly avait épongé le plus gros avec de l'essuie-tout et vaporisé pour désinfecter et désodoriser, mais un nettoyage à fond était indispensable.

— C'est trop crade, marmonna Kelly entre ses dents, en frottant le siège avec une éponge.

Là-dessus, elle pschitta un nouveau nuage de déodorant pour atténuer l'odeur de vomi. Je trouvais Kelly sympa, à sa façon petite mère poule. Elle nous avait initiées aux mystères du cheerleading, Rina et moi.

Comme elle était dans l'équipe depuis un an, elle en savait un bout sur la question.

Elle tourna les yeux sur nous, assises près des aspirateurs en libre service. On fumait gentiment dans notre coin. D'habitude, je ne fumais pas, mais après le match, tout le monde s'était jeté sur moi en m'interrogeant sur ma chute, et j'avais besoin de me calmer. Je me sentais toujours drôle, comme si mon univers se craquelait et se mettait à vivre, autour de moi.

— Hé! dites, les deux là-bas, vous pourriez m'aider! lança Kelly.

— Écoute, ma belle, Chad, c'est ton mec! répliqua Rina. Moi à ta place, je sortirais le seau à dégueulis, pour la prochaine fois.

— Ha, ha, ha, morte de rire! marmonna Kelly.

On avait gardé nos tenues de cheers. Mon genou me lançait, sous son gros pansement.

— Moi, je te dis ça pour ton bien: tu sais qu'il recommencera, répliqua Rina en rejetant un énorme nuage de fumée.

Elle secoua la tête, saisit une de ses mèches et loucha dessus pour en inspecter les pointes.

— Vraiment, je me demande pourquoi tu te donnes autant de mal.

— Mais enfin, parce que ça pue! s'exclama Kelly. Et moi, je te jure qu'il ne vomira pas une deuxième fois dans ma voiture!

— Ouais, bon, on s'en fout, conclut Rina.

Il lui tardait d'arriver à la fête, et de rejoindre son quarterback, Bill Skerrit, un petit gars râblé avec un nez et un menton pointus, et en plus, avec de vilaines marques d'acné ou de varicelle, je ne sais pas. Quand je demandais à Rina ce qu'elle lui trouvait, elle prenait son petit air malin, souriait et secouait la tête. « Tu comprendras un jour, ma vieille ! » Je regardais mieux Bill, et je ne comprenais toujours pas.

Rina avait passé sa semaine à me brancher, dans le car scolaire, dans la cour du lycée, etc., avec Mike Evans, un mec un peu bête sur les bords mais avec de beaux yeux bleus. On devait retrouver Mike et Bill à la fête, et Rina m'avait briefée : je devais accepter le blouson de Mike, quand il me le proposerait : son offre, et mon consentement, signifierait qu'on sortait désormais officiellement ensemble après avoir (vaguement) flirté pendant deux semaines.

Nouveau pschitt dans la voiture de Kelly.

— Catlin ? Prends le billet d'un dollar, dans le cendrier et va me faire de la monnaie, d'ac ?

— Ça marche.

Je bondis, pris son dollar et longeai la station de lavage vers l'échangeur de monnaie. L'endroit était quasi désert. Je ne vis qu'une BMW noir mal garé tout au bout, dont la capote était baissée.

Je mis mon billet dans la machine. Quatre quarters de dollar en dégringolèrent. Je repartais, amusée par mon souffle qui formait des petits nuages dans l'air froid, lorsque je vis Matthew Biscoe pour la première fois.

Bras croisés, il était adossé à la BMW. Il était vêtu d'une chemisette à manches courtes avec une espèce de motif ethnique et d'un vieux pantalon kaki dont les revers étaient usés. Matthew était brun, et ses cheveux épais et bouclés formaient des dreadlocks. Il avait aussi le teint très mat. Enfin, il avait un cordon en cuir autour du cou et portait, sans chaussettes, des mocassins plutôt cheap. Il ne ressemblait pas à Bill Skerrit et aux autres mecs du lycée. Matthew ne ressemblait à personne.

Je passais devant lui quand il leva les yeux sur moi.

— Hé ! Excuse-moi… ! lança-t-il alors que je m'apprêtais à tourner le coin de la station.

De là où je me trouvais, j'entendais déjà la voix haut perchée et toute légère de Rina, et je sentais même l'odeur du déodorant.

Je revenais sur mes pas lorsqu'il a soudain été pile devant moi : entre-temps, il était venu à ma rencontre. De près, je remarquai qu'il avait les yeux d'un vert très profond. Je le fixai comme une bête curieuse, tant pis, c'était plus fort que moi.

— Tu as de la monnaie de dix ? me demanda-t-il, en agitant son billet entre l'index et le majeur.

— Heu… non. Je ne pense pas.

Il sourit, puis me regarda de la tête aux pieds. Je devais avoir l'air crétin dans ma jupette et mon top de cheerleader – je ne parle même des sequins : le comble du clinquant et du toc. En gros, un désastre planétaire.

— Sympa tes sapes.

Il plaisantait ? Aucune idée.

— Heu… Oh oui, dis-je, en me regardant.

Il baissa ensuite les yeux sur mon pansement.

— Qu'est-ce qui t'est arrivé ?

— Catlin ? appela Kelly. Tu es où ?

— Là ! J'arrive ! m'écriai-je.

Puis j'ajoutai :

— Je suis tombée de la pyramide, ce soir.

— Ouch.

Il s'est baissé pour effleurer mon pansement sans que j'aie eu le temps de reculer. Puis il a relevé les yeux sur moi.

— Ça fait mal ?

— Heu… ben je… je ne sais pas.

Étrangement, c'était la vérité.

La voix de Rina s'éleva de nouveau, toute proche cette fois, parce qu'elle tournait le coin du mur. J'entendais ses Converse couiner sur le béton.

— Catlin ? Qu'est-ce que tu fais, bordel ? On va louper la fête !

Je me détournai. À notre vue, elle s'arrêta net.

— J'arrive, répétai-je à la hâte.

Je regardai une dernière fois ce drôle de mec toujours immobile devant moi. Il souriait. Ses yeux très verts scintillaient.

— Magne-toi les fesses, reprit Rina avant de repartir.

— Excuse, mais il faut que j'y aille, dis-je au type, mais j'avais l'impression que ça n'était pas moi qui parlais.

Ma tête tournait. Sérieux, je me sentais bizarre. Il était bien possible que je me sois cogné la tête en tombant du sommet de la pyramide.

— Je comprends, me répondit-il. À un de ces jours, Catlin.

Il leva le menton avec un petit air volontaire, sourit en coin, et recula sans me quitter une seule fois des yeux.

Moi, je restai absolument immobile ; seule ma respiration continuait de faire sa fumée de loco dans le froid.

Une voiture de police passa, dans la rue d'en face. Sa sirène hurlait.

— Attends ! le rappelai-je.

Il s'arrêta, très cool, avec ses mains dans les poches.

— Comment tu t'appelles ?

— Matthew.

Il me tourna le dos et s'éloigna, tandis que je le suivais des yeux.

Je rejoignis Rina et Kelly qui avaient enfilé leurs blousons (identiques) et m'attendaient en sautillant devant la station de lavage pour se réchauffer. Je montai sur la banquette arrière, tandis qu'elles se précipitaient à ma suite en m'assommant de questions.

— Alors, c'était qui, ce mec canon ? demanda Rina. Il ne va pas à Jackson, sinon je te jure que je me serais souvenue de lui !

L'odeur âcre du déodorant flottait autour de nous comme un gros nuage toxique.

— Zut alors, moi, je ne l'ai même pas vu ! se lamenta Kelly.

— Dommage pour toi, ma vieille. Parce qu'il est trop craquant, déclara Rina avec son petit sourire malin et espiègle.

— Il s'appelle Matthew, dis-je.

Rien que dire *Matthew*, c'était bizarre : c'était comme si je le connaissais, et tout.

— Matthew..., répéta Rina avec concentration. Sexy classe.

— Tu parles, pour toi, tout est sexy ! répliqua Kelly d'une voix unie.

Puis elle reprit, s'adressant à moi.

— Au fait, tu as ma monnaie ?

Je fus surprise de constater que je tenais bien ses quatre quarters de dollar au creux de ma paume. Kelly tendit la main, et je les y laissai tomber un à un.

— Bon, je crois que je vais faire l'impasse sur l'aspirateur.

— Alléluia ! renchérit Rina, qui s'installa bien sur son siège en croisant les jambes.

Elle rabattit le pare-soleil et se regarda dans la petite glace.

— On est déjà bien assez en retard comme ça. Allez, go, poulette !

Kelly démarra et contourna les aspirateurs en libre service en baissant sa vitre de portière. Quand on a coupé par l'une des aires de stationnement pour revenir vers l'autoroute, on est repassées devant Matthew, qui lavait sa voiture au jet. L'eau chaude formait des volutes de brume dans le froid. Je pris un nouvel instantané mental de Matthew : cheveux bouclés et dreadlocks, chemise à imprimés ethniques, cordon de cuir autour du cou... Voilà. Et moi, j'étais en route pour une fête où, si tout se déroulait selon les prévisions bien calculées de Rina, je rentrerais à la maison avec le blouson de Mike Evans, devenu (le) mien... Mais quelque chose avait changé.

— Alors, c'est lui ? murmura Kelly.

On le scruta tandis qu'on passait au ralenti devant lui, un peu comme des touristes dans un parc zoologique observent des éléphants de leur voiture sécurisée. Matthew leva la tête, nous aperçut et nous regarda lui aussi, sans cesser de laver sa voiture au jet.

— C'est lui. Il est trop sexy! s'exclama Rina.

— Moi, je trouve qu'il a une tête de délinquant! déclara Kelly.

Il faut dire, elle était un peu coincée, la petite mère poule des cheers de Jackson : grosso modo, un garçon qui ne portait pas le blouson de l'équipe était par principe un dangereux délinquant.

— Ce type, c'est trop un piège à filles, commenta Rina à voix basse. Craquant.

— Tu l'as dit! renchérit Kelly comme si ç'avait été un défaut. Dis, Catlin, ça pue toujours autant derrière?

Matthew nous suivait toujours des yeux, comme si la vue d'une voiture avec trois nanas qui le mataient – ne lui faisait ni chaud ni froid. J'aurais aimé qu'il ne regarde que moi, malheureusement, je n'en étais pas certaine.

— Non..., murmurai-je, alors qu'on quittait le parking pour prendre l'autoroute.

Je me détournai une dernière fois, et je fixai Matthew jusqu'à ce qu'il disparaisse de ma vue.

— Ben, mon vieux, on dirait qu'on n'a pas manqué grand-chose, déclara Rina sitôt qu'on arriva à la fête.

Presque tous les joueurs de l'équipe de football étaient installés dans la salle à manger : ils lançaient des pièces dans les verres de bière sur la grande table, qui, entre parenthèses, semblait être une antiquité hors de prix. Au salon, Melissa Cooper, la pute de notre lycée, était déjà dans les bras, sous les mains et sous les lèvres de Donald Teller, qui avait marqué le but gagnant du match de ce soir. Tout le monde me sourit, me tapota gentiment le dos tandis que je passais en blaguant sur ma chute. Je me sentais à fleur de peau. Étrange. De plus, je trouvais toutes ces mains lourdes et brûlantes.

— Chad ! hurla Kelly derrière moi.

Elle courut dans la cuisine. Une bière à la main, son Chad comatait à côté du réfrigérateur. Kelly se mit à genoux à côté de lui, s'assura qu'il respirait toujours, et l'aida à se relever. Kelly était une codépendante affective (traduisez par : « J'ai besoin que l'autre ait besoin de moi. Je suis responsable de son bonheur »). C'est un terme que j'appris plus tard. Bien plus tard.

— Voilà Mike, murmura Rina, m'attirant près d'elle.

Je regardai partout dans la salle à manger et aperçus Mike et son blouson. Il nous regardait.

Il nous sourit et nous fit signe. Mike était gentil, mais insignifiant. Il me faisait penser à une biscotte sans sel.

— Allez, fonce ! me souffla Rina.

Elle me prit la main pour m'entraîner dans la salle à manger, où Bill Skerrit était assis en bout de table.

— Enfin vous voilà, les filles ! C'est pas trop tôt ! s'exclama-t-il à notre vue.

Rina s'assit tout de suite sur ses genoux et lui prit sa bière, pendant qu'il nouait ses mains autour de sa taille.

— Mike, file-moi donc ces pièces que je les fasse rebondir sur la table et dans la bière ! commanda Rina, en se tortillant sur ses genoux.

Mike, juste en face d'elle, les lui fit glisser.

— C'est bien ma girl, ça, ronronna Bill.

— Vas-y, Catlin ! m'ordonna ensuite Rina à voix basse.

Je la regardai sans comprendre jusqu'à ce qu'elle me montre Mike du menton. Je suis donc allée le rejoindre, après avoir contourné la table, les chaises et les gens, pour m'asseoir à côté de lui.

— Ça va ? lui dis-je.

— Ouais, ça va.

Il me sourit et posa son bras, cool, sur le dossier de ma chaise.

Et voilà, l'affaire était presque réglée. J'avais appris que l'univers soigneusement codifié des relations amoureuses entre joueurs de foot et cheers ignorait le chaos.

Bien. J'étais donc assise à côté de Mike, mais je me sentais toujours, je ne sais pas, moi… bizarre. Comme si j'étais en alerte, à l'affût et dans l'attente de quelque chose. De quoi ?

Quand j'ai aperçu Matthew devant la salle à manger, c'est comme si je l'avais attendu pendant tout ce temps. Je n'ai donc pas été surprise de le voir là, mains dans les poches. C'est fou, mais j'ai aussi pensé qu'il était venu rien que pour moi.

— Hé, Bill ! cria Jeremy Light, l'un des autres joueurs. Tu as de la visite, vieux !

Bill Skerrit tourna la tête, Rina toujours sur ses genoux.

— Ah ouais. Salut. Bouge pas, j'arrive.

On regardait tous Matthew. Lui, il examinait tout ce beau monde, la crème de la crème de Jackson. Puis il me vit.

— C'est qui ce mec ? me demanda Mike Evans.

Sans bien m'en rendre compte, je passai sous son bras pour me lever, réduisant à zéro les efforts laborieux de cette dernière petite demi-heure.

— Je sais pas. Excuse, il faut que je te laisse, lui répondis-je.

Je me levai, contournai la table en sens inverse et me rendis dans la cuisine, qui ressemblait à un dépotoir avec ses canettes de bière vides. Dans un coin se trouvait un petit chien sur une couverture bleue, qui parut terrorisé à ma vue.

Je traversai la cuisine pour me rendre dans la salle de bains et, dans le vestibule, vis Bill Skerrit le quarterback refiler quelques billets pliés à Matthew, qui lui donna un truc en échange. Ils bavardèrent un peu, puis Bill revint dans la salle à manger. Matthew empocha son fric et ouvrit la porte d'entrée.

— Catlin ? Il y a un problème ?

Je regardai derrière moi. Mike était devant la salle à manger, une bière à la main.

— Oh non, rien du tout, répondis-je très vite.

Au même instant, Matthew se retourna.

— Je... hum, j'avais froid...

— Froid ? demanda Mike en regardant autour de lui, comme s'il cherchait la preuve tangible d'une baisse brutale de température : l'apparition d'un pingouin, d'un igloo ou d'un iceberg.

— Ben oui, la porte est ouverte, expliquai-je, en reportant les yeux sur Matthew.

On était face à face, et sur ce carrelage en damier noir et blanc, on se serait cru dans une partie d'échecs. Le petit chien jappa, avant de se recoucher et de fermer les yeux.

— Je peux te passer mon blouson, fit aussitôt Mike.

Il l'a donc retiré et me l'a tendu, comme s'il m'offrait

un cadeau d'une valeur inestimable. Moi, j'étais comme paralysée. De la porte ouverte, Matthew m'observait toujours.

Je tournai de nouveau les yeux vers lui.

Allez, viens..., lus-je sur ses lèvres souriantes, comme tout à l'heure.

Mike me tendait toujours son blouson en s'approchant. C'était clair, pour Mike, il était temps de conclure l'affaire : lorsque j'aurai son blouson sur le dos, on serait ensemble, il serait mon mec à moi et, de là, mon cavalier au bal du roi et de la reine du lycée, et à tous les bals de fin d'année ainsi qu'aux centaines de fêtes du samedi soir. Il m'offrirait une super bague sur une super chaîne que je porterais autour du cou. Je connaissais la procédure. Cass était déjà passée par là.

— Tiens, prends.

Il était si proche de moi que je n'avais qu'à lever le bras pour enfiler son blouson. Il le secoua comme pour m'encourager.

— Mets-le !

Je reportai les yeux sur Matthew, qui avait toujours son sourire en coin. Puis il leva son menton avec un petit air volontaire. Ce geste-là, je l'associerai pour toujours à Matthew. Et soudain, je me vis sortir d'un territoire bien délimité pour entrer dans un monde où même Cass n'était jamais allée, qu'elle n'avait jamais vu et dont elle n'avait sans doute jamais entendu parler. J'entrai dans un univers vierge et illimité, aussi vaste que le ciel et les étoiles qui m'avaient éblouie, plus tôt dans la soirée. Tout a commencé à cet instant-là, devant cette porte que Matthew tenait ouverte pour moi.

— Désolée, dis-je à Mike Evans et à son blouson.

Je m'approchai de Matthew, qui s'effaça pour me laisser passer, et pénétrai dans la nuit.

Tandis que je marchais devant lui, direction sa voiture, je n'avais aucune idée de ce que je faisais. Tout ce que je savais, c'est que Rina devait m'en vouloir à mort, parce que j'avais fait capoter ses plans, et que Mike Evans avait sans doute déjà remis son blouson et raconté aux autres qu'en tombant de la pyramide j'avais dû me déglinguer un neurone, parce que j'avais clairement perdu la tête.

Matthew s'adossa à sa voiture.

— Et maintenant ? me demanda-t-il.

Il avait l'air de se moquer de moi, enfin, c'était mon impression. Je me suis sentie complètement idiote.

Je restai immobile dans le froid, dans ma jupette, cheveux sagement tirés en arrière et retenus par des barrettes aux couleurs de mon lycée. Je pensai à Rina : personne mieux qu'elle ne savait exprimer ce qu'elle désirait obtenir des mecs.

J'imitai donc son petit air provocant.

— Tu me reconduis chez moi ?

— Ça roule.

Il monta dans sa voiture et déverrouilla la portière passager.

Matthew ne me connaissait pas. Il ne savait pas que Cass était partie de chez nous. Il ne savait rien de ma vie. J'aurais pu être n'importe quelle autre nana : je pouvais être qui je voulais.

— Tu habites où ? demanda-t-il en démarrant.

Au moment où il passa la marche arrière, sa main frôla mon genou, mais au lieu de reculer, au contraire je me rapprochai.

— Lakeview.

Il acquiesça, puis alluma la radio. On n'a plus parlé jusqu'à ce qu'on arrive.

Il s'est garé à un bloc de chez moi. Puis il a coupé le contact et m'a fait face.

— Alors ? Tu regrettes déjà ? demanda-t-il d'une voix égale.

— Regretter quoi ?

— D'avoir quitté la fête. J'avais bien l'impression qu'on avait des plans, pour toi.

Je revis Mike Evans qui me tendait son blouson avec son air bête, si bête.

— Possible, mais ça n'était pas les miens.

Il acquiesça, passa son index sur le volant.

— J'ai vite percuté que tu étais une galère de première, reprit-il à voix basse. Et rien qu'en te regardant.

— Moi, une galère ? Et toi, tu t'es regardé ?

Il haussa les sourcils.

— Traduction ?

— Tu sais bien : ta voiture, tes cheveux et tout.

— Ah bon, mes cheveux ? demanda-t-il en effleurant l'une de ses dreadlocks. Qu'est-ce qu'ils ont, mes cheveux ?

— Arrête, tu le sais parfaitement, répétai-je.

Il secoua la tête en souriant.

— On s'en fout, répondit-il.

J'avais l'impression qu'il attendait que je me tire. Ça n'était pas une impression d'ailleurs, mais une certitude.

C'est vrai, pour lui, j'étais une mignonne petite pom-pom girl, une sorte de joujou distrayant pendant deux trois minutes, or maintenant, il avait envie de passer à autre chose. Mais moi, je ne voulais pas partir. Enfin, pas encore. Tout à l'heure, j'avais eu la sensation d'être dans un long couloir plongé dans la nuit dont la porte tout au fond s'était entrouverte pour laisser couler un filet de lumière. Pendant un instant, j'avais pu être qui je voulais, tout ce que je voulais, comme je voulais.

Mais maintenant que j'étais revenue dans mon quartier, dans notre rue que je connaissais si bien, avec ses bouches d'incendie, ses lampadaires et ce trottoir où j'avais tant joué et dessiné des millions de marelles, je redevenais moi à une vitesse phénoménale, c'est-à-dire une fille tristement banale et sans mystère.

Matthew restait adossé à son siège, le regard fixé sur le tableau de bord où les petits chiffres et pictos se détachaient en vert fluo. Attendant, oh ! c'est sûr et certain, que je me casse. J'avais la main sur la portière, prête à filer, quand il reprit :

— Catlin ?

Je tournai la tête, l'observai. Yeux très verts et dreads... Matthew était différent. Autre. À des années-lumière de Mike Evans, et de la ligne de défense de l'équipe de football américain du lycée. Soudain, je compris pourquoi Cass roulait sur son lit en riant bêtement, et en répétant bonne nuit sur tous les tons à Adam, juste pour retenir encore un peu le son de sa voix.

— Oui ?

Mais déjà, il se penchait sur moi et posait une main sur ma joue pour m'embrasser.

On s'est embrassés et gentiment pelotés une bonne demi-heure dans sa voiture garée devant la maison des Richmond, juste derrière leur minibus Astrovan bleu. C'était hallucinant qu'un événement aussi extraordinaire se passe dans un lieu aussi ordinaire... Je me rendis compte, au moment où Matthew essayait de défaire l'agrafe de mon soutien-gorge, que je ne savais même pas son nom de famille. Ça m'a tellement turlupinée que j'ai repris mon souffle pour le lui demander.

— C'est quoi ton nom de famille ? lui murmurai-je à l'oreille.

— Biscoe, répondit-il, sans cesser de se bagarrer avec l'agrafe de mon soutif.

— Ah.

Au même instant, une ombre s'est profilée sur la voiture. Quelqu'un arrivait, on s'est figés. C'était un de nos voisins, M. Carnaby, qui promenait son setter irlandais, si vieux qu'il était déjà presque mort. Le pipi de son toutou fini, M. Carnaby allait fatalement longer la BMW, et nous repérer.

Mais Matthew passa la main sous mon siège, actionna le levier et une seconde plus tard, pof, on bascula en arrière. J'observai son visage, ses yeux verts, et sentis des fourmillements se disperser de ma tête jusqu'à la pointe de mes pieds.

— Matthew Biscoe..., me souffla-t-il à l'oreille.

Il se remit à m'embrasser et me caresser, et je sombrai de nouveau...

À un moment donné, j'entraperçus l'horloge du tableau de bord et constatai qu'il était plus de minuit, l'heure à laquelle je devais en principe rentrer à la maison.

— Il faut que j'y aille !

Je reboutonnai mon haut si vite que j'oubliai de remettre mon soutif, que j'avais fourré dans la poche de mon blouson de cheer. Une simple chute de la pyramide, et regardez jusqu'où j'étais tombée.

— Mais où ? chuchota-t-il.

Ses lèvres salées et fraîches étaient pressées contre mon oreille.

— Chez moi, répondis-je, en me recoiffant vite fait. Je dois être rentrée à minuit.

— Il est seulement minuit cinq.

— Justement, je suis en retard.

Mais il m'embrassa de nouveau, longuement. Langoureusement... Enfin, il posa sa main sur mon genou et démarra pour contourner le bassin du rond-point et parcourir les derniers mètres jusque chez moi.

Arrivé là, il ralentit et laissa le moteur tourner.

— Bon... ben voilà, déclarai-je. Je dois filer, maintenant.

— Puisque tu le dis.

J'ouvris ma portière et sortis en remarquant que la fenêtre du salon, du côté où se trouvait le fauteuil de mon père, était toujours allumée.

— Salut, lançai-je.

Je passai devant sa voiture pour traverser, me demandant si je le reverrais un de ces jours, ou s'il parcourait la région en séduisant les cheerleaders en quête d'absolu, parce qu'il flashait sur les pompons.

C'était la pleine lune. Je montai les escaliers de chez moi sous sa lueur argentée, mon soutien-gorge serré dans mon poing au fond de ma poche. En moins de sept heures, c'est toute ma vie qui avait basculé : la révolution avait commencé à partir du moment où un mec avait hurlé le prénom de Cass pour s'achever, maintenant, avec celui où Matthew Biscoe démarrait et descendait lentement ma rue. C'était comme si tout était arrivé à une autre fille, et cependant, chaque événement et chaque baiser m'appartenaient à moi, Catlin. Arrivé au virage, Matthew donna un bref coup de klaxon. Je me détournai au moment où il accélérait, le regardai passer le pont et se diriger vers l'autoroute, jusqu'à ce que ses phares deviennent des points lumineux dans la nuit.

Une fois dans ma chambre, je fis ma toilette, enfilai mon pyjama et quand je fus au lit, pris le journal des rêves caché sous mon matelas. Je l'ouvris à la page où je n'avais écrit qu'une seule phrase, et la fixai.

J'écrivis en pensant à Cass, comme si elle allait un jour me lire. Je racontai dans les détails ce qui s'était passé ce soir. Son prénom qu'un mec avait crié dans le public, puis ma chute, Matthew, ce que j'avais fait, avec lui, sous la pleine lune. Quand j'ai eu fini, j'avais rempli quatre pages et j'avais des crampes à la main. Je refermai mon journal avec mes secrets, et le remis sous mon matelas.

J'éteignis la lumière et dans la nuit, je revis les yeux verts de Matthew. Pour la première fois, je ne pensai pas à mon désir de retrouver Cass au pays des rêves. Et tandis que je m'endormais, j'entendis les freins du vélo de Stewart qui rentrait. Je savais, même sans regarder, qu'il allait dévaler la côte vers le jardin, de plus en plus vite, avant de se baisser sous la corde à linge et rentrer chez lui sans se casser la figure.

5.

Matthew ne me contacta ni le lendemain ni le surlendemain ou le jour d'après. Les deux premiers jours, je boudai et me goinfrai de gâteaux, allongée sur mon lit, en fixant le plafond. Je n'avais pas passé beaucoup de temps avec Matthew, mais j'avais eu l'impression de sortir non seulement de l'ombre de Cass, mais aussi de la mienne. C'était donc une sacrée dégringolade de retrouver mon ancien moi.

Le troisième jour, il s'est passé un truc de fou, et du coup, j'ai oublié Matthew. Oh, mais pas longtemps.

C'était après le lycée, un après-midi où je n'avais pas entraînement de cheers. Je regardais à moitié la télé, en lisant, à moitié aussi, les deux chapitres en sciences sociales que je devais apprendre pour le lendemain. Je zappais également entre un film, un programme pédagogique sur les dangers dus à l'usage de stéroïdes, et MTV, lorsque j'atterris sur le *Lamont Whipper Show*. Le sujet du jour, c'était : « Tu es trop grosse pour être rosse ! » À moment donné, une bonne femme a pété un câble et s'est mise à jurer, donc un mot sur deux a été censuré par un bip (« Tu n'es qu'une sale bip qui bip les bip »). Il y eut bientôt un tel bazar que je finis par lever les yeux. J'étais prête à zapper pour revenir au programme pédago sur les stéroïdes, lorsque j'aperçus ma sœur à l'écran.

Cass était près du plateau, côté public. Elle tenait un porte-bloc pressé contre elle, et avait un stylo sur l'oreille. Le *Lamont Whipper Show* avait un petit budget, on voyait donc souvent les différents membres du staff discuter à l'écran. Leur présence ajoutait du réel à la téléréalité, un petit côté : « On vous montre tout, on ne vous cache rien ». Sur le plateau, une rouquine pointait un doigt accusateur sur sa sœur qu'elle engueulait comme du poisson pourri. En arrière-plan, Cass observait la scène avec attention. À un moment donné, elle recula et se dégagea le visage.

Je bondis de ma chaise, envoyai mon bouquin de sciences sociales valser à travers le salon, et me rapprochai de l'écran pour mieux la regarder. Si, c'était bien Cass, mais elle avait les cheveux plus courts. Elle avait les ongles vernis et portait un pull noir qu'elle m'avait emprunté et ne m'avait jamais rendu. C'est drôle, je l'avais oublié.

— Catlin ? entendis-je dans le couloir.

C'était maman qui rentrait.

— Tu pourrais baisser le son, s'il te plaît ? Tous ces hurlements…

Maman s'interrompit. Je me détournai au moment où elle plaquait sa main sur sa bouche, les yeux écarquillés et sous le choc.

— Oh, mon Dieu ! balbutia-t-elle.

Maman s'approcha et se pencha sur l'écran où l'on voyait maintenant Cass écrire sur son porte-bloc, en acquiesçant à ce que lui disait un caméraman. Sur le plateau, c'était au tour de la sœur de la rouquine de hurler comme une folle.

« Si t'avais été plus cool avec lui, espèce de bip, il n'aurait pas bip et bip avec moi, et trouvé ce que toi, la bip, tu refusais de lui donner ! »

En réponse, on entendit un flot continu de bips ponctués par les cris, les protestations et les exclamations du public.

— C'est elle..., prononça maman. Regarde, c'est Cassandra.

À l'écran, ma sœur sourit, puis rit à une remarque du caméraman et serra son porte-bloc contre sa poitrine.

— Oui, je sais, maman. J'ai vu.

— C'est Cassandra, répéta maman tandis qu'elle s'agenouillait à cinquante centimètres de l'écran de télévision.

Cass se dégagea de nouveau le visage et enroula une mèche autour de son index. Les traits de maman se décomposèrent.

— Oh, mon Dieu, répéta-t-elle.

Elle posa sa main sur l'écran, sur le visage de Cass. Ma sœur souriait en coin. Si elle s'était doutée que son apparition suscitait une émotion pareille, à la maison...

— Maman..., commençai-je.

Je regrettais presque qu'elle ait vu ma sœur. Je la trouvais pathétique à genoux devant notre télé, l'index tremblant effleurant l'écran, de plus, sous le regard béant et fixe de l'une de ses poupées qui se trouvait à côté du porte-revues.

À cet instant, les frangines ennemies ont disparu, Cass aussi par la même occasion, et l'on a vu la bobine de *Lamont Whipper*.

« Restez avec nous ! Judy et la sœur aînée de Tamara vont nous faire une incroyable révélation sur l'un de leurs maris ! »

Une pub pour Doublemint de Wrigley's passa, mais maman transfigurée ne bougea pas. Elle semblait toujours avoir Cass sous les yeux, et à portée de main.

— Elle va bien, déclara-t-elle à voix basse. Elle est vivante.

J'étais sûre qu'elle ne s'adressait pas à moi, et pourtant je lui répondis.

— Évidemment. Elle va bien.

Maman laissa enfin retomber sa main, puis s'assit sur ses talons et s'essuya les yeux.

— Je suis tellement contente… Ma petite fille va bien… mon Dieu, merci, elle va bien…

Maman et moi, on est restées scotchées à la télé pour regarder la suite et la fin du talk-show : on revit Cass, mais de temps en temps seulement, et jamais plus aussi longtemps. La troisième sœur révéla qu'elle avait emballé – et couché avec eux – les deux maris de ses sœurs, ce qui provoqua une épouvantable bagarre au cours de laquelle on vit Adam bondir sur le plateau pour les séparer. Ma mère parut horrifiée par cette violence qui allait à l'encontre de toutes ses croyances, mais elle garda les yeux fixés sur l'écran. J'eus le sentiment que le *Lamont Whipper Show* deviendrait notre grand-messe quotidienne…

Quand papa rentra à la maison, maman lui raconta tout. Papa hocha la tête, l'air très las, le front creusé, puis s'enferma dans son bureau. Maman le suivit des yeux, puis, l'air résolu, se rendit à la cuisine. Elle décrocha le téléphone, sortit la liste des numéros qu'elle et papa avaient appelés le jour où Cass était partie de chez nous, et trouva vite celui du *Lamont Whipper Show*.

— Oui, bonjour, j'ai regardé votre émission, aujourd'hui, commença maman, qui prit sa voix la plus distinguée quand on lui répondit. Et… pardon ? Oh oui, bien sûr, c'était très bien. Tout à fait divertissant. Mais je tente de joindre l'un des membres de votre staff, et je me demandais… Oh oui, je comprends… Bien entendu… Mais pourriez-vous tout de même lui transmettre un message, je vous prie ?

Papa sortit de son bureau, retira ses lunettes de lecture et les mit dans la pochette de sa chemisette. Je pensai à tous ces bulletins de Yale cachés et soigneusement empilés dans son tiroir. Papa devait être bien triste de savoir que Cass bossait dans un talk-show pseudo-psy, où elle voyait et entendait chaque jour des horreurs.

— Elle s'appelle Cassandra O'Koren, reprit maman dont la voix me parut soudain nettement moins énergique.

Mon père se détourna pour l'observer et moi je me rendis compte que je retenais ma respiration. Je revoyais maman, le nez sur l'écran de notre télévision, la main tendue pour caresser le visage de Cass, de la seule façon désormais possible : par écran interposé.

— Dites-lui aussi, vous voulez bien ?, que sa famille l'aime et qu'elle lui manque beaucoup. Merci.

Après ma fin de soirée avec Matthew, je m'attendais à ce qu'il vienne à un match, à une fête, ou au moins passe devant chez moi assez lentement pour m'attirer à ma fenêtre, ou dehors. Mais non. Rien du tout. Au début, je fus surprise, puis triste, et pour finir, ça m'a gonflée. Rina disait que ces hauts et bas étaient normaux, dans les relations garçon-fille, et que plein de psychologues avaient écrit là-dessus. En attendant, Rina se gavait avec moi de Butterfinger, et me soutenait au travers de ce qu'elle appelait le Cycle de la Convalescence. Moi, j'appelais ça « Lâche l'Affaire et Va donc de l'Avant », quand je revis Matthew.

C'était samedi matin, quelques jours plus tard. L'équipe des cheerleaders se produisait à la maison de retraite. C'était une petite fête où diverses associations montaient un spectacle gentillet, avec un vrai souci pédagogique : lors de cette manifestation, on enseignait tout, de la valse au tango, et jusqu'au nœud de chaise. Nous, on exécutait l'une de nos chorégraphies habituelles pour remplir les intervalles entre chaque passage sur la scène. Il était dix heures du matin seulement, et la veille, on avait eu un match important. J'avais mal aux épaules parce que je faisais partie de la base, au milieu de la pyramide, et soutenais désormais les autres. Rina avait la gueule de bois, et sept heures plus tôt, Kelly Brandt et Chad avaient (de nouveau) rompu. Autant dire qu'on n'était pas au meilleur de notre forme.

— Moi, je suis sûre que tous ces seniors nous haïssent, murmura Rina, alors qu'on agitait nos pompons devant des rangs et des rangs de seniors installés sur des chaises pliantes.

Ils nous regardaient poliment, mais c'est clair, ils s'ennuyaient. Certains avaient même plaqué leurs mains sur leurs oreilles pour ne pas entendre la musique. Kelly pleurait et reniflait. Elle s'essuya furtivement les yeux pendant sa série de saltos tandis que Melinda Trudale, qui avait oublié le conseil de notre coach d'« être moins rentre-dedans » faisait son *full twist*, enfin, sa vrille, et un déhanché sous le nez d'une petite mémé toute frêle et horrifiée, qui avait une assistance oxygène et tricotait des petits chaussons roses.

— Si tu veux savoir, je m'en fous, répondis-je.

C'était exactement ce que je ressentais.

J'en arrivais à me demander si je n'avais pas rêvé ma fin de soirée avec Matthew, sinon l'intégralité de cette foutue soirée ! Sans les autres qui me tiraient la gueule, au lycée, parce que j'avais jeté Mike Evans, j'aurais réussi à m'en convaincre. Rina avait été en colère contre moi pendant cinq minutes à peine, mais au cours de la semaine, Mike m'avait lancé des petits regards méchants, et refusé de m'adresser la parole. Je m'en fichais : moi aussi je ne lui parlais pas et je le regardais à peine. J'étais comme une âme en peine, je me sentais moche et j'étais triste parce que j'étais incapable d'oublier les baisers de Matthew. Ça n'était pas faute d'essayer, pourtant.

Après notre chorégraphie, on a quitté la scène en yodlant et en sautant, sous quelques applaudissements polis. Là-dessus, un gentil barbu avec un coussin dans les bras s'est avancé, pieds nus, sur la scène.

Je repérai Stewart et Boo au fond de la salle. Tous deux avaient proposé d'organiser un atelier fruits, arts et expériences sensorielles personnelles. Maman était là aussi et préparait la collation et le punch. Maman avait été tellement concentrée sur les redifs du *Lamont Whipper Show*, qui passait tous les jours à 11 heures,

15 heures et 22 heures sur différentes chaînes du câble, qu'elle n'avait pas remarqué que j'avais changé, au cours de ces derniers jours. Maman n'avait vu Cass qu'une fois, mais elle écoutait les conneries du talk-show de A à Z, dans l'espoir de la revoir.

— Bonjour à vous tous, commença le barbu d'une voix douce, le coussin toujours contre la poitrine.

Il brandit son micro.

— Je m'appelle Wade, et j'aimerais que tout le monde prenne une grande bouffée purifiante d'oxygène, parce que, au cours de l'heure qui va suivre, nous allons être plus proches de notre Soi.

Après avoir subi les pirouettes de Melinda, la mémé tricoteuse du premier rang en avait manifestement ras le bol de la proximité ; elle prit donc sac et chaussons, et partit respirer ailleurs avec son appareil à oxygène portable.

Wade toujours au micro ne sembla pas le remarquer.

— Je suis artiste, écrivain et danseur mais je suis aussi un survivant. Je veux vous prouver que le plus petit mouvement peut stimuler le bonheur et la guérison.

— Putain, qu'est-ce qu'il ne faut pas entendre, fit remarquer Rina d'une voix égale en réajustant sa bretelle de soutien-gorge. Je me casse : je sors fumer.

— Je t'accompagne, annonça Eliza Drake qui sortit son paquet de son sac.

— Et toi, tu viens ? me demanda Rina.

— Oui, j'arrive.

Sur la scène, Wade s'était assis sur son coussin et avait croisé les jambes, comme Boo pendant sa session de méditation bihebdomadaire dans son jardin. Le public se clairsemait lentement, les chaises grinçaient tandis que les seniors se dirigeaient à petits pas vers l'espace restauration, où maman remplissait des petites tasses bleues.

— Pour commencer, prenez une grande inspiration et mettez vos bras au-dessus de votre tête, comme ça, continua Wade dans son micro.

Quelques seniors obéirent. Boo et Stewart levèrent aussi les bras, yeux fermés. Au-delà des grandes baies, de l'autre côté de la salle, je vis Rina et Eliza qui, assises près de la fontaine, fumaient et laissaient tomber leurs cendres dans l'eau.

Je revins dans l'espace restauration où maman servait toujours punch, cookies, brownies et tartelettes aux pommes et au citron, bref à tous les goûts.

— Salut, ma puce !

Ses yeux brillaient, elle souriait. Maman adorait participer à ce genre de gentil projet social dans lequel elle se jetait à corps perdu. Pendant la semaine, elle avait préparé des cookies, des carrés à tout ce que vous voulez en prévision du Senior Days et coordonné une trentaine de Junior Leaguers pour la déco et la logistique.

— Tu veux bien me rendre un service ? me demanda-t-elle.

— Oui, quoi ?

Une vieille dame avec un déambulateur me bouscula pour piocher un cookie dans le plat.

— Va dans la cuisine et prends-y un plateau de cookies, d'accord ? Il y a des jeunes qui nous donnent un coup de main : ils te montreront où ils se trouvent.

— OK.

— Merci !

Maman s'approchait déjà de vieux messieurs qui s'efforçaient d'ouvrir une bouteille de jus de fruits.

— Laissez-moi faire ! Et voilà ! Prenez donc un petit cookie ! Il y en a aux pépites de chocolat ! Il y a aussi des tartelettes au citron et des brownies aux noix de pécan.

Il n'y avait pas un chat dans la cuisine, sauf un type qui empilait des cookies sur un grand plateau, au fond. Les murs carrelés et le carrelage, blancs, en plus éclairés par des néons, m'éblouirent. Dans la grande salle, Wade parlait toujours, cette fois de la liberté de mouvement.

— Excusez-moi ? dis-je au type.

J'ai pensé qu'il me rappelait quelqu'un bien avant qu'il se retourne.

— Mais on m'a demandé de…

Je me tus. C'était Matthew. Il portait un jean et un T-shirt blanc, et ses dreads avaient été réunies par un élastique. Je l'avais rencontré de nuit, le revoir dans cette lumière vive le rendait réel. Il ne sembla pas surpris de me voir. Il me sourit.

Wade expliquait maintenant qu'il fallait respirer en effectuant, spontanément, un petit geste ou un mouvement de son cru.

— Vous serez vous-même surpris par le résultat ! l'entendis-je préciser.

Matthew posa un cookie sur son plateau.

— On t'a donc demandé de… ?

Il a jeté sur moi ce regard un peu moqueur que je connaissais déjà bien. J'ai senti ma tête tourner sous les néons, et j'ai cru que j'allais m'évanouir.

— De prendre ça, répondis-je, lui montrant le plateau qu'il me tendit.

Je fis demi-tour et repartis, mais je sentis son regard sur mon dos.

— Souvenez-vous de bien respirer ! répétait Wade d'une voix très apaisante.

Je me retournai. Matthew était toujours là. Il leva les sourcils.

— Quand est-ce que tu allais te décider à m'appeler ? lançai-je.

Il parut déconcerté.

— Désolé, mais je ne connais pas ton nom de famille.

— Tu sais où j'habite.

— Ouais, dit-il en mettant ses mains dans ses poches.

Il baissa la tête. Quelques dreadlocks retombèrent sur son front. Puis il se redressa d'un bloc.

— J'y travaillais, tu sais.

— Ah, tiens ?

— Ouais, dit-il, s'appuyant contre la table.

Il y avait quelque chose dans ses gestes, ses mouvements, lents et réfléchis, qui me faisait absolument et complètement craquer.

— Je te jure que oui.

Je secouai la tête et revins vers maman qui, exaspérée d'avoir attendu, m'arracha le plateau des mains, faisant tomber quelques cookies.

— Eh bien, il était temps !

À peine l'avait-elle posé sur la table que des mains piochèrent dedans.

Je revins à la cuisine où je retrouvai Matthew à l'endroit exact où je l'avais laissé, comme s'il avait su que je reviendrais et m'avait attendu.

— Lâchez prise, continua Wade. Ouvrez-vous, et vous vous trouverez…

J'imaginais Wade, mains jointes, tandis que je traversais la cuisine éclairée par les néons. Je m'approchai de Matthew et le regardai droit dans ses yeux verts. Il me sourit.

— Je ne te crois pas.

— C'est à cause de mes cheveux, dit-il.

Je secouai la tête.

— Mais au fait, qu'est-ce que tu fiches ici ?

Il passa ses mains autour de ma taille et m'attira à lui, ce qui réveilla mes courbatures de la veille.

— J'ai eu des embrouilles. C'est une longue histoire, répondit-il. Tu as envie que je te la raconte ?

Maintenant ? Pas vraiment, non.

Sur scène, Wade continuait de parler. Il semblait s'adresser à moi : il me rappelait de respirer, bien respirer surtout, de m'ouvrir et de me li-bé-rer. Il prononçait d'autres paroles du même genre, vides de sens. C'est sa voix que j'entendis, et aucune des autres qui résonnaient dans ma tête, lorsque Matthew m'embrassa. Je lâchai prise et fermai les yeux, sans cesser de respirer.

6.

— Écoute, Catlin, je ne suis pas pour, me dit maman le même soir, alors que j'attendais que Matthew passe me chercher.

Je fixais la route devant chez nous par la fenêtre en haut des escaliers : de là j'avais une vue parfaite sur le feu de la circulation, au bout de notre rue. À travers les arbres nus, je distinguais ses trois couleurs, et chaque fois qu'il passait au vert, je retenais mon souffle parce que je m'attendais à voir Matthew arriver.

De son fauteuil, papa baissa son journal et tourna les yeux sur moi.

— Que se passe-t-il ?

Ma mère traversa le salon, replaça mieux sa toute dernière acquisition, une poupée victorienne qui représentait l'épicier, un petit bonhomme corpulent qui portait, je crois, un sac de farine.

— Catlin a rencontré ce garçon aujourd'hui, commença maman en caressant la tête chauve et mate de sa poupée. Et ce soir, imagine un peu : elle sort avec lui.

Le feu était de nouveau passé au rouge. Je consultai ma montre. Bon, il avait dit 19 heures, mais j'étais prête et l'attendais depuis 17 h 30.

— Qui est-ce ? interrogea papa.

— Le fils de Matthew Biscoe, tu sais bien, expliqua maman.

Elle se désintéressa de son épicier pour déplacer le pot à lait du minuscule service à thé disposé sur la table basse.

— Le joueur de basket ? Le meneur historique ? interrogea papa.

Je vis le feu passer au rouge, puis au vert.

— Non, l'autre, rectifia maman.

— Oh.

Je ne pris même pas la peine de me retourner pour soutenir Matthew, ou plaider ma cause. Quand maman m'avait vue dans la cuisine avec lui, elle m'avait demandé où j'avais fait sa connaissance et j'avais répondu : au lycée. Quant à la « longue histoire » de Matthew, qui expliquait sa présence à la maison de retraite, elle avait commencé par un quelconque délit (il n'était pas rentré dans les détails) et s'était terminée avec une condamnation à un travail d'intérêt général qui l'avait conduit aux tartes au citron pour les retraités, et à moi. Manifestement, Kelly Brandt ne s'était pas trompée de beaucoup sur Matthew.

Mes parents connaissaient les siens. Sa mère s'appelait Bobbi Biscoe et était agent immobilier. Elle avait de longs cheveux blonds épais, et on voyait son visage sur tous les panneaux « À vendre/À louer » de la région. Sur la photo, elle levait le pouce, tête inclinée comme pour dire : « Faites-moi confiance et vous ne le regretterez pas ! » Bobbi Biscoe faisait partie de la même association que maman. Le père de Matthew présidait l'association régionale des pharmaciens et jouait au golf dans le même club que papa. Enfin, c'est grâce à Peyton, le frère aîné de Matthew et meneur historique, que Perkins Day était allée au championnat d'État de basket-ball, l'année dernière. Peyton était maintenant en première année de fac. Logiquement, cette accumulation de coïncidences heureuses aurait dû faire pencher la balance en faveur de Matthew. Mais le problème, c'est que Matthew avait un pedigree d'histoires louches dont il m'avait donné une idée, lorsqu'il m'avait reconduite à la maison tout à l'heure.

Matthew allait à Perkins Day, un lycée d'élite qui se trouvait à l'autre bout de la ville. Il repiquait sa terminale parce qu'il avait dû « prendre des vacances forcées », à cause de « sacrées embrouilles » avec l'administration scolaire. Il n'avait pas précisé lesquelles.

Il habitait avec ses parents dans les Arbors, un quartier résidentiel, où les maisons super luxe s'élevaient autour d'un terrain de golf. La leur se trouvait près du neuvième trou, m'avait-il précisé. Matthew habitait dans l'ancien abri piscine, et pouvait donc vivre sa vie sans qu'on vienne l'ennuyer. Il tenait en effet beaucoup à son indépendance. En septembre, il avait repris les cours au lycée, travaillait à mi-temps dans un garage spécialisé dans la réparation de voitures de luxe et faisait son travail d'intérêt général à la maison de retraite, où il bossait aux cuisines. C'est sûr, il avait eu des « embrouilles » à cause de « pas mal de trucs », mais il semblait être revenu dans le droit chemin. Moi, je ne me faisais pas de souci, mais maman s'en faisait pour deux.

Maman traversa le salon, sourcils froncés.

— Je pense seulement…, commença-t-elle, l'air de rien.

À sa façon gentiment manipulatrice, elle laissa sa phrase en suspens, certaine que papa mordrait à l'hameçon.

Et bien entendu, papa replia son journal qu'il reposa sur la table, à côté de lui.

— Oui, quoi ? demanda-t-il.

— Catlin a eu une journée longue et fatigante, décréta maman, qui ne se décidait pas à me laisser en paix et tournicotait autour de moi comme autour de ses poupées.

Me dévisageant, elle ajouta :

— Je crains que tu ne sois un peu fatiguée, ma puce.

— Mais non, je ne suis pas fatiguée. J'ai la super forme.

— Tu as un match important, lundi après-midi, insista-t-elle, lissant la jupe d'une poupée dont la bouche était figée dans un O impressionnant. Sans compter le bal de vendredi soir. Je ne serais pas surprise que tu aies des entraînements supplémentaires, au cours de ce week-end.

— Maman, on est samedi ! m'exclamai-je alors que, à travers les branches, je voyais le feu repasser au vert.

— Je te donne simplement mon avis, à savoir que je ne suis pas certaine que ce soit une bonne idée de sortir ce soir.

Maman fixa papa avant de traverser le salon et de s'asseoir sur le canapé, où elle déplaça le rang de dés à coudre en verre d'un centimètre sur la droite. Elle avait prononcé ces derniers mots d'une voix égale et, en même temps, bien nette, le regard fixé sur mon père, dont elle attendait, de nouveau, la réaction.

Gagné : papa leva les yeux sur elle, puis sur moi.

— Écoute, Catlin, me dit-il, tandis que je voyais le feu repasser au rouge, tu as peut-être mal choisi ta soirée pour sortir avec ce garçon.

— Mais enfin, on est samedi ! protestai-je de nouveau en détachant mon attention du feu pour le regarder. S'il te plaît, papa ! De plus, j'ai terminé tous mes devoirs. C'est le week-end.

— Tu as aussi un contrôle de math, lundi, insinua maman, qui prit l'un des dés à coudre pour l'examiner.

Je sentais mon malaise monter. Je détestais que maman fourre son nez dans ma vie, connaisse mes horaires de cheer, mon emploi du temps au lycée et épie mes moindres mouvements : c'est comme si on avait été une et indivisible, elle et moi. Maman avait agi de la même façon avec Cass, quand autrefois elle affichait fièrement son emploi du temps et ses heures d'entraînement sur le frigo. J'avais toujours pensé que Cass aimait ça, et d'ailleurs, je l'avais presque enviée à l'époque. Maintenant, je n'étais plus si certaine que Cass ait autant apprécié.

Mon père reprit son journal et le déplia à la page des sports.

— Rentre avant minuit, et demain, tu révises, déclara-t-il finalement.

Du canapé, maman tourna la tête vers la fenêtre, mais elle ne pouvait pas voir le feu qui passait de nouveau à l'orange, puis au rouge.

— Ça marche ! dis-je.

Matthew se gara à 19 heures pile devant chez nous : notre horloge sonnait les sept coups quand je suis sortie. Je ne me retournai pas pour vérifier si maman me suivait des yeux. Je voulais que cette minute m'appartienne, pas qu'elle s'intègre dans un emploi du temps méga organisé, qu'elle pourrait s'approprier. Je me demandais si Cass avait ressenti la même chose que moi, quand elle était partie de chez nous, ce matin d'août, lorsqu'elle s'était, comme moi maintenant, dirigée vers une voiture qui l'attendait, avec le moteur qui tournait.

Je montai dans la BMW, refermai ma portière.

— Salut.

— Salut, répondit Matthew.

Il démarra, fit un demi-tour devant le garage des McLean, et prit la direction de l'autoroute et du feu que j'avais fixé pendant tout le début de la soirée. Il était vert sur le point de passer à l'orange quand on l'a franchi. Je regardai Matthew. Qu'est-ce qu'il pensait de moi, au juste ? Ce soir, remarquai-je dans la foulée, il portait un pull marron et un jean, et puis de vieux mocassins. Une cigarette pendait au coin de ses lèvres. Il ne parlait pas, je ne savais pas comment commencer une conversation qui n'aurait pas l'air plus stupide que ce silence absurde.

Au bout de quelques minutes, Matthew m'annonça qu'il avait « une bricole à régler » et qu'il devait « faire un saut quelque part ». Le « quelque part » était en fait une super baraque des Arbors qui s'élevait au bout d'une petite impasse. Près d'une cinquantaine de voitures y étaient garées, mais Matthew, lui, s'engagea carrément dans l'allée qui conduisait à l'entrée.

— Tu viens ? me dit-il, en sortant de la voiture.

Je le suivis. Galère, pas galère ? Impossible à dire. Depuis le premier soir, Matthew et moi, ç'avait été l'aventure et l'inconnu. Je ne m'étais donc pas vraiment attendue à ce qu'on aille au ciné, qu'on mange une pizza ou boive un Coca avec deux pailles, ce qui aurait été le cas avec Mike Evans, mais tout de même, je m'étais attendue à quelque chose.

Quand j'entrai, je compris tout de suite que je débarquais dans une fête organisée par ceux de Perkins Day. Ils avaient tous l'air de sortir d'une pub mode avec leurs pulls en cachemire et leurs sourires éclatants de blancheur.

— C'est par là, me dit Matthew, me faisant passer devant la fontaine d'intérieur du vestibule.

Il semblait bien connaître l'endroit. Des filles assises près de la fontaine avec alcopops et premix m'ont toutes regardée en faisant leurs petits yeux méfiants : en général, c'est l'expression que les filles réservaient à Rina, jamais à moi. Ça alors, c'était nouveau.

— Salut, Matthew, dit l'une d'elles.

Matthew hocha la tête sans répondre.

— C'est qui ? demandai-je juste pour parler.

On entrait à présent dans un salon avec une belle moquette épaisse et moelleuse. À côté, dans la salle à manger, les gens jouaient à balancer des pièces dans des verres de bière placés sur la table, très grande, et autour de laquelle étaient rassemblées au moins une vingtaine de personnes. Je vis une pièce rebondir sur toute sa longueur et largement manquer le verre de bière. Tout le monde hua le perdant.

— C'est personne, me répondit enfin Matthew.

Là-dessus, il s'approcha d'une porte et frappa deux fois, avant d'ouvrir.

On entra dans une bibliothèque aux murs lambrissés et avec moquette bordeaux, où se trouvait un grand bureau entouré d'étagères avec des trophées, des tableaux et des diplômes encadrés. Assis derrière le bureau, un grand blond essayait d'allumer une pipe avec un briquet. Une rouquine bouclée qui portait un jean déchiré et un sweat de Perkins High School était assise sur le sous-main du bureau et fumait une cigarette, en tenant un énorme cendrier en verre taillé en équilibre sur une cuisse.

— Matthew, on t'attendait, commença le grand blond.

Il posa la pipe à côté d'un jardin zen miniature garni de pierres et de sable fin, et se leva.

— Ben, me voilà, déclara Matthew.

— Super, répondit le mec.

Il avait le look beau gosse à la gueule d'ange : blond aux yeux bleus avec une peau de bébé.

— Qu'est-ce que tu as pour moi ?

Matthew fouilla dans sa poche et en sortit un petit sachet d'herbe qu'il lui tendit en le secouant bien pour égaliser le niveau de son contenu. Je ne sais pas pourquoi, mais ça m'a surpris qu'il soit dealer. Matthew avait été condamné à un travail d'intérêt général au Senior Center où il servait des cookies « à cause d'une embrouille », mais j'avais pensé que l'embrouille en question, c'était une simple contravention ou un excès de vitesse, pas la drogue.

Matthew posa son sachet sur le bureau, le fit glisser

vers le blondinet, qui le prit et le jaugea, en tapotant son contenu de la pointe de l'index.

— Combien ? demanda-t-il.

— Soixante-quinze. Et une pincée pour ma conso perso.

Le blond acquiesça.

— C'est bon.

Il tourna les yeux vers la rouquine qui écrasa son mégot dans le cendrier, bondit du bureau et sortit des billets de sa poche arrière. Elle les tendit au blond qui les compta et les glissa du bout des doigts, sur le bureau. Matthew s'en empara et les compta à son tour avant de les empocher.

Le mec reprit sa place, ouvrit le sachet et bourra sa pipe. La rouquine me sourit.

— Salut. Moi, c'est Lauren.

— Et moi, Catlin. Salut.

— Matthew est poli, ça fait plaisir ! prononça Lauren d'un ton sarcastique.

Elle lui enfonça son index dans les côtes.

Je passai en revue les photos encadrées sur les étagères. Lauren était sur presque toutes : en tenue de foot avec un ballon sur les genoux ou en longue robe blanche, assise sur la pelouse, les bras pleins de roses.

— Pas vrai, Matthew ? insista-t-elle.

— Désolé, dit Matthew. C'est Catlin. Catlin, c'est Lauren et Walter.

— Salut, me dit Walter.

Tout à coup je le reconnus. Il jouait dans l'équipe de football américain de Perkins, qui avait battu la nôtre chez nous, trois semaines plus tôt.

Lauren alluma une autre cigarette et souffla un nuage de fumée vers la photo où elle tenait des roses, pendant que Walter remplissait la pipe et la tendait à Matthew, avec la flamme de son briquet dessus. Matthew tira une bouffée et me la passa.

— Non merci, dis-je.

— Sûre ?

— Sûre.

Matthew haussa les épaules.

— C'est une cheer : elle doit assurer, côté réputation, expliqua-t-il à Lauren en lui donnant la pipe.

Lauren en tira une grosse bouffée. Mais elle toussa et devint rouge tomate.

— Elle sort avec toi ? demanda-t-elle entre deux quintes de toux.

— Je sais, c'est difficile à comprendre. Ça doit être pour mes cheveux.

— Possible, oui, conclut Lauren. Parce qu'on sait tous que ça n'est pas pour ton charme.

Elle reprit son paquet de cigarettes et en sortit une.

— Très drôle, laissa tomber Matthew sans rire.

— Super drôle, renchérit Lauren sur le même ton.

Lauren me sourit. Je lui souris aussi, mais je n'étais pas certaine d'avoir pigé.

Je ne repris la parole que plus tard dans la voiture.

— Walter joue dans l'équipe de football de Perkins, c'est ça ? Tu le connais depuis longtemps ?

Matthew m'observa, un demi-sourire sur les lèvres, puis il secoua son paquet logé dans le pare-soleil pour en sortir une cigarette.

— Tu sais que tu poses beaucoup de questions ? lâcha-t-il, pensif.

— Pas du tout ! répliquai-je, indignée.

Je me demandais pourquoi il m'avait invitée à passer la soirée avec lui. J'aurais pas été là que ç'aurait été kif-kif.

— Tu ne m'as pas parlé depuis que tu es passé me chercher, poursuivis-je.

— Parler ?

Il enfonça l'allume-cigare, puis le retira.

— Oui, parler !

Il pressa le bout incandescent de l'allume-cigare contre sa cigarette.

— Bon, d'accord. De quoi tu as envie de parler ?

— Je... je ne sais pas... Bon, ça n'est pas comme si je voulais une conversation qui en jette... Non, j'aimerais juste qu'on cause...

Matthew fronça un sourcil, puis remit l'allume-cigare à sa place. Il me fascinait. Chez lui, le plus petit geste et la plus petite expression avaient leur importance.

— Pourquoi tu m'as demandé de sortir avec toi, si tu n'en avais pas envie ? Je me pose la question, voilà ! déclarai-je, pour préciser ma pensée.

— Tu veux vraiment le savoir ? reprit-il, toujours pensif.

Réflexion faite, je n'étais pas sûre de vouloir entendre sa réponse.

— Heu... non finalement.

Il écrasa sa cigarette dans le cendrier, puis me fit face.

— Bon, alors tu préfères que je te ramène chez toi ?

J'observai la baraque de Lauren. Elle était vraiment immense. Il y avait de la lumière dans toutes les pièces et je voyais des silhouettes et des ombres passer devant les fenêtres. Tous les samedis soir avec Rina, on faisait la fête comme ceux de Perkins ce soir, mais dans notre quartier : nous aussi on jouait au jeu de la pièce en attendant que notre vie devienne extraordinaire.

— Non, ça ira bien…

Il démarra.

— Super. Je dois faire un saut ailleurs. Et après, c'est fini. Ça marche ?

— Ben oui.

Il posa sa main sur mon genou, genre possessif, tandis qu'on reprenait la route.

On fit le saut suivant dans un mobile home après avoir suivi un itinéraire assez compliqué : pont sur le Topper Lake, quartier des tours de la radio, puis la rase campagne avec des champs partout avant de déboucher dans un sentier tellement cabossé que Matthew dut rouler au pas.

— La dernière fois, j'ai carrément perdu mon pot d'échappement. Quelle galère, m'expliqua Matthew.

J'acquiesçais alors qu'on franchissait un creux qui devait être plus large qu'un cratère lunaire parce que je me cognai la tête si fort au plafond que j'en eus les larmes aux yeux. Enfin, on a débouché dans une courette assez crade pour se garer à droite d'un mobile home devant lequel se trouvaient une balançoire rouillée et une petite piscine gonflable pour bébé à moitié déglinguée.

— Il vaut mieux que tu restes là, me dit Matthew me voyant ouvrir ma portière. J'en ai seulement pour une seconde, d'ac ?

J'acquiesçai tandis que je regardais autour de moi.

Je ne voyais que la forêt aux alentours, un croissant de lune luisant dans le ciel, et, à travers les pins rabougris sur ma gauche, un autre mobile home, jaune et vraiment pourri pour le coup.

Matthew arrivait en bas des marches du mobile home où on s'était garés lorsque la porte s'ouvrit sur une jeune femme blonde qui tenait son bébé sur sa hanche. Sa coiffure, cheveux relevés au sommet de la tête, me rappela Wilma Pierrafeu, et elle portait un vieux T-shirt Gucci sur son jean. Le bébé essaya d'agripper Matthew au moment où il entra, mais elle le passa sur son autre hanche. Du coup, sa tétine tomba et comme elle ne le remarqua pas, le bébé se pencha, le visage crispé et bouche ouverte, prêt à hurler. Là-dessus, la porte se referma.

J'attendis Matthew pendant dix-huit minutes et demie exactement. Si je le sais, c'est parce que j'avais l'horloge verte fluorescente du tableau de bord sous les yeux. J'avais l'impression que je regardais ma vie tictaquer et m'échapper à chaque minute qui s'écoulait dans ce coin perdu où jamais personne ne me retrouverait et ne viendrait me chercher. J'étais si bien concentrée sur cette pensée que je sursautai, le cœur battant à tout va, au moment où Matthew tapa sur le pare-brise côté passager.

— Désolé, mais j'ai été retenu, dit-il ensuite en montant dans la voiture.

— C'est rien, mais je pense que j'aimerais…

Je n'ai pas terminé, car il se pencha et m'embrassa, passionnément, en nouant sa main derrière ma nuque. Sa bouche était toute douce, avec en plus un goût douceâtre de fumée. Je lui rendis tout de suite son baiser…

Le croissant de lune luisait, impressionnant, au-dessus de nous, et tout en l'embrassant, je pensais à l'horloge sur le tableau de bord qui continuait son compte à rebours, de minute en minute, d'heure en heure, vers toujours.

On a terminé la soirée là où on l'avait commencée, c'est-à-dire, aux Arbors. On a coupé par les petites rues de traverse et le country club pour enfin se garer devant une autre belle maison. Dans cette rue-là aussi il y avait des voitures partout. Matthew se gara derrière une Lexus gris métallisé, passa la main sous son siège et fouilla, sourcils froncés, jusqu'à ce qu'il trouve ce qu'il cherchait.

— Bingo !

Il ouvrit son poing : dans sa main je vis une pipe en céramique. Il sortit un petit sachet de sa poche et prépara rapidement une pipe d'herbe qu'il me tendit.

— Oh non, non merci ! dis-je. J'ai ma réputation et tout : pas possible.

Il haussa les épaules.

— Comme tu veux. Mais à ta place, je prendrai une bouffée. Tu vas en avoir besoin.

— Pourquoi ?

— Fais-moi confiance, c'est tout.

Il sortit un briquet de sa poche. Sa flamme en jaillit entre nous, projetant sa petite lueur jaune et chaude sur nos visages.

— Alors ?

Jusqu'à la sixième, j'avais été informée sur les dangers de la pression exercée par le groupe sur l'individu, les mauvaises influences et le pouvoir de dire « non ».

Mais Matthew ne me connaissait ni d'Ève ni d'Adam, il pensait donc peut-être que, même cheerleader, j'étais le genre de nana à fumer de l'herbe ? De nouveau, je pouvais être qui je voulais. Tout ce que je voulais.

Je pris donc la pipe, inhalai une grosse bouffée et sentis la fumée s'embrouiller dans ma gorge, résultat, je toussai à m'en arracher les poumons. Je lui rendis sa pipe, les larmes plein les yeux mais sentant déjà un petit changement dans ma perception de la vie et des choses : c'était comme si je m'immergeais lentement et en douceur dans les eaux tièdes d'un lagon.

Quand on eut fini de fumer la pipe, Matthew la vida d'un coup, la rangea sous son siège et se pencha sur moi pour m'embrasser de nouveau. C'était trop génial, j'aurais pu l'embrasser dans sa voiture pendant l'éternité, malheureusement, il recula et sourit.

— Prête ?

— Oui, répondis-je sans savoir à quoi.

— Alors regarde !

Il leva l'index. Je le suivis des yeux, et il en profita pour pschitt-pschitter un truc au goût menthol hyper frais dans ma bouche. Surprise, j'ai avalé de travers et me remis à tousser.

— Oh là. Excuse. Ça va ? dit-il en me tapant dans le dos.

— Qu'est-ce que c'est ?

— Un spray haleine fraîche, dit-il en s'en pschittant deux fois dans la bouche. Et voilà : le tigre est en toi !

Je continuai de tousser.

— La prochaine fois, pitié, préviens.

— Promis. Allez, viens, maintenant.

On s'est dirigés vers la maison, après avoir dépassé quatre bagnoles de luxe : trois Mercedes et une Jaguar. Matthew remettait vite fait bien fait sa chemise dans son pantalon et lissait ses dreads. J'ai trouvé ça super rigolo, mais je ne sais pas pourquoi.

— Qu'est-ce que tu fabriques ? lui demandai-je.

La réalité semblait devenue floue et toute lisse. C'est comme si j'avais été à l'extérieur des événements, que je regardais se dérouler sans y participer.

— C'est à cause de mes cheveux, répondit-il avec le plus grand sérieux en les nouant avec un élastique. Ça leur fout les jetons, tu vois ?

Le rire qui m'échappa était fort, rapide et saccadé. Méconnaissable.

— Ça fout les jetons à qui ?

Matthew me prit par la main et la serra, juste au moment où, au-delà de la belle pelouse, la porte d'entrée s'ouvrait sur Bobbi Biscoe, la star d'un million de pancartes « À vendre/À louer ». De près, je constatai qu'elle avait le même teint mat que Matthew et les mêmes cheveux épais et bouclés. Plus tard, je découvris qu'elle était grecque.

— Matthew Biscoe ! lança-t-elle. Mais enfin, où étais-tu passé ?

Elle souriait, mais elle semblait agacée et même un peu énervée. Le contraste était bizarre. Matthew me serra contre lui, et croisa plus fort ses doigts aux miens.

— Salut, m'man !

— Tu étais censé assister à la soirée et saluer nos invités, continua-t-elle sur un ton de reproche.

Elle marmonnait entre ses dents, mais sans cesser de sourire.

Mme Biscoe portait une robe de cocktail noire courte et des talons hauts. Très chic. Dans la réalité, elle semblait plus âgée que sur ses pancartes. Je remarquai aussi une marque de rouge à lèvres rose sur le rebord de son verre. Elle but une gorgée de son vin en observant Matthew avec attention.

— Ton père n'est pas content, et pour une fois, je n'ai pas envie de te couvrir parce que…

— M'man, je te présente Catlin O'Koren, coupa Matthew paisiblement.

Sa mère m'effleura des yeux, comme si elle ne m'avait même pas remarquée jusque-là, mais elle se rattrapa en me toisant ensuite de la tête aux pieds.

— Tu es la fille de Margaret O'Koren ?

Je déglutis. Ça m'a fait mal parce que ma gorge était sèche, vraiment très sèche.

— Oui, balbutiai-je en me redressant.

Mme Biscoe hocha la tête d'un air à la fois content et pensif, termina son verre qu'elle posa sur la petite table derrière elle, puis du bout des doigts, recoiffa une mèche tombée sur son front.

— Viens vite, intima-t-elle à Matthew d'une voix lasse, en ouvrant tout grand. Ton père est là-bas.

La maison était gigantesque : l'entrée s'ouvrait sur une immense pièce avec un plafond cathédrale où s'élevaient et se mêlaient, dans un drôle d'ensemble, un peu comme les chants dans une chorale, les voix de près de cinquante personnes qui bavardaient, riaient tout en dégustant des amuse-gueules. Un petit groupe devant nous entourait un type rougeaud qui, un verre à la main, semblait raconter une bonne blague.

— Bouge pas, je reviens, me souffla Matthew à l'oreille.

Il me lâcha et prit les escaliers. Je restai seule au milieu des éclats de rire (le type venait de terminer sa blague), lorsque la mère de Matthew posa sa main sur mon coude, et mit son bras sous le mien.

— Viens, Catlin, allons voir si les samosas aux épinards sont prêts.

Dans la cuisine au bout du couloir, des extras en chemise blanche et cravates noires s'affairaient et disposaient fruits et fromage avec art sur des plateaux.

La scène semblait se dérouler en accéléré, comme dans les vieux films muets en noir et blanc, et c'était une impression d'autant plus bizarre que moi, j'avais l'impression d'aller au ralenti avec des pierres attachées aux pieds. Quant à ma tête, elle semblait carrément remplie de cailloux.

— Tu veux boire quelque chose ?

J'avais la bouche sèche et pâteuse, je n'aurais donc pas dit non à un verre d'eau, d'un autre côté, je ne me sentais pas de tenir un verre, de le porter à ma bouche, boire, etc.

— Non merci, dis-je à regret.

— Moi, en revanche, j'ai besoin d'un autre remontant, me confia-t-elle à voix basse, comme si elle complotait avec moi.

Elle passa devant deux extras qui discutaient audessus de Clam Strips – des palourdes, servies avec une crème et des cornichons –, prit la bouteille de vin sur une table et se servit.

— Ingrid ? Les samosas aux épinards sont prêts ? demanda-t-elle ensuite à une petite femme en jean qui, torchon sur l'épaule, montait la garde à côté du four.

— Dans une minute ou deux, madame.

Mme Biscoe but une gorgée de son vin.

— Très bien. Ces samosas, ils sont exquis, me confia-t-elle.

La cuisine étant éclairée aux néons, je voyais les petites imperfections de son visage. Les ridules au coin de ses yeux. La petite bosse sur son nez. Ça me fascinait, je ne pouvais m'empêcher de les fixer.

— Ces samosas me coûtent les yeux de la tête… c'est amusant, mais quels sont vos projets, à tous les deux ?

Oh là… j'avais perdu le fil de la conversation, c'était donc plus prudent de hocher la tête. Où était Matthew ? Pourquoi avait-il fallu qu'il me lâche, défoncée, avec… *sa mère* ! C'était sadique ! J'étais certaine qu'il avait filé et se foutait bien de moi avec ses vrais potes pendant que je me demandais comment j'allais me tirer de cette galère et rentrer à la maison.

La voix de Mme Biscoe m'arracha à ma parano.

— Comment as-tu rencontré Matthew ? reprit-elle en replaçant la même mèche que tout à l'heure.

Un crash ponctua sa question : un serveur venait de lâcher un plateau et jurait comme un malade. Mme Biscoe se retourna pour regarder, mais parut à peine intéressée par ce petit drame et secoua la tête.

— À une fête, répondis-je. Oui, c'est ça, on s'est rencontrés à une fête.

— Je vois. Il aime sortir, répondit-elle, l'air toujours absent.

Elle m'écoutait à peine et ne cessait de regarder au-dessus de ma tête.

La porte s'ouvrit derrière moi : deux serveurs et Matthew, ouf !, entrèrent. Il me sourit. J'eus la sensation, délirante, qu'il était le seul à me comprendre, le seul, et à être comme moi dans ce bazar ambiant. C'était à la fois réconfortant et intense.

Matthew s'approcha, prit au passage un triangle doré et croustillant sur un plateau, et l'engloutit d'une bouchée.

— Coucou ! Ça va la vie ?

— Matthew, mon grand ? intervint Mme Biscoe en lissant ses cheveux. Est-ce que tu t'es excusé auprès de ton père ?

— Ouais, no problem, répondit-il la bouche pleine. Oh la vache, ces petits machins aux épinards et au fromage de chèvre sont à tomber.

Mme Biscoe me sourit.

— Ce sont mes fameux samosas, me renseigna-t-elle, comme si elle avait voulu me prouver je ne sais quoi.

Là-dessus, elle posa sa main sur mon épaule.

— Oui, bien sûr, répondis-je bêtement.

— Excuse, mais on doit filer, coupa Matthew tandis que sa mère buvait une gorgée de son vin, décidément toujours distraite.

La cuisine était en mouvement, hyper bruyante avec le tumulte des voix et des portes qui claquaient, mais Mme Biscoe ne semblait rien voir, rien entendre.

— Bien sûr. Mais reste dans les parages, dit-elle en

recoiffant pour la troisième fois sa petite mèche sur son front.

— Pas de souci, répondit Matthew.

Il me prit par la main et la serra très fort avant de me conduire, au milieu des extras, vers la sortie.

Je me retournai. Mme Biscoe, toujours devant la porte de la cuisine, se détachait au milieu des couleurs de la fête qui se déroulait en arrière-plan. La porte s'ouvrit en grand et pendant une seconde ce fut comme si le décor et Mme Biscoe se pétrifiaient. Alors elle parut suspendue entre deux mondes. Puis au moment où la porte se rabattait, elle la franchit et disparut tandis que le battant se refermait tout à fait, un peu comme une colombe dans le mouchoir d'un magicien.

Matthew me conduisit dans *l'abri de piscine* où il avait ses quartiers : c'est le studio le plus impeccable que j'aie jamais vu de ma vie. Je suis sûre qu'on aurait pu passer une main gantée de blanc partout sans la noircir de poussière. Tout était à sa place et en ordre : les CD étaient classés par ordre alphabétique sur les étagères au-dessus de son lit, et, dans la salle de bains, les serviettes de toilette étaient pliées avec soin. Dans la chambre, pareil : je fus impressionnée par les bandes régulières qui prouvaient le passage très récent de l'aspirateur. Enfin, j'aurais eu peur de commettre un crime de lèse-majesté si j'avais osé déranger les gros oreillers, disposés très exactement à quarante-cinq degrés sur le canapé.

Je pensais que les Biscoe avaient une femme de ménage top, mais on était à peine entrés que Matthew replaçait le pied du portemanteau, près de la porte, au milieu du carré du damier que formait le carrelage. C'était donc Matthew, la super femme de ménage.

Quand je suis allée faire pipi, j'ai bloqué devant les robinets chromés du lavabo et le grand miroir nickel. J'allais sortir de la salle de bains lorsque j'entendis frapper à la porte.

— Une seconde, j'arrive! entendis-je Matthew répondre.

Mais la porte s'ouvrait déjà sur le type rougeaud, son père, qui se trouvait au centre de l'attention générale, tout à l'heure. M. Biscoe portait un pull de golf orné d'un petit insigne doré, un élégant pantalon à plis et des mocassins. De là où il se trouvait, il ne pouvait pas me voir.

— Je t'avais demandé d'être là à 19 heures précises! commença-t-il.

Il traversa la chambre à grandes enjambées souples. Il était rouge comme s'il allait exploser.

Matthew me glissa un regard à la hâte. L'expression de son visage, étrange et vacillante, me rappela ces reflets que renvoie un miroir fragmenté et prêt à se casser, et me fit en tout cas reculer d'instinct dans la pénombre de la salle de bains. Je me cramponnai au lavabo, froid.

— Écoute, papa..., commença-t-il.

— Pour commencer, regarde-moi quand je te parle! coupa son père.

M. Biscoe s'encadra dans mon champ de vision: il était maintenant écarlate. Sa main partit, et il frappa Matthew à la tempe. Matthew rejeta la tête en arrière tandis qu'il levait la main pour se protéger.

— Quand je te demande d'être là, je veux que tu obéisses. Me suis-je bien fait comprendre ?

Bras toujours devant le visage, Matthew acquiesça en silence. Moi, j'avais le cœur serré. J'osais à peine respirer.

— Compris ? hurla M. Biscoe.

L'une de ses veines saillait et battait à son cou.

— Regarde-moi quand je te parle !

— Oui, balbutia Matthew.

Son père s'approcha. Il était vraiment très en colère. Il écarta le bras de Matthew, toujours levé, et lui agrippa le poignet.

— Oui, j'ai compris, répéta Matthew.

— Bien, très bien, conclut son père. Alors tout est clair.

Là-dessus, il lâcha le poignet de Matthew, et passa le pouce et l'index dans son col avant de sortir. Je fixai le carrelage en damier de la salle de bains : blanc et noir, blanc et noir, et ainsi de suite, jusqu'à l'infini.

Je restai immobile jusqu'à ce que j'entende la porte se refermer. Son père parti, Matthew recula, se laissa tomber sur son lit, main sur sa joue. Je sortis de la salle de bains et vins m'asseoir près de lui, mais il tourna la tête pour éviter de me regarder.

— Matthew… laisse-moi voir.

— Non, ça va, murmura-t-il.

Son regard vert était devenu noir. Sa tempe, où son père l'avait frappé, était rouge.

— Je t'en prie. Laisse-moi regarder.

— Ne me touche pas.

Mais lorsque je me penchai et posai ma main sur la sienne, il ne me repoussa pas.

— Matthew…, repris-je, en écartant doucement sa main.

Lorsque je passai mon index sur sa tempe rouge et brûlante, je sentis son pouls battre sous mon index.

— Ne me touche pas…, répéta-t-il, mais sans conviction, cette fois.

Je continuai de lisser son sourcil, à l'endroit où le coup avait porté, comme Cass avait souvent lissé le mien. Le regard de ma sœur devenait triste, chaque fois qu'elle réalisait le mal qu'elle m'avait fait, sans le vouloir.

— Ne me…

— Chutttt.

— Ne me touche pas…, murmura-t-il.

Sa voix faiblissait, tandis que je continuai ma caresse. Enfin, il ferma les yeux et posa sa tête contre ma poitrine, tandis que mon index recommençait sans cesse cet itinéraire que je connaissais par cœur.

MATTHEW

7.

Je n'ai jamais raconté à personne ce qui s'est passé entre Matthew et son père, mais à partir de cette soirée, Matthew et moi, on a été ensemble pour de bon.

Entre nous non plus, on n'en a pas reparlé : ça s'est fait comme ça, c'est un accord qui se dispensait de mots.

Ce soir-là, j'avais découvert une partie de sa vie qu'il cachait derrière ses airs trop cool, son look rasta revisité avec ses dreadlocks. J'étais passée de l'autre côté des apparences et là j'avais trouvé ma place.

Le lundi suivant, je sortais de mon entraînement de cheers, lorsque je vis sa voiture garée devant le gymnase. Adossé à sa portière, Matthew fumait une cigarette. Je ne lui avais pas demandé de passer me prendre, mais il était venu.

— Oh, mais qu'est-ce qu'il fait là ! s'exclama Kelly Brandt à sa vue.

Kelly et Chad s'étaient réconciliés et, là-dessus, avaient échangé des « anneaux d'amitié ». Kelly effectuait sans cesse des gestes très ostentatoires pour bien montrer le sien, qu'elle portait au petit doigt. Elle voulait que tout le monde s'étonne et s'extasie.

— Tu as oublié ce que je t'ai dit : Catlin a passé LE week-end de sa vie, déclara Rina d'un air entendu en me donnant un coup de coude.

Je lui avais seulement raconté que j'avais passé la soirée avec Matthew. Rina aurait voulu que je sorte avec l'un des joueurs de l'équipe de football du lycée, mais elle adorait l'idée que je sois avec Matthew. Parce que c'était transgressif et ingérable, et qu'elle adorait tout ce qui était hors limites.

— C'était donc avec ce mec-là ? demanda Kelly, incrédule.

Matthew alluma sa cigarette et se détourna, rejetant sa tête en arrière pour observer le ciel gris de novembre.

— Mais enfin, Catlin, reprit Kelly, tu ne vois pas qu'il est...

À cet instant, des joueurs de football passèrent entre nous et Matthew. Ils étaient tous blonds ou bruns, grands et athlétiques, et couraient, dans un ensemble parfaitement synchrone. Quand ils se furent éloignés, je remarquai que Matthew les observait. Le vent l'ébouriffait, son visage n'exprimait rien.

— Il est quoi, Kelly ?

Kelly se dégagea le visage de la main qui portait le fameux anneau.

— J'ai entendu des trucs sur lui, reprit-elle en baissant la voix. Il aurait eu de grosses embrouilles, tu vois ? Genre, avec la police ! J'ai une amie qui va à Perkins, et elle m'a raconté que...

Je ne l'écoutais déjà plus. Je poussai les portes du gymnase et sortis dans le froid. À ma vue, Matthew se redressa. Il m'avait vaguement parlé de ses « embrouilles », et je m'en foutais bien. Moi, je n'en avais jamais eu, mais j'étais prête à vivre à fond. Même que j'étais dans les starting-blocks !

Pendant toute la semaine suivant ma première vraie soirée avec Matthew, chaque fois que je pensais à lui, je me revoyais caresser son arcade sourcilière pour lui redonner l'intégrité que la violence de son père avait bousillée. Je m'étais emparée de cet instantané de sa vie et j'en gardais le secret au plus intime de moi. Au cours de cet automne où je luttais de toutes mes forces pour sortir de l'ombre de Cass et enfin devenir moi, Matthew correspondait exactement à ce qu'il me fallait.

À partir de cette soirée, en tout cas, Matthew fut soudain partout où je me trouvais. Chaque après-midi, il venait me chercher au lycée pour me reconduire à la maison. Il ne déjeunait pas à Perkins mais avec moi, et me téléphonait tous les soirs, parfois plusieurs fois, et de nouveau plus tard, avant que j'aille me coucher. Le vendredi, il venait assister aux matchs, à Jackson ou ailleurs. Posté devant les gradins et adossé aux barrières de protection, il me regardait faire la roue et lancer des acclamations en fumant des cigarettes et en attendant que j'aie fini.

On ne faisait pas les trucs habituels des petits couples. Nous, on était toujours sur le départ, dans le mouvement perpétuel. On allait de fête en fête, d'une maison à une autre. Parfois, je l'attendais dans sa voiture, mais le plus souvent, je l'accompagnais et il me présentait. À des étudiants sur le campus qui avaient, dans leur chambre, un immense poster de Bob Marley au-dessus d'un canapé qui puait la bière éventée. À la nana qui habitait dans le mobile home en pleine cambrousse, dont le petit (il s'appelait Bennett) jouait par terre avec un téléphone en plastique pendant que sa mère pesait les petits sachets d'herbe de Matthew sur une balance digitale. Et à de nombreuses autres personnes dont je ne me souvenais ni les visages ni les noms. Leurs traits finissaient par se confondre dans ma tête, au fil des week-ends et des tournées de Matthew.

Quelque part, les sorties programmées « ciné-restau-minigolf » me manquaient un peu. Mais avec Matthew, ça se passait comme ça, un point c'est tout. Il ne tenait pas en place, d'ailleurs, il avait son business à assurer. Entre nous, je le voyais mal viser une balle de golf devant le petit moulin du Jungle Golf. Ça, c'était une distraction style Mike Evans. J'avais fait mon choix. J'étais contente d'être toujours sur la route avec Matthew un peu défoncé et sa main sur mon genou. C'était bien. Oui, vraiment bien.

« Mais enfin, qu'est-ce que vous fichez, quand vous êtes ensemble ? » me demandait tout le temps Rina.

Son quarterback était en effet du genre à organiser des rendez-vous romantiques : ils allaient au restau ou au ciné, ou sortaient entre petits couples. J'imaginais mal Matthew faire des trucs pareils.

« Je sais pas, on se balade », lui répondais-je.

Je ne pouvais pas mieux dire. Les trois quarts du temps, on le passait effectivement dans sa voiture, Matthew au volant et sa main sur ma cuisse. On faisait un saut au McDo, où il m'achetait des milkshakes au chocolat, parce qu'il connaissait déjà mes goûts sur le bout des doigts. Ou on se rendait au Topper Lake et on se garait près des marais pour écouter la radio.

Matthew était dingue de musique pop des années soixante-dix, surtout les Pink Floyd, qui me fichaient le bourdon. Les fois où il me laissait seule dans la voiture, le moteur en marche, je changeais de station de radio et mettais la G103, volume à fond pour écouter de la R'nB pêchue, des airs et des refrains qui s'imprimaient dans ma tête toute la journée et jusqu'à la nuit, où ils devenaient la bande-son de mes rêves. Lorsque Matthew s'approchait, je voyais son expression changer au fur et à mesure qu'il entendait les « baby-baby-oh-please-baby » de mes chansons préférées.

— Oh, pitié ! C'est quoi, cette merde ? dit-il un jour, tandis qu'il se mettait au volant, et refermait la portière.

— Le numéro un des ventes d'albums en ce moment ! répondis-je, l'air suffisant.

Il tournait déjà l'un des boutons de présélection. Et de nouveau, on était enveloppés par une musique d'enterrement entrecoupée par les vocalises d'une bonne femme. Pink Floyd. Un morceau de l'album *Dark Side of the Moon*.

— Ça, c'est de la musique !

— Non ! m'exclamai-je en pressant sur un autre bouton de présélection, que j'avais modifié, quelques jours plus tôt, quand il faisait le plein. *Ça*, c'est de la vraie musique.

Manque de bol, pas cette fois : c'était seulement une pub où une bonne femme s'extasiait sur les qualités de son shampoing antipelliculaire.

— Super, déclara-t-il ironiquement en claquant des

doigts, comme si le jingle de la marque, c'était le rythme du siècle. Vachement mieux, en tout cas, que les conneries que tu écoutes à longueur de journée.

Je levai les yeux au ciel.

— Pitié, tais-toi.

Il démarra et ajouta :

— Je ne comprends pas comment tu peux aimer ça.

— Et moi, je ne sais même pas pourquoi je t'aime autant, ripostai-je, tandis que la pub pour les shampoings antipelliculaires se terminait.

Matthew faisait maintenant marche arrière.

— Mais si, tu le sais.

— Ah oui ?

— Ouais.

Il me sourit.

— Ce sont mes cheveux.

Et là-dessus, il a de nouveau changé de station.

Maman faisait sans cesse de petits « ttt-ttt » sceptiques, parce qu'elle était inquiète de me savoir toujours à droite et à gauche, mais papa lui rappelait que Cass aussi avait eu un petit ami, ce qui ne l'avait jamais empêchée de jongler avec le lycée, ses nombreuses responsabilités et activités extrascolaires. Quoi qu'il en soit, lorsque le téléphone sonnait après neuf heures du soir, je voyais une ombre passer sur le visage de maman ou je l'entendais soupirer assez fort, sa façon de dire à papa et à moi que, même silencieuse parce que incomprise, elle n'en pensait pas moins.

Au bout d'une semaine, comme Matthew me reconduisait tous les jours à la maison, je cessai de rentrer en car scolaire avec les cheers et les footballeurs. Un jour au feu, on se retrouva à côté du car, et je les vis massés au fond qui riaient et déconnaient. Je savais que Rina était sur les genoux d'un des mecs, que Kelly et Chad devaient se peloter et que le coach Harrock demandait à tout le monde de se taire, sans conviction, en pensant au prochain match. Rina regarda par la vitre et me fit coucou avec de grands sourires, mais les autres filles et les mecs nous observaient, sourcils froncés, et commentaient.

— Ils veulent ma photo ? dis-je à Matthew, lorsque je les vis, le nez collé à leur vitre pour nous regarder. Encore heureux que je ne les entende pas !

— On s'en fout.

Il accéléra, prêt à démarrer sur les chapeaux de roue, quand le feu passerait au vert. Matthew conduisait comme un malade.

— Ce sont des cons. Je ne comprends même pas ce que tu leur trouves et ce que tu fiches avec eux.

Ça, c'était Matthew tout craché. Le monde selon Matthew Biscoe était en effet blanc ou noir. Jamais gris ou nuancé. Les gens étaient donc super cool ou super cons, les situations, trop géniales ou trop nulles. Mes amies, ma vie au lycée, tombaient invariablement dans la catégorie. Ses potes, qui tombaient dans la deuxième, étaient plus âgés, moins futiles et, surtout, n'étaient ni des athlètes ni des cheers. Quand on allait à des fêtes où je croisais Rina ou Kelly Brandt, enfin, quelqu'un de ma bande, c'était toujours le malaise. Les copines insistaient pour que je reste, tiraient même une chaise et me tendaient une pièce pour jouer, mais Matthew était toujours impatient. Il bouclait son business pour filer aussi sec, en me faisant bien comprendre qu'on n'avait pas de temps à perdre avec ces abrutis.

Je levai les yeux vers ses vitres, vers les visages des cheerleaders et des joueurs de l'équipe de football que je côtoyais chaque jour depuis un mois : Kelly, Mike Evans, Melinda. Ils nous regardaient toujours, comme si nous avions été une petite peuplade d'Océanie aux mœurs étranges.

Quand Matthew disait des horreurs sur eux, je ne trouvais rien à répondre. En vérité, je ne savais pas pourquoi je passais autant de temps avec eux. Ça m'était tombé dessus, comme tout ce qui m'était arrivé depuis le début de ma vie. À l'exception de Matthew. Avec lui, j'avais l'impression d'effectuer enfin mes propres choix et d'être précipitée dans le tourbillon de la réalité après avoir évolué si longtemps dans mes rêves.

Je gardai les yeux fixés sur les visages aux vitres du car scolaire, tandis que Matthew débrayait et accélérait. On s'éloigna, laissant le car loin derrière nous, jusqu'à ce qu'il devienne une petite tache jaune dans le rétro, de plus en plus petite, et enfin disparaisse.

Après l'entraînement, je rentrai à la maison à la fin d'une journée particulièrement douce pour la saison (on était en effet à la mi-novembre). La baie de notre patio était ouverte, et maman et Boo bullaient dans leurs transats. Une partie du jardin avait été retourné, quelques sacs avec des bulbes gisaient non loin de là, certains ouverts, d'autres non. Un plantoir gisait au pied du transat de maman. J'entrai dans la cuisine, et vis la télévision allumée dans le salon, avec le volume au minimum : le *Lamont Whipper Show* commençait à 18 heures pile. L'air, très doux, pénétrait par la baie ouverte, aérant la maison et remplaçant ses odeurs de renfermé par celles, plutôt incongrues à cette saison mais tout de même grisantes, du printemps. La lumière n'en était pas moins automnale et la nuit tombait. Le ciel était strié de rose et de gris.

— Oh, Boo, tu es infernale ! s'exclama maman dont la voix me parvint soudain.

Toutes deux me tournaient le dos, sur leurs transats : je ne voyais que leurs têtes. Ma mère, comme toujours impeccablement coiffée avec son chignon banane bien sage, et Boo, avec un chignon tout fou et hérissé par les baguettes plantées çà et là qui le maintenaient plus ou moins en place.

— Tu as maîtrisé l'art de la poterie, reprit Boo. Le massage constitue donc l'étape suivante.

— Boo, tout de même ! Que dira Jack ?

Boo parut y réfléchir et éclata de rire.

— C'est d'accord : laisse tomber le massage. Enfin, pour le moment. Que dirais-tu d'un cours d'introduction à l'aromathérapie ?

— L'aromathérapie ? Qu'est-ce que c'est ?

— L'utilisation des huiles essentielles pour se relaxer, expliqua Boo en feuilletant sa brochure. Mais il faut bien doser, sinon l'odeur devient trop puissante, et c'est vite écœurant. Et que penses-tu d'un cours pour apprendre à décorer les gros gâteaux d'anniversaire ?

— Rien de tel pour prendre des kilos ! commenta maman d'un ton de reproche.

Boo claqua de la langue pour exprimer son approbation.

— Est-ce que tu t'intéresses à quelque chose en particulier ? reprit Boo.

— Je ne sais pas... Cassandra et moi, on avait parlé de nous inscrire à un cours de photographie. Cassandra a toujours critiqué les miennes parce que je ne réussis jamais un portrait sans couper les têtes. On envisageait d'apprendre la photo, cet été, mais elle est partie en vacances au bord de la mer, le temps a passé, bon, et tu connais la suite.

Maman se tut brusquement. J'entendis Boo tourner les pages de sa brochure. Ni l'une ni l'autre ne parla pendant un bon moment. J'ouvris le réfrigérateur, et le refermai.

— Je lui ai déjà écrit cinq fois..., reprit maman tout à coup.

Je me détournai pour les regarder. La nuit tombait si vite que leurs ombres se découpaient sur le couchant.

— Je ne sais jamais quoi lui écrire... C'est difficile de trouver les mots.

— Cass écrira quand elle sera prête, déclara Boo en tournant une autre page.

J'étais presque certaine que, dans ce crépuscule, elle n'arrivait même plus à lire.

— J'ai du mal à me faire à l'idée qu'elle a été malheureuse à la maison. Lorsque nous avons acheté ces jolis coussins, pour Yale, elle était folle de joie ! Comme moi. Je le sais.

Elle avait parlé avec une telle détresse que je tournai de nouveau les yeux sur elle, mais je ne vis que son dos.

De toute façon, il faisait si sombre que je n'aurais pas pu distinguer son visage. Ça me rendit triste.

— Ça n'est pas ta faute, déclara Boo, apaisante, et je compris, au ton de sa voix, que ça n'était pas la première fois qu'elle le lui disait.

— Que s'est-il passé qu'elle ne puisse pas nous dire ?

— Je n'en sais rien, Margaret…

Voilà.

Même avec ses poupées victoriennes, les vases en argile tout tordus, mon entraînement de cheerleading, les ventes de gâteaux pour récolter quelques dollars, et ses inquiétudes pour mes relations avec Matthew, maman n'avait toujours pas réussi à combler le vide laissé par le départ de ma sœur aînée, plus dynamique, et tellement, tellement mieux que moi. La vie continuait peut-être, l'automne avait succédé à l'été et les mois passaient, mais le vide demeurait.

En bas, la porte claqua. C'est papa qui rentrait.

— C'est moi ! lança-t-il comme à son habitude.

Il s'arrêta pour regarder le courrier sur la table de l'entrée, tandis qu'il retirait et suspendait son manteau.

— Oh, c'est Jack ! s'exclama maman.

Elle se leva et s'approcha de la baie du patio, puis alluma la lumière en lissant ses cheveux d'un geste coquet. Maman sembla alors surprise de me voir dans la cuisine.

— Oh, Catlin, chérie. Tu es rentrée depuis longtemps ?

— J'arrive seulement.

Boo s'approcha à son tour de la baie, sa brochure sous le bras. Quand elle me sourit, son visage se fronça, des petites rides se plissèrent au coin de ses yeux, tandis que ses taches de rousseur semblaient se reproduire par décalcomanie.

— Salut, ma belle. Tu veux t'inscrire au cours de photographie avec nous ?

Maman referma le réfrigérateur, puis ouvrit le four où elle glissa un plat. J'entendis le pas lourd de papa qui montait.

— Pourquoi pas ?

— Je ne sais pas si c'est bien raisonnable, déclara maman en claquant la porte du four. Tu es déjà débordée, avec les cheerleaders et le lycée.

— Pas du tout.

J'étais blessée. J'avais voulu être solidaire, c'est tout.

— Tant pis, si tu ne veux pas..., repris-je.

— Je n'ai pas dit non ! fit maman très vite en pianotant sur le minuteur du four pour le régler. Je pensais que peut-être...

— Magnifique, c'est décidé pour les cours de photo ! coupa Boo, qui rajustait une de ses baguettes. Juste nous trois, les filles.

Maman retraversa la cuisine pour sortir un sachet de petits pains du réfrigérateur.

— Eh bien, si les cours ont lieu le week-end...

— Plus un mot ! coupa Boo. Les cours de photo commencent dans deux semaines. Le samedi à midi. C'est bon ?

Maman consulta l'horloge : il était presque 18 heures. Dans le salon, le générique du talk-show qui précédait le *Lamont Whipper* se déroulait à l'écran.

— C'est d'accord, dit-elle. Excuse, mais il faut que j'y…

— … aille. Moi aussi ! acheva Boo. À demain ?

— Oui, oui, à demain, répéta maman, distraite.

Elle lui adressa un signe rapide par-dessus l'épaule parce qu'elle filait déjà au salon : ça y est, la musique du générique du *Lamont Whipper* s'élevait.

Boo me sourit de nouveau et inclina la tête, l'air entendu.

— Et toi ? Ça va, tu tiens bien le coup ? me demanda-t-elle.

Derrière elle, le soleil finissait de se coucher en embrasant le ciel de rose et de feu.

Je me souvins de mon désir que Boo soit ma mère, les soirs où je regardais Stewart dévaler la pente au clair de lune, avec les vitesses de son vélo qui craquaient. Il y avait des fois où j'avais l'impression que Boo était la seule à remarquer que j'existais.

— Pas de problème.

Mais je ne pus m'empêcher de me détourner pour regarder maman qui approchait sa chaise de la télévision et se penchait pour essayer de repérer le seul visage qu'elle pouvait reconnaître, le seul qu'elle avait envie de voir.

— Ça va même super bien.

Une semaine plus tard environ, j'étais coincée à l'entraînement qui s'éternisait. Vingt minutes de rallonge déjà… Fichue galère. Chelsea Robbins nous rabâchait ses instructions sur la nouvelle chorégraphie qu'elle avait inventée, après en avoir eu l'inspiration pendant une retraite avec de jeunes protestants. Il y avait beaucoup de saltos arrière, une pyramide et une structure assez compliquée qui était censée former un tigre (notre mascotte), mais qui, pour l'instant, ressemblait plutôt à un koala décapité.

— Franchement, c'est nul ! se plaignit Rina au cinquième essai.

Rina formait la gueule dudit tigre.

— Tout le monde va essayer de voir nos culottes sous nos jupes. Ça craint !

— Vous là-bas ! hurla Chelsea à Melina Trudale et à moi.

Toutes les deux, on était censées former la poitrine du tigre, mais nos jambes étaient trop courtes. L'atmosphère était minable, il pleuvait à seaux : on entendait la pluie sur le toit du gymnase.

— Vous devez vous étendre, vous étendre encore ! nous ordonna Chelsea.

— Et merde pour l'extension, murmura Melinda. Il est 18 heures, je me barre de ce putain de gymnase.

Chelsea remit la chanson des cheers de Jackson, arrangée façon disco.

— Encore un essai !

Mais à la suite de Melinda, tout le monde se leva en grommelant et en époussetant pantalons et T-shirt, pour filer chercher son sac à dos et enfin se tirer.

Chelsea, énervée, arrêta le magnétophone et arracha la prise au mur.

— Parfait, dit-elle d'une voix mordante. On recommence tôt demain. Et pensez formation, s'il vous plaît ! Pensez travail d'équipe !

— Et toi, pense psychothérapie, ma pauvre fille, fit Rina en me donnant un coup de coude.

Elle partit rejoindre Bill Skeritt qui l'attendait dans le couloir. Il passa un bras autour de sa taille et l'embrassa dans le cou.

— À plus, OK? me dit-elle.

Elle se mit à rire et repoussa Bill tout en lui prenant le poignet pour l'attirer à elle.

— Ouais, à plus, lui dis-je.

Les autres filles sortaient du gymnase, en parlant et, surtout, en se plaignant de Chelsea. Je ramassai mes livres et ma veste.

La pluie martelait toujours le toit du gymnase. Quand je me relevai, Mike Evans était derrière moi.

— Salut, Catlin.

Il portait son fameux blouson. Ses cheveux mouillés bouclaient sur son col.

— Salut.

Je mis mon sac sur une épaule et regardai autour de moi, en espérant voir Rina ou Melinda Trudale, même Chelsea Robbins avec sa sono, n'importe qui. Depuis la soirée où j'avais dédaigné Mike et son blouson, pour filer, sans regret, avec Matthew, je ne m'étais jamais retrouvée seule avec lui. Et je n'avais pas envie d'avoir une discussion à cœur ouvert avec Mike la Biscotte.

Mais le couloir et le gymnase étaient vides… On était malheureusement seuls.

— Alors? Ça va? me demanda-t-il en fourrant les mains dans ses poches.

— Euh… oui, bien, merci.

Je me dirigeai vers la sortie du gymnase en regardant ma montre sans me gêner.

— Écoute, je dois…

— C'était quoi, ce plan pourri, à la fête de l'autre soir ? me demanda-t-il soudain.

Je me sentis si mal à l'aise que je fixai mes chaussures, et le sol poli du gymnase.

— Je pensais que tu voulais sortir avec moi. Rina m'avait dit que c'était bon.

— Écoute, Mike…

— Tu t'es tirée avec ce mec, coupa-t-il, comme si Matthew avait été une maladie aussi contagieuse et dégoûtante qu'une peste bubonique. Tu pourrais m'expliquer ?

Avant, j'aurais essayé de me barrer, pas cette fois.

— Ça ne te regarde pas, lui répondis-je en imitant l'air hautain de Cass. Excuse, mais il est tard. Il faut que je file.

— Si tu savais ce qu'on raconte sur toi, dit-il à toute vitesse, au moment où je me carapatais. Il faut que tu le saches.

— Qu'est-ce qu'on raconte sur moi ? Et qui ?

La pluie tombait moins, mais je l'entendais toujours sur le toit.

— Tout le monde. L'équipe de foot, et les autres cheerleaders.

Ah ah ah, comme si l'opinion de gens aussi insignifiants avait de l'importance. Et à cette seconde, dans ce gymnase où j'entendais la pluie crépiter, je compris pourquoi Cass était partie. Je réussissais presque à me mettre à sa place. Peut-être en avait-elle ras le bol d'être manipulée comme une marionnette ?

— Je me fous de ce que les gens racontent, répondis-je lentement en regardant Mike bien en face.

— Ton Matthew, continua-t-il, et c'était étrange de l'entendre prononcer son prénom, il a eu de sacrées embrouilles, Catlin : j'ai entendu des trucs pas possibles sur lui. C'est pas un mec pour toi.

— Tu ne le connais pas !

J'étais prête à prendre la défense de Matthew. Je revoyais son visage, le soir de la fête chez ses parents, son regard devenu sombre, presque noir.

— Et d'ailleurs, tu ne me connais pas non plus ! ajoutai-je.

Il sourit.

— Arrête un peu, Catlin. Bien sûr que si, je te connais.

Mais non, crétin ! Mike Evans connaissait Cass et Rina, mais il ne m'avait jamais décroché plus de dix mots avant la soirée où on était censés devenir un petit couple. Mike Evans n'était qu'un imbécile de joueur de football qui voulait sortir avec une pom-pom girl, pas avec moi.

— Je me casse, dis-je soudain en passant devant lui.

— Attends !

Il me retint. Je baissai les yeux sur ses doigts, sur mon bras, et de nouveau le dévisageai.

— Écoute, Catlin, je veux juste…, reprit-il.

— Lâche-moi !

J'essayai de me dégager, mais il me serra le bras plus fort.

— Non, attends !

La pluie martelait le toit du gymnase avec une telle intensité que je n'entendis pas la porte s'ouvrir.

C'était Matthew. Ses cheveux trempés gouttaient, et son jean et sa veste, également mouillés, étaient aussi sombres que ses yeux.

Mike me lâcha.

— Catlin ? Que se passe-t-il ? interrogea Matthew en toisant Mike.

Je l'entendais à peine, à cause de la pluie battante.

— Relax, mec, on parlait seulement, répondit Mike Evans d'une voix trop forte en reculant d'un pas.

Matthew se tourna vers moi, pour que je confirme. Si je contredisais Mike, que se passerait-il ? Quelque part, je me sentais flattée, sous protection et en sécurité, tandis que je m'approchais de mon petit ami – qui ne lâchait pas des yeux Mike Evans – et que je le prenais par la main.

— Laisse, on file. Je suis déjà en retard, lui dis-je.

On est donc sortis du gymnase. Mike Evans fut assez courageux pour attendre qu'on soit dans le couloir avant de m'interpeller.

— Pense à ce que je t'ai dit, Catlin, d'accord ?

Sa voix résonna à travers le couloir maintenant désert.

Matthew et moi, on s'approcha de la sortie principale. Je voyais à peine sa voiture parce qu'il tombait des cordes. Matthew regarda une dernière fois derrière lui, comme s'il regrettait de lâcher l'affaire avec Mike.

— Qu'est-ce qu'il t'a raconté ? me demanda-t-il.

— Rien d'important.

Matthew ouvrit la porte. Je mis ma veste sur ma tête,

et le bruit doux de la pluie chanta à mes oreilles tandis qu'on se mettait à courir.

Jason Packer, le premier petit ami sérieux de Cass, qui fut aussi son premier chagrin d'amour, a été considéré comme un membre de notre famille à part entière pendant les deux ans où ils sont sortis ensemble. Jason a assisté au dîner de Thanksgiving, nous a offert des cadeaux de Noël et a même aidé papa à installer le plafonnier cinq spots dans le couloir de l'étage. Jason a donc été accepté, puis intégré, à tel point que nous avons renoncé à maintenir avec lui une « relation de bonne compagnie » (les mots de maman). C'était un peu comme si toute la famille sortait avec Jason Packer. Alors quand il a largué Cass, papa, maman et moi, on a également accusé le coup.

Mais avec Matthew, je savais que ça se passerait autrement.

On sortait ensemble depuis maintenant trois semaines quand je suis passée à la phase Présentation aux Parents. Au début, maman avait eu quelques a priori contre Matthew, mais après avoir eu la preuve que je ne laissais pas tout tomber pour lui, elle a posé des questions, comme elle en posait sur mon entraînement de cheer ou sur le lycée. Cela dit, je sentais que c'était plus par obligation que par véritable intérêt. Mon père ne trouvait rien à redire sur mes relations avec Matthew. Il me donnait même sa bénédiction, à sa façon, de son (confortable) fauteuil ; il allumait la lumière de la véranda pour me rappeler que « l'heure, c'était l'heure », et qu'il était temps de rentrer lorsque, le soir, je m'éternisais dans la voiture de Matthew.

Je dois dire que l'indulgence de mes parents me turlupinait. Cass partie, j'avais pensé qu'ils seraient beaucoup plus vigilants avec moi. N'avaient-ils pas déjà perdu l'aînée de leur fille à cause de son amoureux ?

Mes parents étaient-ils rassurés parce qu'ils savaient que son père était pharmacien, son frère, un joueur de basket historique, et que le visage de sa mère s'étalait sur les pancartes « À louer/À vendre » placées sur des millions de pelouses de la région ? Dans le secret de mon cœur, j'avais une tout autre explication, que je repoussais chaque fois qu'elle surgissait dans ma tête : ils ne s'en faisaient pas parce que me perdre serait bien moins douloureux que de perdre Cass.

La Présentation aux Parents eut lieu un vendredi soir, pendant l'épopée hebdomadaire du Trivial Pursuit qui réunissait invariablement mes parents, Boo et Stewart. J'étais dans la salle de bains, et me mettais du rouge à lèvres, quand maman m'appela.

— Catlin, ma puce ? Lorsque Matthew passera te chercher, demande-lui donc d'entrer un instant.

Je clignai des yeux, me regardai une dernière fois dans la glace, puis j'éteignis la lumière et sortis.

Dans la salle à manger, mes parents, Boo et Stewart étaient à leur place du Vendredi Soir : rassemblés autour du plateau du Trivial Pursuit déployé sur notre table de salle à manger. Papa étudiait sa petite carte avec concentration. Assis à côté de lui, Stewart mâchait ses figues séchées à portée de main. Maman et Boo, en face, remuaient leur thé et, têtes penchées, parlaient stratégie.

— Pourquoi ? demandai-je à maman.

Maman leva la tête et me dévisagea, sourcils froncés.

— Eh bien, vous êtes tout le temps ensemble. Ce serait donc sympathique de faire sa connaissance. N'est-ce pas, Jack ?

Papa me sourit.

— Bien entendu ! Invite-le à entrer.

Présenter Matthew était une chose. Le présenter un soir pareil, c'était une tout autre histoire.

Les soirées Trivial Pursuit se déroulaient sans exception tous les vendredis soir depuis cinq ans, plus précisément, depuis que Boo avait eu l'idée géniale d'offrir un Trivial Pursuit à papa pour son anniversaire. La première partie avait été inoffensive, et s'était déroulée autour d'une bonne petite tasse de café et d'une poignée de cookies maison. Maman et Boo avaient fait équipe contre papa et Stewart. Mais au fil du temps et des parties, des mots furent dits, des hypothèses furent émises et des défis, lancés. Maintenant, le quatuor avait besoin de sa dose de Trivial Pursuit chaque fin de semaine.

— Je ne sais pas trop, répondis-je à maman alors que j'entendais Matthew se garer devant chez nous. On a plein de trucs à faire…

— Ça ne prendra pas longtemps, déclara maman d'un ton affable, en faisant tinter sa petite cuillère contre sa tasse. Voyons, Catlin !

Matthew m'attendait. Par la fenêtre, je le vis se pencher, dans la lueur fluo verte de son tableau de bord, pour me guetter par la vitre de la portière passager. Je reportai les yeux sur la tablée. Bon, la partie avait été assez calme, jusque-là, sauf une petite dispute sur le nom de la capitale de l'Indonésie.

— Dis-lui d'entrer ! insista papa, glissant le dé vers ma mère, qui le glissa à son tour à Boo, qui avait la main heureuse. On aimerait bien rencontrer ce garçon à qui tu consacres autant de temps.

Boo secoua le dé dans ses mains en coupe, ce qui fit tinter ses bracelets.

— Ça se passera bien, c'est promis, je te le promets ! On te fera honneur ! renchérit-elle.

Je sortis, refermai bien derrière moi et me dirigeai vers Matthew. Intrigué que je ne monte pas tout de suite dans la voiture, il se pencha pour faire coulisser la vitre côté passager.

— Il y a un problème ? me demanda-t-il.

— Ils veulent faire ta connaissance.

Matthew cilla.

— Qui ils ?

Je lui montrai ma maison.

— Eux. Viens, ça sera pas long.

Il réfléchit, puis coupa le contact et ouvrit sa portière.

— C'est bon.

Ce soir, Matthew portait un jean et des Doc Martens, ainsi qu'une chemise de bowling avec une pochette sur laquelle était inscrite *Tony*, et une veste en cuir. Ses dreads étaient lâches et plus rebelles que d'habitude.

— Attends ! dit-il alors qu'on remontait la petite allée devant chez nous.

Il fouilla dans la poche de son jean d'une main, rassembla ses dreads de l'autre, puis y passa un élastique.

— Bon plan ! déclarai-je. On attendra une prochaine fois pour leur montrer tous tes cheveux.

— Sage décision.

Dès qu'on entra, j'entendis maman discuter et argumenter. Et elle parlait fort.

— C'est Tokyo ! Ça doit être Tokyo ! lança-t-elle à Boo alors qu'on arrivait en haut des escaliers.

— Vous devez nous donner la réponse, maintenant, ordonna papa d'une voix posée.

Il fixait le petit sablier qu'il avait emprunté au Pictionary, indispensable pour forcer maman et Boo à répondre dans une limite de temps, sinon elles y auraient passé la soirée. Le sable s'écoulait impitoyablement.

— Ah, surtout, ne me stresse pas ! s'écria maman, soudain hors d'elle. C'est typique ! Tu sais pourtant que je ne supporte pas que tu me presses, mais tu persistes ! Voilà ce que j'appelle une arme de destruction psychologique !

— Écoute, Margaret, soit tu connais la réponse, soit tu ne la connais pas, reprit papa, patient.

— Heu… maman ? commençai-je.

— Attends ! m'intima-t-elle. Bon, la première ville du monde à avoir atteint une population d'un million d'habitants… La première ville…

— New York ! s'exclama Boo. J'éprouve tout à coup un sentiment très puissant : une voix insistante me souffle que c'est New York.

— Non, non, non ! coupa maman, frustrée. C'est… c'est…

— Le temps est écoulé, annonça papa, qui montra le sablier pour le lui prouver. Stewart, à toi de lancer le dé.

— Sapré nom de bleu ! s'exclama maman, cette fois très en colère.

Stewart éclata de rire. Maman ne jurait jamais, elle inventait des gros mots rigolos.

— Allons, calme-toi, la rassura Boo. On gagnera le prochain point.

— Ça devait être New York ! protesta maman. Pourquoi n'avons-nous pas répondu New York ?

— Ça, je n'en sais rien, répondit Boo, très sombre.

Toutes deux se turent et n'échangèrent plus un mot pendant que Stewart faisait rouler le dé.

Le coup de folie était passé, je décidai donc d'en profiter.

— Maman ? Papa. C'est Matthew Biscoe.

Tous les quatre tournèrent les yeux vers nous, enfin je veux dire, sur Matthew. Moi, je les observais tandis qu'ils découvraient son teint mat, ses yeux très verts et sa chemise de bowling. Et bien entendu, ses cheveux.

Ce fut Boo qui parla la première (je l'aurais parié).

— Salut, Matthew. Moi, c'est Boo. Boo Connell.

— Et moi Stewart, enchaîna Stewart en lui faisant un petit signe aimable.

— Salut, fit Matthew.

Maman lui adressa un sourire poli et lui tendit sa main. Il la lui serra.

— Bonsoir, Matthew. Est-ce que par hasard vous connaîtriez la première ville au monde dont la population a atteint le million ?

— Margaret ! Franchement ! intervint papa. Ton tour est passé.

— Mais c'est parce que tu m'as embrouillée ! s'exclama maman en remuant son café fébrilement.

— Heu... c'est Londres. C'est ça ? répondit Matthew.

Ma mère le dévisagea avec intérêt, puis regarda mon père qui retournait la carte.

— Il a raison !

— Seigneur tout-puissant ! Londres ! s'exclama maman. Bien sûr, c'est Londres !

Elle martela la table de ses deux poings, ce qui fit frémir tasses et verres.

— Une chaise pour le vainqueur ! renchérit Boo en tirant une chaise. Il va jouer pour la bonne cause ! Assieds-toi, Matthew.

— Ah non, non et non ! protesta papa.

Il tendit la main vers le couvercle de la boîte, où était rédigée la règle du jeu. Papa les connaissait par cœur et s'y référait toujours. Pendant la partie, il n'avait qu'elles à la bouche.

— Aucune équipe, je cite, ne doit comporter plus de...

— Excusez, mais il faut vraiment qu'on y aille, coupai-je, élevant la voix pour me faire entendre.

— Lance le dé, lance le dé ! ordonna maman à papa.

Boo avait déjà fait asseoir Matthew à côté d'elle et lui tendait quelques figues séchées qu'il prit poliment et garda, toujours poliment, dans sa main. Il me sourit. Morte de honte, je fermai aussitôt les yeux.

— OK, c'est parti ! reprit Boo en tapotant le bras de Matthew alors qu'elle tirait une carte. À vous, Stewart et Jack : « Autrefois, on l'associait aux larmes pétrifiées des dieux (dans l'Antiquité grecque), on pensait aussi que c'était un morceau de soleil solidifié (dans un vieux conte hindou). »

Là-dessus, maman retourna le sablier et le posa sur la table comme on donne un coup de marteau.

Papa se concentra et fronça les sourcils tandis que Stewart mâchouillait pensivement une énième figue séchée.

— Vous devez nous donner une réponse ! ordonna maman rien que pour énerver papa. Allez, allez, vite !

— Eh bien... je ne sais pas, commença papa, en tournant les yeux sur elle. Morceau de soleil solidifié, larmes des dieux... Ce doit être un minerai ?

— On arrive presque à la fin du temps imparti ! coupa brusquement maman.

Papa regarda Stewart qui secoua négativement la tête et cracha les restes de sa figue dans une serviette en papier.

Quand le sable de la partie supérieure du sablier se fut écoulé, maman claqua la langue comme un vieux cow-boy, et prit lestement le dé.

— Et toi, Matthew, qu'est-ce que tu en penses ? demanda Boo en cachant la carte dans sa main.

Matthew me regarda. Je levai les yeux au ciel.

— C'est l'ambre, répondit-il. De la résine fossile. C'est la bonne réponse ?

Boo acquiesça. Maman impressionnée écarquilla les yeux, qu'elle leva sur moi, comme si j'avais créé Matthew à partir de la poussière du salon.

— Mon Dieu ! Mon Dieu, Matthew ! s'exclama-t-elle avec émotion.

— Tu es très fort, renchérit Boo, qui lui serra

le bras pour exprimer son admiration. Un véritable génie! Comment cela se fait-il que tu aies autant de connaissances?

— Il faut qu'on parte! intervins-je de nouveau à la cantonade.

— Je ne sais pas, répondit Matthew. Je regardais beaucoup *Jeopardy*, à une époque.

— À toi de jouer: lance le dé, Margaret! reprit mon père.

Puis il se leva et tendit la main à Matthew.

— J'ai été ravi de faire votre connaissance.

— Moi aussi, monsieur, répondit Matthew en la lui serrant.

Matthew tendit ensuite la main à Stewart, qui bondit de sa chaise et le pressa contre lui avec élan, sous l'air embarrassé de papa.

— Amusez-vous bien, les enfants! lança Boo.

Elle me caressa affectueusement le bras, et là-dessus, on sortit.

— Ne rentre pas trop tard, surtout, ma puce! me rappela maman.

Matthew retira son élastique seulement quand on fut dehors.

— Je suis désolée, dis-je. Ils sont déchaînés quand ils jouent au Trivial Pursuit. C'est comme une drogue, ils sont complètement accros.

— C'est rien.

De la maison, dont on s'éloignait, j'entendis un hurlement, puis un concert de « hou! ».

Matthew démarra tout de suite, alluma les phares et passa une vitesse. La radio se mit en marche. C'était

Led Zeppelin. Je changeai vite de station et il soupira, exaspéré.

— Dis-moi, comment sais-tu tous ces trucs ? lui demandai-je.

— Tu les as entendus : je suis un petit génie.

Il baissa le pare-soleil pour laisser tomber ses cigarettes qui atterrirent sur ses genoux. Je me rapprochai de lui.

— Sans blague ! Y a-t-il encore des choses que j'ignore, sur toi ?

Il secoua la tête et alluma sa cigarette avec l'allume-cigare.

— Tu le découvriras bien assez tôt. J'en ai un million en réserve.

— Ah oui, c'est vrai : tu es un personnage complexe avec du mystère à revendre.

Il haussa les sourcils.

— Ça va avec les cheveux. Tu sais bien.

Je caressai le visage de mon nouveau petit ami, si mystérieux. Si génial.

— Oui, je sais…

Quand Matthew et moi n'étions pas en vadrouille, on était enfermés dans son abri de piscine. L'un contre l'autre sur son lit (toujours impec), pieds nus entrecroisés, on se faisait des petits câlins. Dès le début, entre nous ç'avait été vite sexuel, sans doute parce que je façonnais mon nouveau moi, une Catlin aux antipodes de Cass. Jusqu'à maintenant, mon expérience avec les garçons s'était limitée à deux petits amis. J'avais rencontré le premier, Anthony Wayan, en colo. On avait été fous amoureux pendant trois semaines, mais une fois qu'il était rentré chez lui (il habitait dans le Maine), ça s'était fini tout seul. En somme, ç'avait été une amourette d'été typique. Puis en classe de seconde, j'étais sortie avec Emmet Peck, qui était en première: on était assis l'un à côté de l'autre, en cours d'écologie. On était en couple depuis quatre mois, lorsqu'il a voulu coucher avec moi. Je l'aimais beaucoup, mais quelque chose me bloquait: il était gentil mais pas mémorable. Moi, je voulais que ma première fois, ça soit avec un garçon inoubliable.

Un garçon comme Matthew. D'un autre côté, je ne voulais pas me presser ni que cela arrive n'importe comment, n'importe quand. Matthew semblait bien le comprendre, et quand je lui disais stop (c'était difficile, j'avais du mal à rester raisonnable), il stoppait. Je l'entendais grogner dans mon cou, tandis que sa main remontait. Moi aussi, j'avais de plus en plus envie d'aller plus loin, et je savais que ça arriverait bientôt.

Je commençais à comprendre le petit sourire de Rina, quand je lui demandais ce qu'elle trouvait à Bill Skerrit.

Le plus marrant, c'est que Matthew semblait presque content que je manque d'expérience sexuelle et que je connaisse rien à la vie. Ça l'éclatait de me balader en tenue de cheer quand il faisait un saut ici et là, et de me poser sur une chaise tandis qu'il fumait une taffe au narguilé ou parlait business avec des gens qui me regardaient avec un drôle d'air, comme si je sortais d'un manga, bref, comme si je n'étais pas tout à fait réelle. Je crois (non, j'en suis sûre) que c'est pour toutes ces raisons que Matthew s'était intéressé à moi. Il y trouvait son compte, et moi aussi. Avec lui, j'étais une autre. Ni Cass ni moi. Et je m'inspirais de son côté obscur pour remplir mes frustrations et mes vides dus à mes places d'éternelle seconde.

Il y avait plein de choses que j'aimais, chez Matthew. D'abord, son odeur très douce mais enivrante. Et ses dreads, rugueuses et épaisses sous mes doigts. Sa main en bas de mon dos, lorsque je marchais à ses côtés dans la rue. Avec moi, Matthew était très attentionné, il ne me lâchait jamais des yeux, quoi qu'il fasse. Même quand il avait le dos tourné, il semblait savoir où je me trouvais.

C'est sûr, il y avait la drogue : Matthew était dealer et vendait de l'herbe et d'autres substances illicites à ceux de Perkins Day et de Jackson. Comme j'étais focalisée là-dessus et sur d'autres bricoles, de plus, comme il ne parlait jamais de ses cours ou de ses notes, je fus sidérée de découvrir, par hasard, qu'il était un élève brillant. Un jour, on se trouvait chez lui et il parlait au téléphone, lorsque je vis dépasser de son sac à dos un contrôle de maths, où il avait eu 98 sur 100 !, et une dissert d'anglais : « La tempête et le sacrifice : Le temps et les émotions dans *Le Roi Lear* de Shakespeare », où il avait carrément eu un A ! La culture générale n'était donc pas son seul point fort. D'après son conseiller d'éducation, Matthew était « motivé mais mal orienté » : je le savais parce que je l'avais lu sur une lettre froissée et à moitié déchirée, que j'avais trouvée sous mon siège de voiture. Matthew était bon partout parce que c'était un perfectionniste, que ce soit pour peser dix grammes d'herbe ou pour connaître, sur le bout des doigts, tous les temps du conditionnel en français.

Moi, en revanche, j'essayais désespérément de me maintenir à niveau. J'avais du mal, parce que je passais désormais le plus clair de mes soirées avec lui, alors que mes parents pensaient que j'étais dans le cheerleading à fond, avec l'entraînement, les séminaires de communication, le bénévolat ou la recherche de fonds (le tout, pour booster et consolider notre esprit d'équipe). Dorénavant concentrée à cent pour cent sur Cass et le *Lamont Whipper Show,* maman avait cessé d'investir son temps et son énergie dans mes activités de cheer. Ça m'aurait fait mal au cœur si j'avais pris le temps d'y penser. C'est clair, Cass avait de nouveau regagné, et à l'aise comme d'habitude, l'attention générale.

D'un autre côté, cela me permettait de mentir sans prise de tête. J'accompagnais donc Matthew partout et presque tous les soirs. C'était comme si ma présence lui avait été nécessaire, même si je poireautais dans sa BMW en mâchonnant mon stylo et en séchant sur mes exos de trigo, pendant qu'il parlait business et distribuait ses petits sachets d'herbe chez ses clients. Si je voulais rentrer tôt, ou même passer la soirée à la maison, Matthew passait devant chez moi au moins une fois. Il ralentissait et s'arrêtait, sans couper le moteur, et attendait que je sorte.

Dès qu'il me voyait approcher, il baissait sa vitre de portière.

— Allez, viens… Pas longtemps, juste une seconde. Je te laisserai même écouter ta station de radio préférée.

— Je ne peux pas, Matthew. J'ai encore une masse de devoirs à finir. Essaie de comprendre.

— Je comprends.

Mais il ouvrait sa portière de voiture et me tendait la main. Malgré la nuit, je voyais son regard un peu endormi. Il était à moitié stoned, ce qui lui donnait une voix pâteuse.

— Pas longtemps. Juste pour parler…

— C'est toujours ce que tu dis.

— Mais si, c'est vrai. Je te jure.

Là-dessus, il m'adressait un sourire qui aurait fait craquer même la plus sceptique.

— Tu ne me fais donc pas confiance ?

C'était la petite phrase qui me faisait céder : je m'approchais et lui tendais la main.

Je montais dans sa voiture, il m'embrassait, et j'oubliais, bien entendu, que je devais apprendre les dates clés de la Renaissance italienne, la classification périodique des éléments ou quelques scènes de *Macbeth*.

Il y avait tout de même certains soirs où je voyais bien que ça n'allait pas. Matthew n'avait pas envie de parler. Il se blottissait contre moi et posait la tête dans mon cou pendant que je caressais ses cheveux jusqu'à ce qu'il s'assoupisse. Je me demandais si son père l'avait de nouveau frappé. Mais les trois quarts du temps, Matthew restait énigmatique et muet sur sa vie perso, je n'avais donc que des indices ou des fragments épars qui ne me permettaient pas d'en reconstituer certains épisodes en entier.

En somme, voilà ce que je savais de Matthew : il était calme et il ne parlait jamais pour ne rien dire. Il conduisait comme un dingue. Il pétait un câble seulement quand quelqu'un était en retard ou ne se pointait pas à un rendez-vous. Il admirait son frère aîné, il supportait sa mère, mais il ne parlait pas de son père. Et lorsque j'insistais pour qu'il développe l'un ou l'autre de ses sujets, il esquivait avec une telle classe que je n'osais pas insister de peur de passer pour une grosse nulle.

Les soirs où il avait besoin de tendresse étaient étranges et touchants. Je le serrais dans mes bras en me demandant ce qui s'était passé pour qu'il ait eu besoin de me voir de toute urgence. Cela me rappelait le sentiment de protection et de sécurité que j'éprouvais, la nuit autrefois, lorsque Cass et moi, on partageait encore la même chambre : je croyais dur comme fer que la présence de ma sœur, même endormie, écartait monstres et cauchemars.

Matthew et moi, on restait enlacés jusqu'à ce que papa allume la lumière de la véranda. La grosse lumière jaune m'éblouissait, je réveillais Matthew, l'embrassais pour lui souhaiter bonne nuit. Il repartait, à moitié dans les vapes, tandis que j'allais me coucher, toute chamboulée et toute contente. Une fois au lit, je fermais les yeux et je revoyais Matthew calme, respirant paisiblement. Et je me demandais ce qu'il avait vu, trouvé ou retrouvé, au pays des rêves.

L'érudition de Matthew continuait de me faire halluciner : c'était une encyclopédie vivante !

Un jour, il vidangeait l'huile de son moteur et moi, installée sur un transat dans son garage, je faisais mes devoirs. Il y avait un bordel incroyable dans le garage des Biscoe. Sa mère achetait comme on respire, et partout s'empilaient des barils de lessive, des Tupperware et des boîtes de conserve. Tout au fond du garage, là où M. Biscoe rangeait son matériel de pêche se trouvait le cimetière d'appareils de gym à peine utilisés : un tapis de course, un vélo et un trampoline, des skis, et un kitsurf !

Quand Matthew bossait sur sa voiture, j'adorais me balader dans son garage comme dans un bazar oriental où je parvenais toujours à dénicher des trucs et des machins incroyables, derrière les cartons.

Mais aujourd'hui, ça n'était pas le moment de rigoler : j'essayais de me plonger dans l'histoire des États-Unis et je me plaignais de mon prof d'histoire, M. Alores : tous les vendredis, il donnait des interros de culture générale. Il ne nous interrogeait pas sur ce qu'il nous enseignait, pensez-vous ! C'était des questions de culture générale, alors soit on connaissait les réponses, soit on ne les connaissait pas, un point c'est tout, disait-il. Et ces derniers temps, j'étais dans la deuxième catégorie.

— C'est complètement débile ! dis-je à Matthew, ou plutôt, aux jambes de Matthew parce qu'il était sous la voiture, et c'est tout ce que je voyais de lui. Comment je suis censée savoir ces conneries ?

— Ça ne doit pas être bien difficile.

— Ah oui ?

Je sortis mon dernier quiz, où j'avais eu un zéro, et le brandis.

— Écoute-moi ça. Question n° 4 : « Le navire qui s'appelait *Victoria* a été le premier à… ? » À faire quoi, tu le sais, toi ?

— Donne-moi plutôt le tourne-à-gauche, près de toi.

Je shootai dedans pour le lui envoyer.

— Merci. À faire le tour du monde.

— Hein ?

— Le *Victoria* : c'est le premier bateau, en fait une caraque espagnole, qui a effectué la circumnavigation complète du globe. Magellan. Retour à Sanlúcar de Barrameda, le 8 septembre 1522. C'est ça, non ?

Je baissai les yeux sur mon quiz, où M. Alores avait écrit la bonne réponse en majuscules dans la marge, de son écriture nette.

— Oui, c'est ça.

J'entendis un coup sous la voiture.

— Merde ! Cette saloperie de boulon est rouillé.

Je regardai de nouveau mon quiz.

— Matthew ?

— Ouais ?

— Quel est le premier homme à voir gravi l'Everest ?

— Sir Edmund Hillary. 1953.

Il sortit de dessous sa voiture, se leva et se dirigea vers sa boîte à outils.

— Sous quel nom les indiens Ojibwa sont-ils mieux connus ?

Il prit un tournevis, l'examina et le remit dans sa boîte à outils.

— Les Chippewa. Ou les Sioux.

Pas possible.

— Dans quelle constellation peut-on voir les sept étoiles des Pléiades ?

Il s'accroupit, pour se glisser de nouveau sous sa voiture.

— Tu veux parler des Sept Sœurs ?

Je baissai les yeux sur ma feuille.

— La constellation du Taureau, ajouta-t-il d'une voix étouffée. C'est aussi son nom.

Juste. Je posai mon quiz.

— Matthew. Comment ça se fait que tu connaisses tous ces trucs ?

Je me rapprochai, me mis à genoux et regardai sous la voiture, pendant qu'il vidangeait l'huile dans une casserole posée sur son ventre.

— C'est incroyable, non ?

— Je ne sais pas.

— Arrête ! Personne ne sait que la thyroïde est située derrière le sternum. C'est fou, ça.

— Le thymus.

— Hein ?

— C'est le thymus qui est derrière le sternum. Pas la thyroïde.

— Zut, on s'en fout ! Tu es un génie. Un surdoué ?

Il sourit, amusé.

— Non. J'adorais les sciences et l'histoire quand j'étais gamin. Et comme mon grand-père était mordu de culture générale, il m'achetait des bouquins à tous mes anniversaires pour me tester.

Il haussa les épaules.

— Pas de quoi en faire un cinéma.

Ben si, justement.

Matthew me laissait baba : il ne se trompait jamais au *Jeopardy* qu'on écoutait à la radio, dans la voiture, à l'heure des jeux de culture générale, ou aux questions sur lesquelles je séchais. Je me suis donc amusée à lui poser des colles, juste pour le coincer, mais je n'y réussissais jamais.

— En physique, que signifie le symbole W, lui demandai-je, alors qu'on se trouvait au drive-in du Taco Bell.

— Le travail, dit-il en me tendant mon burrito.

Et devant chez moi, entre deux baisers :

— Quelles planètes ont presque la même taille ?

— Vénus et la Terre, répondit-il sans cesser de me caresser les cheveux.

— Matthew, où se trouve le domaine pélagique ? demandai-je doucement.

— C'est le milieu de la haute mer. Maintenant, tais-toi et mange ton After Eight.

Déjà, Matthew n'aimait pas mes copines cheers. Il ne supportait que Rina, et encore. Il disait qu'elle était bruyante, mais d'un autre côté, il admirait son cran. Comme Rina était toujours folle amoureuse de son quarterback, tout en flirtant grave avec un étudiant qui bossait dans un magasin de chaussures du centre commercial, je ne la voyais qu'à l'entraînement. Moi, quand je n'étais pas au gymnase, j'étais avec Matthew et ses potes.

On sortait ensemble depuis un mois quand on est passés, un beau dimanche après-midi, dans une fermette en pleine campagne. Elle avait des murs ocre, était un peu délabrée, ce qui lui donnait un charme romantique. Dans la grande cour, un labrador à l'air endormi était enroulé sur lui sous le faible soleil hivernal. Il bâilla en nous ignorant, tandis qu'on montait les marches. Devant la maison étaient garés un pick-up et une coccinelle VW jaune citron. Quand Matthew a frappé à la porte, j'ai entendu la télé, à l'intérieur.

— Entrez ! dit une voix de fille.

J'entrai derrière Matthew et vis une nana aux longs cheveux blonds installée sur le canapé devant la télévision, pieds calés sous les fesses. Son salon était minuscule, avec des murs blancs que le soleil, qui passait par les fenêtres, rendait extrêmement lumineux. De nombreuses plantes vertes garnissaient le rebord de la fenêtre. La table basse, en fait une vieille malle, était couverte de magazines, de paquets de cigarettes, de bracelets et d'enveloppes. Un poisson rouge tournait en rond dans un bocal posé sur la télévision.

La fille fumait une clope en regardant une chaîne câblée de télé-achat que je connaissais bien, depuis que maman était accro aux poupées en porcelaine et tout le bataclan. C'était l'heure des bijoux : une bonne femme à l'écran vantait un bracelet avec un zircon carré qu'elle avait drapé à ses doigts. Elle le montrait comme ci et puis comme ça, bla-bla-bla.

— Salut, fit Matthew à la fille.

Elle leva les yeux en lui souriant. Elle était jolie, avec ses yeux en amande. Elle débarrassa le sofa de son tas de magazines.

— Salut, vous deux. Asseyez-vous. Dave est à la cuisine : il prépare le déjeuner.

— C'est Matthew ? cria une voix de la cuisine.

— Oui ! répondit Matthew.

— Approche, mec. Il faut que je te cause.

Matthew se leva, me pressa contre son épaule, puis ouvrit une porte battante du plat de la main. J'eus le temps d'entrevoir un type qui devait avoir dans les vingt ans. Il était pieds nus, portait un jean coupé et une longue chemise en flanelle, et il touillait quelque chose qui cuisait dans la poêle. Sur le mur derrière lui, j'aperçus un Elvis Presley peint sur velours (le kitsch du kitsch !). Quand le type me vit, il leva sa spatule pour me faire coucou, sourit, puis la porte s'est refermée.

— C'est Dave, m'expliqua la fille. Il prépare des pâtes à la bolognaise. Moi, c'est Corinna.

— Et moi, Catlin.

Elle acquiesça et me sourit.

— Matthew n'est pas doué pour les présentations, ajoutai-je.

— Bof, pas de problème. De toute façon, on n'est pas très conventionnels ici, dit-elle en se massant le poignet d'un air absent, ce qui fit joliment cliqueter ses bracelets.

Corinna laissa tomber sa cendre de cigarette dans un cendrier qui avait la forme du Texas et, de son autre main, prit la télécommande pour zapper. Elle tomba sur MTV, puis sur un débat politique et deux vieux films, avant de s'arrêter sur un docu-réalité, qui parlait du traitement de l'acné : on interviewait un mec avec une peau horrible, rouge et couverte de boutons pustuleux.

— Oh, la vache ! s'exclama-elle. Pauvre vieux. Regarde-moi cette horreur ! Comme si le lycée n'était pas assez cauchemardesque, il faut en plus qu'il soit défiguré.

Elle tâtonna sur le bras du divan, saisit la pipe en céramique bleue et un sachet d'herbe qui s'y trouvaient. Elle ouvrit le sachet, et bourra sa pipe.

— Moi aussi, j'ai eu de l'acné, au lycée, mais pas à ce point-là. Malgré tout, je n'arrivais pas à me dégoter un petit copain. Toi au moins, tu n'as pas ce problème…

Corinna fouilla sur la table basse, déplaça *TV Guide* et deux limes à ongles pour en exhumer un briquet.

— Tu as une jolie peau.

— Ah ?

Je la regardai allumer la pipe, aspirer une bouffée qu'elle rejeta.

— Si, je te jure. C'est génétique. Ta mère aussi, elle doit avoir une belle peau ?

C'était étrange de penser à maman maintenant, mais son visage, son sourire et son rouge à lèvres impeccable surgirent instantanément dans mon esprit.

— Oui, c'est vrai.

— Tiens, qu'est-ce que je te disais ! Tout dans les gènes !

Elle tapa la pipe avec le briquet, puis me la tendit.

Jusque-là, j'avais fumé de l'herbe trois ou quatre fois, pas plus : une fois avec Rina, pour voir. Puis à quelques fêtes, avec les joueurs les plus rebelles (c'est rien de le dire !) de l'équipe de football, et enfin, le soir où j'avais vu Matthew se prendre une claque par son père.

Ça ne m'avait jamais trop intéressée, sauf là, soudain, dans le salon ensoleillé de cette jolie petite maison, sur ce grand canapé confortable où je copinais avec Corinna.

Je lui pris donc la pipe et le briquet.

— Merci.

J'aspirai un nuage de fumée qui me fit tousser. À la bouffée suivante, j'ai eu moins de mal. Et à la troisième, je me sentais déjà dans mon élément.

Après, Corinna a allumé une cigarette et m'en a proposé une, que j'ai également acceptée, puis que j'ai allumée et fumée comme si je n'avais fait que ça toute ma vie. On bavardait en regardant les dermatos faire leurs tours de magie pour faire disparaître l'acné de ses victimes. On vit bientôt une pom-pom girl dont les yeux de petite biche étaient perdus au milieu d'un champ d'acné ; la pauvre, on aurait dit qu'elle portait un masque.

— Celle-là, je l'admire ! s'exclama Corinna. Être cheer et se montrer avec une gueule pareille… Elle doit avoir un ego solide, cette fille-là, tu vois ?

Elle prit le cendrier et le posa sur le divan entre nous. J'y tapotai ma cigarette pour y laisser tomber la cendre, puis mis mes pieds sous les fesses, comme Corinna.

— Oh oui, je vois ! Surtout quand on sait qu'être cheer, c'est l'horreur absolue.

Corinna m'observa en recoiffant des petites mèches blondes derrière son oreille. Ses bracelets se remirent à faire leur petite musique.

— Ah bon ? Moi, j'ai toujours voulu l'être. Et aussi, reine du lycée. Mais je n'ai été ni l'une ni l'autre… Ni de loin ni de près, d'ailleurs.

— Moi, je suis cheer, lui dis-je, tirant une taffe. Et je déteste ça, je te jure.

C'était un cri du cœur, et inattendu : oui, je détestais le cheerleading, j'avais toujours détesté. Et je le révélais à cette fille que je ne connaissais même pas.

Corinna éclata de rire.

— Eh ben, dis donc ! Ça, c'est du direct. J'adore !

Moi aussi, je m'esclaffai. Parce que je trouvais ma remarque drôle, presque hystérique maintenant. Ma tête était vide et toute légère, le poisson sur la télé continuait de tourner en rond dans son malheureux bocal et Corinna rassemblait ses cheveux en une queue-de-cheval avec un sourire que je trouvais mystérieux. Oh, et puis ça sentait trop bon, dans la cuisine. En ce beau dimanche bien cool, et pour la première fois que Cass était partie de chez nous, je trouvais la vie belle... Et tant pis si cette bouffée de bonheur ne durerait que le temps de le dire!

On a continué de regarder le docu-réalité en papotant gentiment, pendant assez longtemps, je crois. Corinna m'expliqua qu'elle était serveuse et me montra l'un de ses nombreux badges personnalisés: «Passez commande de Soup'n'gratin», qu'elle retrouva sous un coussin. Corinna et Dave s'étaient connus cinq ans plus tôt, lorsqu'ils étaient en terminale à Jackson. Depuis, ils étaient ensemble et ils envisageaient maintenant de déménager en Californie.

— Les palmiers, les stars de ciné, enfin, tu vois le topo, conclut Corinna avec un sourire.

Elle était trop gentille. J'avais l'impression de déjà bien la connaître. Elle me rappelait Cass: le genre de personne avec qui on se sentait tout de suite à l'aise.

— J'ai tellement hâte de partir en Californie...

Quelques minutes plus tard, après avoir regardé les photos «Après» des victimes de l'acné, la porte de la cuisine s'ouvrit, Dave et Matthew nous ont rejointes. Je les avais complètement oubliés! Dave tenait la poêle, et Matthew, les assiettes.

— Le dîner est prêt! À table! s'exclama Dave.

Il embrassa Corinna sur le sommet de la tête, et s'assit à côté d'elle.

— C'est pas l'heure de dîner, mais de déjeuner, je te ferais remarquer, dis-je.

— Alors le déjeuner est servi!

Dave présenta le contenu de sa poêle avec un geste théâtral.

— Pâtes à la bolognaise à la Dave, c'est bon à tous les repas.

— Ce qui signifie, me renseigna Corinna, qu'on n'a pas eu de thunes pour acheter de la viande, cette semaine, alors on a bouffé des pâtes tous les jours.

— De toute façon, c'est plus sain, dis-je, tout le monde sait que la viande, ça bouche les artères et que ça cause de l'hypertension. On en meurt. Carrément.

Dave leva les sourcils à mon adresse et sourit. Il avait des cheveux bruns coupés court et des yeux bleus. Étrangement, il ressemblait à Mike Evans.

— J'aime bien cette fille! dit-il à Matthew en me tendant assiette et fourchette.

Corinna se servit à son tour.

— Elle s'appelle Catlin, le renseigna-t-elle. Et c'est une cheerleader révoltée.

— Ah bon? dit Dave. Tout juste le genre de nana que je préfère.

— Moi aussi, renchérit Matthew.

Il passa son bras autour de ma taille et oublia ses pâtes tandis que je m'appuyais contre lui en mangeant les miennes, les meilleures de ma vie.

— Oh, bon sang, Corinna, s'exclama Dave, qui venait de tourner les yeux sur la télévision où l'on montrait de nouveau la photo de la cheerleader boutonneuse. Pourquoi est-ce que tu regardes sans cesse des conneries pareilles?

— Laisse tomber et mange, coupa Corinna.

— C'est une obsession chez elle, nous expliqua Dave.

Ce docu pour le traitement de l'acné passe chaque fois que je rentre à la maison. Je ne comprends pas.

Corinna lui sourit et caressa sa joue. Ses bracelets glissèrent sur son avant-bras un par un. Puis elle posa son assiette vide sur la table basse.

— Juste une dernière fois, dit-elle. J'aime tant les fins heureuses…

On a regardé en silence le visage boutonneux de la cheerleader avant et après, témoins des miracles qu'accomplissait la dermatologie pour faire disparaître les pustules, lisser les cicatrices et changer un visage, en bref, un avenir et toute une vie.

8.

À partir du début du mois de décembre, quand je n'étais pas au cours de photo avec maman et Boo, quand je ne continuais pas à dégringoler dans les faveurs des cheers et n'écoutais pas Rina se plaindre de sa folle vie amoureuse, j'étais fourrée chez Corinna.

C'était le seul endroit où j'avais l'impression de trouver un peu de sérénité, alors toutes les fois où ça cafouillait, j'étais comme aimantée par sa jolie maison, et je filais là-bas. Je montais les marches du perron, je frappais tout doucement, parce que j'avais toujours peur de tomber comme un chien dans un jeu de quilles, et Corinna me criait d'entrer. J'entrais. Corinna était sur son canapé avec une clope dans une main et la zappette dans l'autre. Elle me souriait comme si elle n'avait attendu que ma visite. On s'installait bien comme il faut sur son canapé, on fumait et on regardait des sitcoms, on mangeait des burritos congelés et on parlait tandis que dehors, le monde continuait de tourner en nous oubliant, et c'était tant mieux !

Je découvris vite que Corinna et moi, on avait des tas de choses en commun. Mis à part le fait qu'elle avait fréquenté Jackson (Corinna avait trois ans de plus que

Cass), les parents de Corinna habitaient à Crestwood, un quartier séparé du mien seulement par l'autoroute. Elle disait qu'elle avait été une totale allumée pendant son année de seconde : active au conseil des lycéens et au comité d'organisation du bal de fin d'année, jusqu'à ce qu'elle rencontre Dave, qui avait deux ans de plus qu'elle. Elle était tombée amoureuse de lui, et était devenue, selon ses propres mots, une glandeuse qui passait son temps à fumer, zoner et sécher les cours. Dans l'annuaire du lycée, qui se trouvait toujours sur la table basse, on voyait une photo de Corinna assise sur le capot d'une voiture ; elle portait un jean coupé et un T-shirt multicolore hippie à mort et des lunettes de soleil. Elle riait. Elle était belle, déjà à cette époque.

Pour fêter la remise des diplômes, elle s'était fait tatouer un serpent liane sur la cheville gauche, et Dave lui avait offert son premier bracelet en argent. Depuis, il lui en offrait un pour Noël et à la Saint-Valentin. Ces jolis bijoux cliquetaient les uns contre les autres, lorsqu'elle marchait, effectuait de grands gestes enthousiastes ou se dégageait le visage. Dave disait que c'était sa petite musique à elle.

Mais ce que je préférais chez Corinna, c'est qu'elle m'aimait bien, moi. Elle était jolie, intelligente et drôle, mais avec elle, je n'avais pas le sentiment de devenir transparente, comme ç'avait toujours été le cas avec Rina et Cass. J'appréciais sa simplicité, sa façon de raconter sa vie de serveuse (l'horreur à l'état pur), ainsi que ses années de lycée, rebelles. Corinna avait selon moi une vie de rêve : elle était totalement indépendante, avait un job trop fun et vivait avec son fiancé dans leur mignonne ferme funky. Je me voyais bien comme ça avec Matthew, plus tard. Matthew et moi, unis contre le reste du monde… C'est aussi de cette façon que j'imaginais la nouvelle vie de Cass avec Adam. Quand j'étais avec Corinna, Cass me manquait moins.

Corinna ne parlait jamais de ses parents, qu'elle ne voyait pas, et pourtant, ils n'habitaient pas très loin de chez elle. Un après-midi, on faisait des courses au supermarché lorsque, au rayon des surgelés, on s'est retrouvées nez à nez avec sa mère, venue acheter du vinaigre balsamique de Modène et des coquilles Saint-Jacques. Bonjour l'échange. Ce fut si étrange et tellement embarrassant que j'ai filé en douce vers le rayon des fruits et légumes.

Sa mère ressemblait un peu à la mienne : blonde avec une coupe au carré, jupe droite kaki, pull cachemire en V et plusieurs rangs de perles. Lorsqu'elle a interrogé Corinna sur Dave, elle a froncé le nez, un peu comme si elle avait senti une abominable odeur de poisson pourri.

Sur le chemin du retour, Corinna a fumé une dizaine de clopes en s'excitant toute seule contre sa mère pour justifier ses choix de vie.

— Tu parles, ils n'ont jamais essayé de l'aimer ! fulmina-t-elle tandis qu'elle accélérait pour doubler un car scolaire, trop lent. Pire, ils l'ont détesté au premier regard ! Mais de toute façon, ça n'est pas Dave, le problème. Ils avaient déjà décidé de mon avenir depuis des lustres : je devais être une petite jeune fille de bonne famille, qui étudierait le droit pour devenir avocate. C'est tout ce qui les a toujours intéressés !

Là-dessus, elle monta le volume de la radio, comme pour se noyer dans ses paroles. Une minute plus tard, elle le baissait.

— Plutôt, ils avaient planifié mon avenir, merde alors ! ajouta-t-elle avec colère. Je n'ai jamais eu mon mot à dire !

Je hochai la tête tandis qu'elle remettait le volume à fond, et cette fois, les haut-parleurs vibrèrent. On passa à toute vitesse devant la laiterie, au bout de la route. Des odeurs de vaches et de fumier nous parvinrent par nos vitres ouvertes. Corinna coupa la radio avec impatience alors qu'on s'engageait sur la petite route pleine d'ornières.

— Et maintenant, conclut-elle, ils sont déçus par mon attitude déraisonnable ! Comme si je les avais laissés tomber, en ne leur obéissant pas à la lettre, en ne suivant pas la voie qu'ils m'avaient tracée. Je le vois rien qu'à leur tête ! Comme si bosser en étant serveuse, c'était la honte absolue ! De quoi ils se plaignent ? Je ne leur coûte pas un sou, merde à la fin ! Je ne peux même pas m'offrir le luxe d'aller chez le dentiste, mais est-ce que je vais pleurer chez eux, pour autant ?

— Non...

Elle tournait et s'arrêta, derrière la camionnette de Dave.

— Non ! Exactement !

Corinna descendit de la voiture, prit ses courses et claqua la portière. Je la suivis et entrai derrière elle. Dave était installé sur le canapé de salon, en jean et T-shirt, un sachet de Chips sur le ventre.

Il sourit tandis que Corinna traversait le salon et

entrait dans la cuisine, dont la porte battante se rabattit derrière elle.

— Salut ! lui lança-t-il.

Dans la cuisine, j'entendis les bracelets de Corinna cliqueter ; elle sortait et rangeait ses courses dans les placards dont elle claquait les portes.

Dave, qui allait avaler une Chips, s'interrompit à mi-chemin et leva les sourcils.

— On a rencontré sa mère au supermarché, lui expliquai-je.

Il enfourna sa Chips.

— Oh, je vois. Et alors ? Comment ça s'est passé ?

Dans la cuisine on entendit de la casse.

— Merde ! s'écria Corinna. Merde de merde.

— Pas bien.

Dave soupira et se leva.

— Tiens, prends ça, dit-il, en me tendant son paquet de Chips. Je vais dans la cuisine.

Il poussa la porte battante, qui au lieu de se rabattre derrière lui resta coincée, retenue par un morceau de carrelage. Dave s'approcha de Corinna qui pleurait en tenant une assiette cassée.

— C'est tombé tout seul, lui dit-elle en la lui montrant, comme pour le lui prouver. Je ne l'ai pas jetée, je te le jure.

Dave la lui prit des mains et la posa à côté de l'évier.

— Je sais bien. C'est pas grave.

Corinna s'essuya les yeux avec agacement.

— Je déteste que ma mère ait le pouvoir de me mettre dans des états pareils ! À ce point, c'est grave.

— Allons, ça n'est pas ta faute, lui dit Dave tandis qu'elle fermait les yeux et se blottissait contre lui.

Gênée de les regarder, je tournai les yeux vers la télé.

Est-ce que Cass avait une vie aussi romantique, avec Adam ? Je l'espérais de tout mon cœur. Même si son quotidien était difficile, je me disais que vivre son amour comme ça, c'était le top.

Corinna pleurait toujours, et pourtant Dave l'embrassait sur le front pour la consoler. Puis avec un sourire, il la prit par la main pour la faire tourner dans leur petite cuisine dont la peinture s'écaillait.

— Arrête, David, c'est n'importe quoi ! lui dit-elle, riant et pleurant alors qu'elle butait contre la poubelle.

David fredonnait un petit air que je ne connaissais pas en la faisant de nouveau tourner. Là-dessus, il l'attira à lui et passa le bras autour de sa taille, pour danser un tango d'opérette. Dans leur élan, tous deux écrabouillèrent la gamelle du chien.

— Tu es cinglé ! lui dit-elle, mais elle riait franchement.

Par la fenêtre derrière moi, l'hiver était gris et uniforme, mais dans la cuisine éclairée par une ampoule jaune nue, Corinna et Dave dansaient toujours. Ils riaient et valsaient, et pendant ce temps, les bracelets de Corinna les accompagnaient, avec leur petite musique.

Maman achetait toujours des poupées victoriennes et était chaque jour scotchée au *Lamont Whipper Show*, où elle ne voyait Cass que rarement. En revanche, on voyait sans cesse Adam, parce qu'il y avait des clashs, des bastons et des crêpages de chignon à chaque émission. Adam bondissait sur scène, séparait les épouses cocufiées ou les drag-queens en colère pendant que le public hurlait et sifflait en fond.

Maman écrivait aussi à Cass toutes les semaines. Elle n'avait jamais eu de réponses à ses lettres, mais on avait tout de même eu quatre coups de fil raccrochés, à l'heure officielle du dîner, où toute la famille était réunie. Les quatre fois, maman avait jeté sa serviette de table pour se ruer sur le téléphone, et décroché en répétant allô, allô, les doigts si crispés sur le combiné qu'ils en étaient devenus blancs. Enfin, elle raccrochait très lentement pour revenir s'asseoir, accablée et muette. Papa et moi, on la regardait dans le silence rompu seulement par le bruit de nos fourchettes sur les assiettes.

— Margaret, disait invariablement papa, c'est sans doute un appel commercial.

— Elle a failli parler cette fois, coupait maman, invariablement aussi. Je l'ai entendue respirer comme pour prendre son élan. Elle veut me parler ! Je le sens.

Possible, oui.

Cass s'était toujours ennuyée de mes parents. Quand on partait en camp, l'été, elle chouinait déjà en attendant le car. Je savais pourquoi elle ne nous avait pas recontactés : elle avait trop peur de se laisser convaincre de rentrer.

Même si j'imaginais ma sœur heureuse de ne vivre que de l'amour d'Adam et de pâtes lyophilisées, j'étais sûre que nous lui manquions, à New York.

Tous les samedis après-midi, j'allais à l'Arts Center avec maman et Boo pour suivre les cours de photographie. J'avais tout de suite regretté d'avoir accepté :

coincée entre lycée et les cheers, je ne voyais déjà plus Matthew autant que je l'aurais voulu. Puis avec le temps, je découvris que j'aimais bien la photo. Matthew (notre prof) était un jeune photographe gonflé à bloc. Il avait une barbiche désordonnée et une collection de gros pulls en grosse laine assez pourris. C'était un passionné qui, le regard étincelant et avec de grands moulinets, avait consacré ses premiers cours aux éclairages, à la mise au point, la perspective et au cadre. Là-dessus, il nous a lâchés dans la nature, c'est le cas de le dire : le Topper Lake, le vieux cimetière, le supermarché, en nous encourageant à « créer notre vision intime et personnelle » de ces lieux.

Au supermarché, maman passa une bonne heure dans le rayon des fleurs, pour prendre une photo romantique des fleurs coupées, pendant que Boo, à fond dans l'art abstrait, choisissait un pâtisson jaune, brillant de perfection, qu'elle arrangea sur l'étal du boucher, à côté de steaks saignants.

— Voilà du contraste ! s'écria Matthew, tout excité tandis qu'elle photographiait sa nature morte sous tous les angles. Voilà quelque chose qui nous parle !

Je manquais d'inspiration. J'observai les bouteilles de lait, du blanc, du doux et du froid, et je continuai dans le rayon jusqu'à ce que je repère deux personnes de notre groupe qui prenaient les mêmes photos, de plus, sous le même angle. Et si je m'intéressais plutôt aux deux homards dans leur aquarium ? À moins que je ne cherche l'inspiration près du rayon fromage ? Je commençais à désespérer.

— Encore cinq minutes ! me rappela Matthew qui passait. On se retrouve au service clientèle, d'accord ?

Cinq minutes !

Découragée, je décidai de revenir au rayon des produits laitiers lorsque je tournai dans celui des surgelés. Il n'y avait là qu'une petite mémé avec son chariot ; elle ouvrait une des portes pour saisir un plat cuisiné surgelé. Elle était frêle, avec une peau presque translucide, rendue plus blanche par les néons du magasin.

Je m'approchai et retirai le capuchon de l'objectif en portant déjà mon appareil photo à mes yeux dont je réglai le zoom avant. À cet instant, la petite mémé se pencha, et sa respiration forma tout à coup un léger nuage de brume tandis qu'elle fermait les yeux, sans doute surprise par le froid. Je pris la photo, la figeant dans cet instant d'un simple clic.

La semaine d'après, lorsqu'on développa nos clichés, je vis son image apparaître sous mes yeux : parfaite et distincte dans un univers blanc qui semblait fait de glace.

Matthew montra ma photo à toute la classe et me félicita pour mon « talent inné de portraitiste ». Jamais je n'avais été si fière de moi ! Et d'ailleurs, je mis cette photo dans un coin de mon miroir, histoire de remplacer mes prix de deuxième place et mes certificats d'honneur, de deuxième place aussi.

Je me débrouillais bien en photo, malheureusement, la situation empirait, côté cheers. En choisissant Matthew au lieu de Mike Evans, j'avais commis une bourde, disons, diplomatique et, comme qui dirait, signé mon arrêt de mort. Je passais tout mon temps libre avec

Matthew et je n'avais plus d'énergie pour les pyramides et les chorégraphies. Et comme Corinna habitait seulement à un petit kilomètre du lycée, je me rendais chez elle pour passer la demi-heure de battement entre mon dernier cours et mon entraînement. À ce moment de la journée, Corinna portait déjà sa blouse rose malabar de serveuse et se maquillait paresseusement en agrafant ses badges « Suuuuuper Steaks ! » ou « Promo choc de Super Sundae Choco ». Je me débarrassai de mon sac à dos, je prenais place sur son canapé où on fumait une pipe ensemble et des cigarettes – j'achetais mes propres paquets, maintenant –, et on regardait une sitcom, un talk-show qui craignait ou un docu-réalité débile. Inutile de dire que, dans la foulée, je perdais toute motivation pour ensuite me pointer à l'entraînement. Quand je m'y rendais tout de même (c'était devenu rare), j'étais en général tellement naze et stoned que j'arrivais à peine à me bouger pour effectuer nos chorés.

Mais au moins, j'y rencontrais Rina (et c'était le seul point positif) qui était de nouveau embringuée dans sa spécialité : le triangle amoureux tendance mélo. La configuration actuelle était la suivante : le soupirant n° 1 était Bill Skerrit, le quarterback, un brave type qui pensait honnêtement que lui et Rina, c'était pour de bon et qu'ils allaient se marier. Le soupirant n° 2, c'était Jeff, l'étudiant qui vendait des pompes, et que Rina avait rencontré un mois plus tôt, quand elle avait rendu une paire de sandales à talons hauts au même magasin. Bill Skerrit avait déjà acheté un anneau d'amitié à Rina, qu'elle portait autour du cou. Quant à Jeff, affirmait-elle, c'était un pourri qui n'appelait jamais alors qu'il le lui promettait. Total, elle était folle de Jeff.

— C'est nul, je ne veux pas être ça, me confia-t-elle un jour qu'on était assises devant le gymnase, après l'entraînement.

— Ça ? Quoi ?

— Une garce, pardi ! Pauvre Bill.

Pauvre Bill, oui : il pensait que lui et Rina se gardaient pour le mariage, et il ne se doutait pas qu'elle, hum, version soft, sortait avec Jeff. J'avais rencontré Jeff une fois. C'était un grand mec avec une coupe au bol de beau gosse, et une frange blonde bien épaisse qui traversait son front en diagonale, à la Justin Bieber. Par moments, quand elle retombait trop sur ses yeux, il donnait un coup de tête à s'en décrocher la nuque pour la remettre de côté. Rina trouvait ça follement sexy, moi, ça me rendait follement nerveuse.

En dépit de mon agenda de ministre, je passais le maximum de temps avec Matthew, qui se plaignait que ça n'était pas assez. Mes notes dégringolaient au-dessous du niveau de la mer, parce que, tous les soirs, il réussissait à me persuader de sortir avec lui, à sa façon enjôleuse, exactement de la même façon qu'il parvenait à m'attirer dans sa voiture pour un dernier bisou, les rares soirs où j'avais décidé de rester chez moi.

Les soirées où il venait seulement pour se serrer dans mes bras et être réconforté – de quoi, je n'en sais rien, car il refusait d'en parler – devenaient de plus en plus fréquentes. Je remarquais des contusions sur son visage, des marques rouges et ses yeux gonflés, mais il écartait mes inquiétudes, esquivait mes questions avec habileté.

Je me sentais complètement et désespérément impuissante à le protéger d'une force malfaisante que je ne pouvais pas nommer. Ça me tourmentait tant que ça me collait des insomnies.

À cette époque de ma vie, je courais d'un problème et d'un endroit à un autre, sans trouver le temps de faire mes devoirs ou d'apprendre mes leçons, de dormir ou même de respirer. Je me sentais partir dans toutes les directions et lutter pour gérer et assumer les obligations qui me cernaient et me bouffaient mon air. Ça n'était plus qu'une question de temps, avant que toute ma vie s'écroule.

Là-dessus arriva le vendredi de la Winter Athletic Awards Ceremony, la cérémonie de remise des prix aux sportifs du lycée.

Après mon dernier cours de la journée, j'étais censée retrouver les autres cheers, pour répéter et nous organiser, en vue de la soirée. Là-dessus, je devais rentrer à la maison où j'avais rendez-vous avec Matthew, qui voulait qu'on aille au centre commercial pour acheter un cadeau d'anniversaire à sa mère. Je devais ensuite revenir chez moi pour prendre une douche, me changer et repartir au lycée avec mes parents, Boo et Stewart pour cette fameuse cérémonie où mon cavalier, sans doute l'un des joueurs de l'équipe de football, accrocherait un corsage, enfin un bouquet, à ma taille. Bon, bref. On me décernerait une plaque terriblement moche et maman prendrait une demi-douzaine de photos (sur lesquelles on ne verrait ma tronche qu'à moitié, ou pas du tout). Là-dessus, on écouterait un discours fabuleusement ennuyeux et interminable du principal Hawthorne qui détaillerait « les vertus de la compétition » et « toutes les magnifiques leçons que nous enseigne l'esprit d'équipe ! ». En gros, il répéterait un speech qu'on connaissait déjà par cœur pour l'avoir entendu l'an dernier, l'année précédente et l'année de l'année précédente : les trois autres fois, c'est Cass qui avait été distinguée et avait reçu coupes et médailles. Et après ça, ouf, la cérémonie serait terminée.

À trois heures et quart de l'après-midi, j'eus une certitude absolue : j'avais besoin d'un coup de pouce pour assurer ce programme infernal. Je me rendis donc chez Corinna, les yeux fixés sur le cadran de l'horloge de la voiture. Je ne voulais pas la lune, non, seulement quelques minutes de répit.

Corinna avait déjà enfilé sa petite blouse avec le badge du jour : « Super Steaks ! La nouvelle sensation ! » Elle roulait de la petite monnaie dans du papier sur la table basse pendant qu'elle regardait un pauvre jeu télé.

— Je dois me faire au moins cent dollars de pourboire, ce soir, m'annonça-t-elle, alors que je m'asseyais et prenais la pipe qu'elle me passait, avec le briquet dessus.

Désormais, Corinna préparait la pipe sans prendre la peine de me demander si je voulais fumer. On avait nos habitudes, bien rodées. Matthew avait même commencé à m'approvisionner en herbe ; de plus, il m'avait donné une petite pipe en céramique sur laquelle était peinte un lézard. Pipe plus sachet, cigarettes et briquets, j'étais de nouveau comme Barbie, avec mes accessoires, mais d'un autre genre, on l'a compris.

Corinna exhala la fumée, et recoiffa une mèche derrière l'oreille en continuant d'empiler ses piécettes.

— Dave n'a pas de boulot au moins jusqu'au week-end, et on doit payer la facture d'électricité avant lundi prochain au plus tard. Et puis j'ai fait un chèque en bois au supermarché : il sera rejeté si je n'approvisionne pas mon compte ce soir.

Je pris la pipe et passai mon briquet dessus en regardant la télé. L'un des couples gagnants venait de gagner une chambre à coucher. La femme (coupe à la lionne et brushing parfait comme dans les séries des seventies) sautait en embrassant le présentateur comme du bon pain.

— Désolée. Trop chiant, dis-je.

— Ça, tu l'as dit ! renchérit-elle, en fermant son rouleau de pièces. Mais on y arrivera. On y arrive toujours, de toute façon.

J'avais l'impression que seule Corinna allait au travail. Je me demandais ce que faisait Dave dans la vie. Des trucs de charpentier, parfois, ou alors, pendant une semaine ou deux, il assurait le service de nuit à la station-service, où il gérait la station d'essence et les ventes de clopes. Mais la plupart du temps, il roupillait dans la chambre, où je l'entendais ronfler pendant que Corinna et moi, on chuchotait pour ne pas le réveiller. Avec Dave c'était comme avec Matthew : mieux valait ne pas poser trop de questions.

Quand on a eu terminé de fumer, je regardai l'heure. Quatre heures pile. La réunion logistique des cheers commençait. Je voyais déjà Chelsea Robbins prendre la parole devant l'équipe rassemblée, décrétant quelle cheer serait escortée par quel joueur de l'équipe de football à la cérémonie de ce soir. J'avais l'impression que le lycée se trouvait à au moins un million de kilomètres, et je me demandai si on avait remarqué mon absence.

Corinna leva les yeux de ses rouleaux de pièces.

— Tu es à la bourre pour ton entraînement ?

Je pensai à Mike Evans agrafant une rose sur mon chemisier, puis me conduisant sur l'estrade, pendant que maman prendrait des tonnes de photos ratées qui ne seraient jamais développées.

— Nan, dis-je tandis que je me réinstallais sur le canapé. Pas aujourd'hui.

Corinna prit la télécommande et zappa ; jusqu'à ce que le téléphone sonne. Elle se leva et décrocha le sans-fil sur la télé. Elle se rendit dans la cuisine, et baissa la voix tandis que j'entendais Dave grogner dans son sommeil par la porte entrouverte de leur chambre.

Après la pub pour l'entretien des voitures, j'entendis la musique d'un générique que je connaissais désormais par cœur : une énième rediffusion du *Lamont Whipper Show* allait commencer. Ce talk-show avait une telle popularité qu'on le rediffusait de plus en plus souvent, pour la plus grande joie de maman. La caméra zooma sur Lamont Whipper en personne qui annonça au micro le thème du jour : « Casse-toi ou je te casse la gueule : t'avais qu'à pas coucher avec mon mec ! »

Cass se tenait juste derrière Lamont Whipper, en pull marron et jean, les cheveux réunis en chignon bas maintenu par un stylo, à la manière de Boo. Elle tenait un bloc et regardait partout dans le studio, vérifiant ou cherchant quelque chose que je ne pouvais voir. Comme son regard se déplaçait sur le public, à un moment donné, elle croisa la caméra, et j'eus l'impression que c'était moi qu'elle fixait au fond des yeux, surtout quand elle leva son doigt et lissa son sourcil, en tournant à peine la tête.

Je frissonnai. Au même moment, Corinna revint de la cuisine, en coupant sa communication d'un index coléreux.

— Écoute-moi donc ça ! Le serveur qui assure le service à partir de 17 h 30 a appelé pour dire qu'il était malade : il a une gueule de bois carabinée. Je suis toute seule jusqu'à 18 heures. De plus, un vendredi. Super !

Elle soupira et secoua son paquet de cigarettes, à côté de ses pièces.

— Tu y crois, toi ?

— Non, répondis-je à voix basse.

La caméra zoomait maintenant sur la première invitée, une énorme Black qui portait un pantalon à imprimé flippant. J'allumai une cigarette et tirai dessus de toutes mes forces. Ma tête tourna et ma vision se brouilla brièvement.

— Bon, de toute façon, c'est pas le problème. Je dois me sortir de ce boulot merdique. Ça me tue.

Corinna tourna les yeux sur la télévision.

— C'est quoi ce truc ?

— Le *Lamont Whipper*.

— Je déteste ! marmonna-t-elle en prenant la télécommande. C'est du racolage, du voyeurisme de beauf. Ça ne t'ennuie pas si…

— Non, attends ! dis-je à la hâte. Pas tout de suite.

La caméra revenait sur Lamont Whipper qui demandait son opinion à une bimbo blonde en T-shirt Harley-Davidson. Et de nouveau je vis Cass. Cette fois, elle écrivait sur son bloc pendant qu'un mec avec des écouteurs lui parlait à l'oreille. Cass sourit et secoua la tête. Je pensai à maman à la maison, sur sa chaise et le nez presque collé contre l'écran : pour l'instant, maman devait sourire à tous les anges du paradis.

— Catlin ? fit Corinna qui m'observait avec attention. Qu'est-ce qu'il y a ?

Sur l'écran, Cass regarda de nouveau dans ma direction et se dégagea le front du dos de la main.

— C'est ma sœur, répondis-je à voix très basse.

— Où ça ?

— Juste là. Adossée au mur, avec le pull marron.

Corinna se pencha pour mieux regarder Cass qui serrait son bloc contre sa poitrine.

— C'est vrai ? s'exclama Corinna. Dis donc ! Waouh ! Tu ne m'avais jamais dit que tu avais une sœur ?

C'est vrai. Et c'était étrange. Cass avait toujours fait partie de moi, et pourtant je n'avais jamais parlé d'elle à Corinna. Je me demandai ce que ma sœur aurait pensé, si elle avait pu voir ce qui se passait, de l'autre côté de l'écran : elle m'aurait vue, le cul vissé sur un canapé, stoned, à côté d'une inconnue, dans un salon qu'elle ne connaissait pas. Peut-être qu'elle ne m'aurait pas reconnue ? Je pensai à Cassandre, l'héroïne grecque qui pouvait prédire son futur. Le *Lamont Whipper Show*, Adam, New York, sa fugue... était-ce l'avenir que Cass avait vu pour elle. Pour moi ?

— C'est bizarre..., dit Corinna, qui regardait toujours. Elle te ressemble. Elle pourrait être toi, tu vois ce que je veux dire ?

La caméra s'éloigna, alors que la Black dans son pantalon à imprimé flippant répondait à une question du public. Quand la caméra revint sur Lamont, Cass n'était plus là.

— Je sais, dis-je à Corinna.

Mais pour une fois, j'étais la seule à savoir combien c'était faux.

Je savais que Matthew détestait attendre. La seule fois où je l'avais vu perdre son calme, c'est quand on avait eu rendez-vous chez Dave et que ce dernier était arrivé avec près de trente minutes de retard. Matthew, lui, était ponctuel à la seconde près.

Je suis donc partie de chez Corinna à 16 h 35, ce qui me donnait dix minutes pour traverser la ville et retrouver Matthew chez moi. J'étais arrêtée au feu, devant le lycée, et je regardais ma montre toutes les quatre secondes lorsque j'aperçus Rina, à trois voitures devant moi. Aujourd'hui, elle avait séché le seul cours qu'on avait ensemble, en dernière heure, mais ça lui ressemblait bien de s'être malgré tout rendue à la réunion et à l'entraînement des cheers ! C'est peut-être difficile à croire, mais Rina est fiable à cent pour cent.

Même de loin, je compris vite qu'elle n'était pas dans son état normal. Rina fumait et tripotait son autoradio, de plus, elle n'arrêtait pas de s'essuyer les yeux du revers de sa manche ou de se passer la main dans les cheveux. Par moments, elle commençait à chanter avec la radio en pianotant sur le volant en rythme avec le refrain ou une phrase musicale, jusqu'à ce que ses épaules se mettent à trembler. Rina pleurait.

Après chaque crise, rupture ou megafête mégadélirante, Rina montait dans sa voiture, mettait son autoradio à fond les manettes et prenait son chemin de croix « en route/en larmes » : elle passait devant le lycée, sortait de la ville pour un tour en pleine campagne, reprenait l'autoroute jusqu'au Topper Lake où elle se garait sur l'un des points de vue et faisait sa maso pendant un bon moment. Là-dessus, elle repassait dans son ancien quartier, devant la maison de son deuxième beau-père dont elle insultait copieusement la porte d'entrée, à défaut de l'insulter lui, et rentrait chez elle.

Ça n'était pas l'itinéraire, l'important, mais la notion de mouvement. Rina avait besoin de bouger, parce qu'elle ne supportait pas qu'on la voie dans les trente-sixièmes dessous. J'avais passé des soirées interminables sur son siège passager, à écouter l'une de ses nombreuses compils où étaient enregistrées des chansons sur l'amour perdu/foutu/cocu, et à regarder le paysage défiler. Je l'entendais à peine sangloter, à cause de la musique qui hurlait et du vent, qui soufflait par la vitre ouverte.

À cet instant, j'avais déjà compris que je ne serais pas pile à l'heure à mon rendez-vous avec Matthew. Rina ne m'avait pas vue, et selon moi, elle avait déjà fait le grand tour dans la campagne : maintenant, elle devait sans doute se rendre au lac. Autant la laisser… Mais quand je la vis donner un coup de poing dans l'allume-cigare, puis s'essuyer les yeux, je compris que je ne pouvais pas la laisser dans un état pareil.

Lorsque le feu repassa au vert, je déboîtai et dépassai une bonne femme en Oldsmobile Cutlass avec un sticker Handicapé, et qui me fit un doigt. Je me rangeai à côté de ma copine.

— Rina ! m'écriai-je, mais elle ne m'entendit pas.

Le volume de sa radio était trop fort ; elle écoutait une chanson affreusement triste et déprimante.

Je klaxonnai deux fois, effrayant le conducteur du minivan devant moi. Paniqué, le mec changea illico de file. On avançait toujours pare-chocs contre pare-chocs. Rina braillait de nouveau avec sa radio, le visage couvert de larmes, sans faire attention ni à moi ni à la limitation de vitesse.

Je passai la main sous mon siège, tâtonnai et trouvai une bouteille de Coca en plastique vide que je balançai sur son pare-brise. Rina sursauta, puis tourna la tête, les yeux écarquillés, et enfin me vit.

— Tu es malade ou quoi ! s'écria-t-elle en activant l'ouverture automatique de sa vitre.

— Gare-toi ! hurlai-je.

La station-service se trouvait juste sur notre gauche. Rina me jeta un regard noir, enclencha son clignotant et entra dans le parking, puis pila devant une cabine de téléphone. Je me garai derrière elle. Elle sortit de sa voiture dont elle claqua la portière avec force.

— Tu aurais pu me tuer ! cria-t-elle.

Elle portait un joli pull en angora, une jupe plissée noire et des collants fumés. Ses cheveux retombaient sur ses épaules. Un groupe d'ouvriers en veste orange la sifflèrent quand ils passèrent devant nous, direction les pompes à essence.

— Je me faisais du souci pour toi ! Qu'est-ce qui s'est passé ?

Rina soupira, croisa les bras et s'adossa à sa voiture.

— Tout est fini, annonça-t-elle d'une voix mélodramatique.

Il était 16 h 50. Ça y est, j'étais en retard. De plus, je n'étais pas sortie de l'auberge : Rina prenait toujours son temps, et y mettait les formes, avant de raconter ses drames.

— C'est à cause de Bill ?

Elle acquiesça, et enroula une boucle de ses cheveux autour de son index.

— Hier soir, j'avais rendez-vous avec Jeff, au Yoghurt Paradise, tu sais, au centre commercial, pendant sa pause : on devait parler de nous.

— Je vois, dis-je pour accélérer le mouvement.

J'imaginais Matthew devant chez moi.

— On a parlé, enfin, les trois quarts du temps. À la fin, les choses sont devenues... disons un peu... physiques, tu vois ?

— Au Yoghurt Paradise ?

— Arrête, on s'embrassait seulement ! On ne faisait rien de mal ! s'énerva-t-elle. Mais, par un hasard incroyable, il a fallu que Bill se pointe dans le coin : il se rendait à la cafete, et il nous a vus.

— Oh merde.

— Attends, ça n'est pas fini ! Il était avec toute sa famille, Catlin, continua-t-elle à voix basse alors que les larmes lui montaient de nouveau aux yeux.

Elle regarda ses mains et mordilla son petit doigt.

— C'était l'anniversaire de sa grand-mère, Nunell. Elle a au moins quatre-vingt-dix ans. J'ai fait sa connaissance, il y a quelques semaines, et elle m'aimait bien. Mais tu aurais dû voir le regard qu'elle m'a lancé, hier ! Cette femme se déplace avec un déambulateur, mais elle aurait été capable de se jeter sur moi pour m'étrangler !

— Ouch, dis-je, en lançant un regard discret sur ma montre.

Cinq minutes venaient de s'écouler.

Rina s'essuya les yeux.

— C'est foutu ! reprit-elle. Il y avait aussi sa tante, Camille, et ses parents, et son arrière-arrière...

— Arrière-arrière... ?

— ... et Bill me regardait. Moi, j'étais assise à côté de Jeff, qui avait posé sa main sur ma cuisse. Bill n'a rien dit. Il a juste filé. C'était terrible. Atroce.

Elle croisa de nouveau les bras et donna un grand coup de tête sur le côté, à la manière de Jeff.

— Alors bien entendu, j'ai séché pour éviter de le voir au lycée. Mais je ne pouvais pas louper les cheers, alors je suis passée par-derrière.

— Moi, je n'y suis même pas allée.

— Comme si je ne le savais pas ! Écoute, Catlin, je suis ton amie, alors il faut que je t'avertisse : tu dois faire gaffe. Il y a eu un vote, tout à l'heure, et tout le monde, sauf moi, a été favorable pour t'entretenir au sujet du sérieux de ton engagement au lycée et dans l'équipe.

Elle ne pleurait plus, elle me coachait à sa façon efficace.

Il ne manquait plus que cela : la confrontation avec les cheers ! Super. Et il était maintenant 17 h 05. J'espérais que Matthew comprendrait. Il était au courant, pour la cérémonie de ce soir : on achèterait le cadeau de sa mère demain, voilà.

— Bref, continua Rina en agitant le poignet, alors qu'elle reprenait ses lamentations, Bill m'attendait, tout à l'heure, après la réunion avec les cheers.

— Qu'est-ce qu'il a dit ?

Elle se remit à sangloter.

— À ton avis ? Il m'a demandé de lui rendre son anneau, pardi !

Elle porta la main à sa gorge où la bague, qu'elle portait au bout d'une chaîne, avait disparu.

— Il m'a rendu nos photos et la chemise que je lui avais offerte, pour son anniversaire. Ensuite…

Elle s'interrompit, agita la main devant son visage, incapable de continuer.

J'attendis. Maintenant, Matthew devait partir de chez moi, remonter la rue en se demandant ce que je fichais. Je sentis un petit pincement au creux de mon ventre.

— Ensuite, il m'a dit que je l'avais déçu, reprit-elle, quand elle se fut reprise. Pour moi, ça a été le pire. Me traiter de pute, de salope, de garce, je veux bien, j'assume, mais, ça… oh non, c'était méchant.

Rina croisa les bras, ferma les yeux et baissa la tête. La nuit commençait à tomber. Les lumières de la station-service étincelaient joyeusement, derrière elle.

Je passai mon bras derrière ses épaules et appuyai ma tête sur la sienne.

— C'était pas un mec pour toi, de toute façon, dis-je comme je le lui avais dit, toutes les fois qu'elle avait eu ce genre de galère. Il était trop…

— Trop bien pour moi…, termina-t-elle à ma place.

Elle se mit à rire et à pleurer.

— C'est bien connu : les mecs bien, c'est pas pour moi.

— C'est vrai, dis-je, dégageant son visage. C'est tout à fait cela.

Je restai encore un peu avec Rina, qui se remettait à sangloter, et je lui remontai le moral comme seule une meilleure amie peut le faire. « Allez, ça va aller. Te bile pas. Je suis là, pleure un bon coup, ça ira mieux après. » Pendant ce temps, les voitures défilaient devant nous : des gens venaient faire le plein avant de rentrer chez eux. L'odeur des hot dogs nous parvenait, chaque fois que la porte s'ouvrait, et se mêlait à la brise curieusement douce de ce mois de décembre. Mais je ne cessais de penser à Matthew. Je l'imaginais sillonnant les rues en voiture, furax, se demandant pourquoi, moi aussi je l'avais laissé tomber.

Quand je suis rentrée à la maison, il était presque 18 heures. Matthew n'était plus là, comme je m'y attendais, et mes parents finissaient de dîner avec Boo et Stewart. Ça sentait bon le steak grillé partout dans la maison, et dans le salon, le *Lamont Whipper Show* passait à la télé, dont le son avait été coupé.

Maman se retourna sur sa chaise tandis que je montais dans ma chambre.

— Mais où étais-tu donc, ma puce ? Je commençais à me faire du souci. La cérémonie commence dans moins d'une heure, et si nous voulons avoir une place de parking…

Boo se leva et plongea une grande cuillère en bois dans sa casserole.

— Tu as faim ? demanda-t-elle. Il reste de la salade de tempeh et de fromage de chèvre.

— J'ai sorti ta robe bleue, et je t'ai acheté de nouveaux collants, enchaîna maman. Tu devrais te dépêcher, et prendre une douche, parce que tu es juste…

— Oui, je sais !

Je retirai mes chaussures en courant dans ma chambre. J'allais fermer la porte quand ma mère me rappela.

— Au fait, Matthew est passé, il te cherchait, s'écria-t-elle par-dessus les voix de papa et de Stewart, qui discutaient. Il avait l'air de penser que vous aviez des projets pour cet après-midi.

Je rouvris ma porte et passai ma tête par l'entrebâillement.

— Qu'est-ce qu'il a dit d'autre ?

Maman haussa les épaules et tamponna ses lèvres avec sa serviette.

— Rien de spécial. Je lui ai expliqué que tu n'allais pas tarder à rentrer, à cause de la cérémonie. Il a dit qu'il téléphonerait plus tard.

— C'est bon, merci, maman.

Je refermai ma porte lentement, me répétant que je me faisais du souci pour rien. On devait juste aller faire des courses, c'est tout. Pas de quoi en faire un fromage.

La cérémonie s'est déroulée comme prévu : distribution de coupes et de trophées pour les autres, et pour moi, un papelard insignifiant et une fleur de corsage. Rina s'était remise de ses émotions – enfin pour le moment – et était à peu près calmée lorsqu'un défenseur (changement de dernière minute) la conduisit à son siège, sur l'estrade. De son côté, Bill donnait le bras à Eliza Drake. On m'avait collé (sans doute pour me punir) Thad Whicker, un petit mec qui avait une haleine de chameau et une sinusite chronique.

Matthew entra au moment où le principal Hawthorne déclamait son discours de clôture. La porte s'ouvrit avec un petit crac, Matthew se glissa dans la salle et s'adossa au mur. Je fus surprise de le voir là, mais j'ai été bien contente qu'il s'intéresse à ma vie au lycée. Il avait les cheveux humides – le temps, trop doux, avait tourné à la pluie au moment où on s'était rendus à la cérémonie. Matthew regarda partout autour de lui. Il me cherchait. Quand il m'a repérée, il a levé le menton avec son petit air volontaire, puis a de nouveau survolé la salle en fourrant ses mains dans les poches.

— Nombreux sont ceux qui remettent en question, et souvent, la valeur du sport au lycée, déclara le principal Hawthorne. Selon moi, les faits parlent...

Je connaissais Matthew seulement depuis trois mois, mais je savais instantanément reconnaître les signes d'un énervement croissant chez lui. Combien de fois, lors de fêtes, avais-je senti son regard énervé et impatient sur moi, même lorsque je faisais de mon mieux pour me désempêtrer de Rina et prendre congé au plus vite. Je savais qu'il consultait sa montre seulement quand il pensait perdre son temps. Je commençais à avoir le sentiment étrange que cet après-midi, qu'on avait prévu de passer ensemble, avait été, pour lui, plus importante que je ne l'avais pensé.

Le principal Hawthorne continuait de parler et je n'avais pas d'autre choix que de regarder Matthew pendant qu'il trépignait et regardait autour de lui, avec ennui. Il consulta de nouveau sa montre, s'appuya sur son autre jambe, passa sa main dans les cheveux. Et rebelote, baissa les yeux sur sa montre.

— Et au nom de Jackson High School, je voudrais remercier nos excellents athlètes et leurs familles, pour cette saison sportive exceptionnelle !

Je fixai le principal Hawthorne, le suppliant en pensée d'en finir, bordel, mais il s'accrochait à son pupitre et sa voix prenait de l'ampleur. Rina, à côté de moi, me pinça la cuisse. Je la regardai, elle me sourit. Je lui souris aussi, toujours en guettant la fin du discours. D'énervement, je serrai l'ourlet de ma jupe dans mon poing crispé.

Hélas, Hawthorne continuait.

— Je vous remercie tous pour vos efforts, votre esprit d'École et de corps. Nous sommes très très fiers de vous !

Rina souriait toujours. Elle adressa un petit signe à Matthew, mais lorsque je tournai les yeux dans sa direction, je ne vis plus personne : la porte se refermait, il se tirait.

— Merci et bonne soirée !

Tout le monde se mit à applaudir. Je me levai et quittai la scène, descendis les escaliers à travers une foule compacte. Il faisait de plus en plus chaud dans ce maudit auditorium.

Maman surgit devant moi, Boo à ses côtés.

— Catlin chérie ! Je vais te prendre en photo avec ce très beau corsage.

Je me forçai à sourire.

— C'est pas vrai, s'exclama maman en inspectant son appareil photo. Il ne marche pas. Je ne comprends pas pourquoi.

Boo s'approcha pour regarder aussi.

— C'est le bouchon de l'objectif, expliquai-je.

Les gens qui passaient et repassaient brassaient un air chaud à mourir ainsi que des odeurs de transpiration.

— Pardon ? fit maman.

— Le bouchon de l'objectif, repris-je, en le retirant. Voilà.

— Eh bien, Margaret, je vois que les enseignements de nos cours de photographie t'ont profité, déclara Boo en me souriant.

Maman éclata de rire.

— C'est tout moi d'être aussi étourdie, n'est-ce pas ?

Elle recula pour prendre sa photo.

J'acquiesçai, sentant une goutte de sueur couler sur ma nuque, puis le long de ma colonne vertébrale.

— Ah, maintenant, c'est tout de même mieux ! Souris, Catlin !

Je souriais, et je suais. Il fallait absolument que je file. Le flash m'éblouit, je vis quelques étoiles.

— C'était une très belle cérémonie, intervint Stewart, qui surgit à mes côtés comme de bien entendu. Très tonique, je trouve.

— Montre-nous ton diplôme ! lança maman, me prenant amicalement par le coude.

Je le lui tendis. Je l'avais complètement oublié.

— N'est-ce pas extraordinaire ? Jack ? Regarde donc. C'est sensationnel !

Mon père se tenait à quelques sièges de là. Il semblait surchauffé et il étouffait dans sa cravate verte à raies noires que je lui avais offerte, quelques années plus tôt.

— En effet.

— Je dois y aller, coupai-je à la hâte. Matthew est là. Je vais rentrer avec lui, d'accord ?

— Tu es sûre ? déclara maman d'une voix soucieuse en regardant papa. C'est dommage, je pensais que nous prendrions le café et le dessert tous ensemble, à la maison…

— Laisse-la, coupa papa, prêt à partir lui aussi. Et d'ailleurs, on ne devrait pas traîner. La circulation va être infernale.

— Bon, eh bien…, dit maman d'une petite voix claire, évidemment sans finir sa phrase.

Elle jeta de nouveau un coup d'œil à papa, en espérant qu'il intervienne, mais papa mettait déjà son manteau et remontait la travée.

— J'aimerais vraiment que tu te joignes à nous, pour qu'on célèbre l'événement ensemble, insista-t-elle.

— Oui. Pas de souci.

Je commençais à avoir le vertige.

— Allons-y, répéta papa, qui supportait les foules à petites doses.

Il passa devant moi, desserrant son nœud de cravate, le front plissé, comme à son habitude. Il faisait une chaleur à crever là-dedans ; ça puait le parfum, la sueur, les gens et la poussière.

— C'était très sympathique, répéta Stewart, tandis que nous remontions la travée, Boo et maman derrière nous.

Je l'écoutais à peine. Je fixais la foule déjà dehors par la porte ouverte.

— Nous sommes très fiers de toi, Catlin. Je suis sincère, tu sais.

— Merci.

Je m'écartai pour laisser le passage à une énorme bonne femme boudinée dans un tailleur rose. Mais ensuite, je ne vis plus Stewart et les autres. Je les avais perdus de vue. J'en profitai pour sortir dans l'air moite et chaud.

Matthew était garé près du terrain de football. Je fis toc-toc contre la vitre de la portière côté passager. Mais il n'ouvrit pas tout de suite.

Je montai, refermai la portière et me penchai pour l'embrasser, mais il recula et détourna la tête. La radio était branchée, sur sa station, mais je n'en ai pas changé.

— Matthew ? Qu'est-ce qu'il se passe ?

— Rien.

Il se remettait à pleuvoir. De grosses gouttes de pluie s'écrasaient sur le pare-brise.

— Je suis désolée que la cérémonie se soit éternisée. Mais c'est pas ma faute.

Il passait le doigt sur son volant avec concentration.

— Pas grave.

Il ne me regardait toujours pas.

— Où étais-tu cet après-midi ? reprit-il.

— Si tu savais ! J'ai rencontré Rina par hasard, et elle a fait un super pétage de plomb. Elle a rompu avec Bill. Un vrai merdier, enfin, tu vois le topo !

Je ris, mais mon rire était forcé, pitoyable et pesait des tonnes. Matthew changea de position sur son siège.

— Ah bon ? En tout cas, moi je t'ai attendue longtemps.

Il regardait droit devant lui, vers le terrain de football. Je voyais la pluie tomber de biais dans les lueurs des projecteurs.

— Je suis désolée, repris-je. Rina était sens dessus dessous, la pauvre, et je n'ai pas vu le temps passer.

— Pas grave.

Il me souriait plus ou moins, comme s'il lâchait prise. Comme si on était réconciliés.

— C'est juste que je me suis demandé où tu étais passée...

Il baissa la tête et tripota cette fois la couture sur le volant.

— Tu avais tout de même dit que tu serais là et tout..., acheva-t-il.

Le truc, c'est que je pensais qu'on venait de faire la paix. Il m'avait souri, j'avais soupiré de soulagement : j'étais donc certaine que l'orage était passé. Alors maintenant qu'il remettait le sujet sur le tapis, je cessai d'être prudente et répondis sans réfléchir.

— Oh, arrête un peu de faire ton gros bébé boudeur ! déclarai-je en tapotant sa cuisse, pour rigoler.

Je n'ai pas vu venir le coup.

Son geste fut rapide donc très flou : une espèce de flash que je repérai seulement du coin de l'œil. Au moment où sa main s'abattit sur ma joue, je crus que mon visage explosait, brûlé à vif.

Le bruit de sa gifle a ressemblé à une détonation. Et puis ça n'a pas du tout été comme dans les films, où la personne qui se prend une baffe ne bouge pas d'un centimètre. Moi, ma tête a valsé en arrière sous la violence du choc et je me suis cognée contre mon siège. Mes oreilles ont sifflé, mon visage m'a de nouveau brûlé. Instantanément, des larmes de douleur me sont montées aux yeux.

— Mais… mais ! m'écriai-je enfin, sous le choc.

— Ne me prends pas pour un con ! lâcha Matthew d'une voix basse mais étrangement très calme.

Là-dessus, il démarra, passa la marche arrière et traversa le parking. On a descendu la côte pour rejoindre la route et nous engager dans la circulation, compacte ce soir : les phares allumés se succédaient en guirlande devant nous.

J'avais posé ma main sur ma joue, comme pour la tenir en place afin qu'elle ne dégringole pas. Mon visage, je le sentais sans le sentir ; il était plus tendu qu'une peau de tambour. De l'autre main, je me cramponnais à la poignée de la portière, comme si j'avais eu peur de m'envoler tel un gros ballon de baudruche.

Je me concentrai sur la voiture devant nous. C'était une Honda bleue avec un sticker pare-chocs où était écrit : « J'aime mon Terrier écossais ! » Je lisais et relisais, et me répétais cette phrase absurde.

Tout à coup, ça a klaxonné. La circulation cafouillait, personne ne roulait plus maintenant. Matthew mit les essuie-glaces parce que la pluie redoublait : de grosses gouttes rondes et lourdes explosaient en s'écrasant sur le pare-brise.

— Putain, mais pourquoi ça bloque à ce point ? marmonna-t-il en essayant de voir au-delà de la voiture devant nous.

J'avais toujours la main sur ma joue. Je ne voulais pas pleurer, mais les larmes coulaient toutes seules. Elles giclaient sous mes doigts crispés, puis coulaient sur le dos de ma main. J'essayai de penser à quelque chose qui faisait du bien. Mais mon esprit s'était déjà enclenché pour commencer un quiz de culture générale, et les questions/réponses s'enchaînaient à toute vitesse dans ma tête.

« Qu'appelle-t-on planètes mineures ? Les astéroïdes. Qu'est-ce qu'un seaborgium ? Un nouvel élément transuranien. Quelle est la fonction d'un sphygmomanomètre ? Mesurer la tension artérielle. »

Les voitures s'écartaient de la route pour contourner quelque chose qu'on ne voyait pas encore. Une par une, elles mordaient lentement sur les bas-côtés couverts de gravier et d'herbe. On s'en approchait, toujours au pas, lorsque je constatai que c'était la voiture de mes parents qui était arrêtée au milieu de la route. Mon père était au volant, se massant le front, maman à côté de lui. Stewart était assis derrière elle, et la portière opposée à la sienne était ouverte. Et c'est seulement au moment où on les a dépassés que j'ai vu Boo.

Elle était agenouillée au milieu de la route, ses nattes rousses étalées sur les épaules. Elle se leva, mains en coupe et tendues solennellement devant elle : a priori, elle portait quelque chose. Quoi ?

Il tombait des cordes, maintenant, mais Boo s'en foutait : elle marchait, le pas lent, tenant toujours son je-ne-sais-quoi. Une fois qu'on fut passés devant elle, je me détournai. Boo se baissait sur les bas-côtés, relâchant ce qu'elle portait dans l'herbe. C'était une tortue, arrivée là à ses risques et périls, conduite par son instinct aveugle, à cause de cette drôle de pluie, inhabituelle en décembre.

Boo se redressa et, mains sur les hanches, la regarda s'éloigner vers sa destination finale, tandis que les voitures klaxonnaient et que les gens fulminaient. Matthew, carrément énervé, mordit largement sur les bas-côtés avant de revenir sur la route. Pendant ce temps, ma joue, toujours sous ma main, continuait de me brûler.

— Non, mais quelle conne!

Quand on tourna à droite, pour rejoindre la route principale qui conduisait chez moi, quand il accéléra, je n'avais plus qu'une pensée: que pouvait-on ressentir, lorsque cernée par des voitures trop rapides, on vous soulevait, transportait et mettait en sécurité dans le moelleux d'une bande d'herbe grasse et douce?

On ne reparla pas de ce qui venait de se passer. On s'arrêta au McDo, comme à notre habitude en début de soirée. Matthew acheta un Big Mac pour lui et un milkshake pour moi, sans me demander mon avis.

Après, il me reconduisit chez moi. En route, il posa sa main sur ma cuisse et brancha ma station de radio préférée. Comme si rien ne s'était passé. Absolument rien. C'était hallucinant. J'avais rêvé ou quoi? Non! Parce que chaque fois que je portais la main à mon visage, je le sentais gonflé, et ma peau semblait étonnamment douce, comme attendrie sous ma paume.

Matthew se gara devant ma maison. Je fus surprise lorsqu'il se pencha sur moi, pris mon menton et m'embrassa très, très tendrement. Ça me fait mal de le reconnaître, parce que cela semblait désormais impossible, et pire que ça, déplacé, mais sous ses baisers, je sentis aussitôt cette délicieuse émotion monter et me serrer le ventre, comme à chaque fois qu'il me touchait ou m'embrassait. Ça me mettait toujours sens dessus dessous et en même temps, ça me rendait extraordinaire.

Il recula et me regarda au fond des yeux.

— Je t'aime. OK?

Son regard était redevenu vert comme les fonds de l'océan. Tout à l'heure, quand il avait été en colère contre moi, ses prunelles avaient été presque noires.

C'était la première fois qu'il me le disait, et dans n'importe quelle autre circonstance, à n'importe quel autre moment, ç'aurait été important. Mais je ne pensais qu'à mon visage blessé et douloureux. Ma tempe battait plus fort que mon cœur, et mon œil gonflé me faisait souffrir, chaque fois que je clignais la paupière. Comme Cass me manquait tout à coup… J'aurais aimé rentrer à la maison et la voir prête à caresser ma cicatrice. Le visage tout proche du mien, elle aurait tout compris sans que j'aie besoin de le lui expliquer.

Matthew ne me quittait pas des yeux comme s'il me demandait de pactiser avec lui. D'avoir la même version des faits. De la pointe de l'index, il effleurait maintenant le dos de ma main. Sur le chemin du retour, il n'avait cessé d'avoir des petits gestes gentils et plein de précaution avec moi, comme s'il avait voulu me garder tout le temps connectée à lui pour éviter que je ne lui échappe.

J'aurais pu sortir de la voiture et rentrer chez moi sans me détourner et ne plus jamais le revoir. La situation aurait bien entendu évolué autrement, si j'avais pris cette décision-là. Mais j'aimais Matthew. De plus, j'aimais celle que j'étais avec lui. Je n'étais plus ni la petite sœur ni la copine de la super jolie fille ou encore l'éternelle seconde. Et malgré ce qui venait de se passer, je n'étais pas prête à renoncer à la chance de suivre ma propre voie et me réaliser, seule et aussi loin que possible de Cass, comme je l'avais toujours voulu.

— OK, répondis-je.

Il m'embrassa de nouveau. Je fermai les yeux. J'avais encore mal, mais tout de même moins.

Matthew resta devant chez moi, avec le moteur en marche, tandis que je montais les marches de notre perron. Je sentais son regard dans mon dos. Se demandait-il si j'allais respecter le marché qu'on venait de passer ? Je ne pouvais oublier son visage sombre et furieux, sa main s'abattant sur mon visage à une telle vitesse que je n'avais pu ni l'éviter ni l'arrêter.

C'est comme si Matthew était devenu un autre, un monstre sorti d'un cauchemar.

Matthew repartit seulement une fois que j'eus refermé la porte de chez nous. Là-dessus, je pris une grande inspiration et montai l'escalier, sans trop savoir ce que j'allais raconter à maman, qui paniquerait en voyant ma tête.

J'arrivais en haut de l'escalier, quand je l'aperçus dans la cuisine, téléphone plaqué à l'oreille et cordon autour du poignet. Bras croisés devant le frigo, papa avait les yeux braqués sur maman qui parlait avec hésitation, comme si elle avait peur de trébucher sur les mots, et dont la voix, fragile, semblait faire écho sur les placards et le carrelage nickel-chrome. Ni papa ni maman ne me virent.

— Oh, ma puce… Comme je suis contente que tu aies appelé, entendis-je maman dire.

Elle leva sa main, qui tremblait, et la posa sur sa joue.

Papa prit appui sur son autre pied, sans jamais détacher les yeux de maman, le pli soucieux habituel se creusant sur son front. Derrière lui, sur la table de la cuisine, se trouvaient quatre tasses de café abandonnées, ainsi qu'un plat de brownies, intacts.

— Mais non, ma chérie, nous ne sommes pas en colère, continua maman d'une voix douce.

Elle s'essuya les yeux en regardant papa avec un sourire ému et tendre.

— On se faisait du souci. On voulait juste être sûrs que tu allais bien…

Sa voix craqua sur la fin, puis elle reprit.

— Je sais, ma puce, oui, je sais.

J'allai dans le salon où je m'assis dans le fauteuil de papa, puis j'observai les poupées rassemblées autour de la télévision. Elles me fixaient, bouche entrouverte, leur regard gris brillant vide tandis que je levais ma main à mon œil, que je sentais gonflé.

— Nous t'aimons, Cass, entendis-je maman dire d'une voix frémissante. On ne veut pas te perdre, chérie. Je ne pourrais pas le supporter.

J'entendis la baie du patio s'ouvrir, puis un bruit de pas : papa venait de sortir sur notre terrasse. Le vent chaud, moite et collant s'engouffra dans le salon avant qu'il ne referme la baie. Papa me tournait le dos et observait les quelques étoiles visibles à travers les nuages qui filaient.

Maman reniflait en écoutant Cass.

— On a le temps, chérie, dit-elle en riant à travers

ses larmes. Quand tu seras prête, tu nous diras tout ce que tu as sur le cœur.

Je fermai les yeux. Je revoyais et revoyais encore Matthew, son regard presque noir au moment où sa main partait, puis la douleur immédiate et violente qui éclatait sur ma joue et se dispersait vers ma tempe. Je ne l'avais pas vue venir. Je n'avais pas eu le temps de m'écarter.

Maman parlait et riait toujours au téléphone, lorsque je me levai du fauteuil de papa et sortis, en refermant la porte sans bruit derrière moi. Je ne savais pas où aller. Suivre l'itinéraire de crise de Rina ? Lorsque je démarrai et pris la route, mes phares repeignirent la maison avec leur pinceau de lumière, puis je conduisis au hasard des rues, une main plaquée sur ma joue, jusqu'à ce que je tourne dans le parking du restaurant.

Corinna était assise au bar, jambes croisées. Elle fumait une cigarette et comptait un tas de monnaie. Sur sa nuque inclinée son petit chignon se défaisait. Lorsque le serveur lui glissa une boisson, elle leva les yeux sur lui, lui sourit, et recoiffa une mèche derrière son oreille. Ses bracelets glissèrent sur son bras.

Quand je suis entrée, je ne savais pas au juste quelle tête j'avais, parce que je ne m'étais toujours pas regardée dans une glace. Mais quand le serveur m'a montrée du menton, Corinna s'est retournée et a ouvert la bouche et les yeux tout grands.

— Oh, mon Dieu ! s'exclama-t-elle en s'approchant.

Elle porta la main à mon œil. J'eus un mouvement de recul et la repoussai.

— Que s'est-il passé, Catlin ?

Je ne pouvais pas le lui dire. Je la laissai donc me conduire vers le bar où elle me fit asseoir. Elle passa ensuite son bras derrière moi et attira mon visage au creux de son épaule. Je sentis l'odeur de friture et de poivrons grillés, au moment où elle me caressa les cheveux en me disant que tout irait bien, maintenant.

9.

13 décembre

Ce qui est arrivé est trop étrange, c'est comme si ça n'était même pas…

14 décembre

Hier soir, il s'est passé quelque chose avec Matthew. Il s'est mis tellement en colère contre moi qu'il…

14 décembre

Si encore je savais par où commencer…

Rien à faire.

Je refermai mon journal des rêves et m'adossai à mes oreillers baignés par la lueur des lampadaires urbains qui passait par la fenêtre. Depuis cette soirée-là, j'avais essayé cent fois et plus de mettre les mots, ou d'exprimer à haute voix, rien que pour moi, ce qui était arrivé avec Matthew. Pour mes parents, Corinna et Rina, j'avais trouvé des excuses bidon sans problème : je m'étais pris un méchant coup de coude en me frayant un chemin dans la foule pour sortir de l'auditorium. Mais la vérité était tellement plus difficile à formuler.

J'avais peur d'oublier. Ça semblait facile. Ma vie était en effet redevenue normale : j'étais perdue dans les exams de la mi-trimestre, les entraînements de cheers et mes longs après-midi gris de décembre chez Corinna. Mais quand j'étais avec Matthew chez lui, quand on se rapprochait lentement mais sûrement de l'inévitable Première Fois, et lorsque je sentais ses doigts glisser sur mon bras ou se nouer derrière ma nuque, je tressaillais, au moment où je sombrais dans l'oubli, comme si j'avais reçu un électrochoc. Parce que je me souvenais très précisément de tout : son regard noir de colère sur moi, la petite seconde où sa main était partie, trop vite, si vite que je n'avais pas eu le temps de comprendre qu'il allait me frapper. À ce moment-là, Matthew m'embrassait plus intensément, et je sombrais complètement...

En attendant, maman planait sur son nuage depuis son unique conversation avec Cass, qui avait dit très clairement qu'elle voulait renouer tout en douceur avec les parents. Pour preuve, ça faisait deux semaines qu'elle n'avait pas rappelé.

Maman espérait que Cass téléphonerait le soir de Noël. Son espoir à lui seul rendait la perspective des fêtes de fin d'année plus supportable pour elle, et surtout, pour papa et moi. En effet, jusqu'à ce que Cass, ensevelie sous ses lettres de supplication et ses messages, par l'entremise du répondeur du *Lamont Whipper Show*, craque et donne enfin de ses nouvelles, maman n'avait pas eu le cœur à préparer Noël, pourtant sa fête préférée : pas de guirlandes ou de sapin. Mais le lendemain du jour où ma sœur appela, je constatai, en rentrant à la maison après le lycée, que maman avait préparé des cookies en forme de père Noël et qu'elle enveloppait les cadeaux, avec, en fond, Barbra Streisand qui chantait *Douce Nuit*.

D'après ce que j'avais compris, Cass ne s'était pas expliquée sur les motifs de sa fugue. Elle avait seulement dit qu'on lui manquait, mais qu'elle était heureuse. Qu'elle aimait son boulot. Et qu'elle espérait qu'on comprendrait un jour qu'elle avait choisi de vivre sa vie. Pas un mot sur Yale. Elle n'avait pas non plus communiqué son numéro de téléphone à maman.

Chaque fois que le téléphone sonnait et que maman se jetait dessus, son visage se décomposait quand elle n'entendait pas la voix de Cass. Papa répétait que ma sœur avait besoin de temps, qu'elle rappellerait et qu'il fallait patienter.

— Je ne comprends pas pourquoi elle refuse tout contact, répétait maman. Elle n'a même pas demandé à parler à Catlin.

Honnêtement, je n'avais pas envie de parler avec elle. Pas maintenant que j'avais un secret. J'avais peur que Cass, même au téléphone, ne perçoive quelque chose dans ma voix. Elle me connaissait si bien…

La vie continuait. Cette fois, je n'avais pas gardé de cicatrice pour me rappeler la violence du geste de Matthew. Mais je revoyais son visage dans un flash, et sa métamorphose en direct sous mes yeux, par exemple, lorsque je le regardais discrètement tandis qu'il conduisait, ou dans ma tête, avant de m'endormir. Même si la vie était redevenue normale, même si on n'avait jamais reparlé de ça, quelque part, j'étais sur mes gardes, tendue et dans l'attente qu'il recommence.

Maman, Boo et moi, on a eu notre dernier cours de photo de l'année le samedi avant Noël. On venait de développer ce que Matthew, notre prof, appelait notre « regard sur le portrait », où on était censés traduire nos relations à autrui.

Maman avait fait poser papa devant la fenêtre de son bureau, avec tous ses diplômes et ses nombreux certificats derrière lui. Papa avait l'air complètement coincé, avec son sourire forcé et ses mains fourrées maladroitement dans les poches : on aurait dit un P.-D.G. posant pour la Newsletter de sa société. Mais maman était très fière, parce qu'elle ne lui avait pas coupé la tête.

La photo de Boo la représentait avec Stewart. Elle avait posé son appareil photo sur la table, allumé le retardateur et appuyé sur le déclencheur à distance. Boo et Stewart avaient ensuite penché la tête en avant pendant une minute montre en main, puis l'avaient relevée en même temps et d'un coup, pile au moment où l'appareil prenait la photo. Le résultat était carrément mortel : on voyait leurs cheveux se relever à la sauvage, leurs regards et sourires pétillants sur leurs visages où le sang s'était retiré. Ce cliché décalé symbolisait leur intimité et leur excentricité, et c'est tout ce que j'adorais chez eux : deux êtres semblables, pris dans un moment de folie créé par eux.

Moi, j'avais pris une photo de Matthew. Il n'avait pas voulu, mais depuis la soirée, enfin cette soirée-là, il avait été tendre, très gentil et trop génial. Je trimballais mon appareil partout où j'allais depuis près d'une semaine et j'essayais de le prendre en photo au bon moment. J'avais déjà pris deux ou trois clichés, mais bof, aucun n'était exceptionnel. Et puis un jour, on montait les marches du perron de la maison de Corinna quand je l'avais appelé. Il s'était retourné. Clic.

Sur cette photo, Matthew ne sourit pas. Il regarde l'objectif bien en face, l'air un peu énervé. Il fait danser ses clés de voiture au bout de sa main, perdue dans la manche de sa veste, trop longue. Pour tout décor, on aperçoit des arbres nus se détacher sur un ciel gris et dur. Le soleil est pâle, et au bout du sentier, on aperçoit le labrador jaune de Dave, Mingus, assis devant la boîte aux lettres qui scrute le chemin. Matthew occupe presque tout le champ ; il est encadré par ce paysage intense et dur dont il semble presque faire partie.

Matthew (qui, ce jour-là, portait un pull rouge, et qui, depuis peu, avait laissé pousser ses favoris) déclara que la photo de maman était « très prometteuse » : en connaisseur, il appréciait les portraits où les têtes n'étaient systématiquement pas coupées. Il déclara que celle de Boo était « sidérante et bourrée d'émotion ». Il a regardé la mienne longtemps.

— C'est clair, tu connais bien ton modèle, me dit-il enfin.

— Ça oui.

Bizarrement, dès que Matthew m'adressait la parole, je rougissais comme une tomate. Il était à peine plus âgé que moi, je dirais, de trois ou quatre ans, et il était toujours gentil et bienveillant. Il avait l'habitude de poser une main amicale sur votre épaule ou sur votre dos pour souligner ses propos. Boo disait qu'il avait une aura très belle et très positive.

— C'est mon petit ami, ajoutai-je.

Matthew hocha la tête, le regard toujours sur la photo.

— J'ai l'impression que tu le connais mieux qu'il ne le voudrait, conclut-il dans un murmure destiné à moi seulement.

J'observai ma photo, les yeux de Matthew surtout. De nouveau, je revoyais la couleur de ses prunelles, le soir où il m'avait frappée. Sombres et presque noires.

— Oui, c'est vrai, dis-je sans cesser de fixer la photo.

À la fin du cours, je suis sortie de l'Arts Center avec maman et Boo, qui devaient faire leurs derniers achats de Noël. Matthew passait me chercher, mais il n'était pas encore arrivé. Il faisait tellement froid dans le parking, où en plus il neigeotait, que je suis rentrée l'attendre dans le lobby de l'Arts Center.

Il y avait un cours de danse irlandaise dans une salle au fond du couloir, et j'entendais une musique gaie et rapide s'en élever. J'écoutai en regardant les lumières de Noël qui décoraient la baie vitrée du centre et clignotaient. Dehors, la circulation était infernale, parce que les gens qui faisaient leurs courses de dernière minute, roulaient pare-chocs contre pare-chocs en se klaxonnant aux feux. Je me demandai ce que Cass faisait, pour Noël, si elle avait mis des guirlandes partout, acheté un sapin et pendu de grandes chaussettes devant une cheminée.

— Catlin ?

Je me retournai. C'était Matthew, dans un coupe-vent vert citron et sac à dos. Il partait.

— Salut…

— Tu es bloquée ici ? me demanda-t-il, en regardant partout dans le lobby.

La musique irlandaise cessa soudain de jouer. Des applaudissements et des rires s'élevèrent.

— Non. Mon copain est juste en retard.

Il hocha la tête et mit sa capuche.

— Je peux l'attendre avec toi, si tu préfères ?

— Oh non, répondis-je alors que la musique irlandaise se remettait à jouer, suivie par le martèlement frénétique de pieds sur le plancher. Ça ira bien.

— Comme tu veux.

Il ouvrit la porte, se retourna.

— Tu as beaucoup de talent pour les portraits, Catlin. J'ai été impressionné par ton travail.

— Oh… merci, prononçai-je avec embarras. Je regarde seulement beaucoup autour de moi…

— Tu es très douée. La photo de ton petit ami… eh bien, elle est émouvante. Il y a une intensité que tu as réussi à rendre. C'est du beau boulot.

Il se tut, resta immobile, comme s'il attendait que je confirme quelque chose qu'il savait déjà. Mais j'ai rougi, serrant le carton avec ma photo si fort contre moi que j'en brisai les coins.

— Merci, répétai-je, c'est très gentil.

Il acquiesça, souriant, et sortit une paire de moufles de ses poches.

— Bonnes fêtes de fin d'année, Catlin !

— À toi aussi, dis-je, voyant Matthew arriver dans le parking. Joyeux Noël, Matthew.

Toujours souriant, il prit ma main et la maintint entre les siennes, protégées par des moufles. La laine était rêche mais agréable : ça m'a fait penser aux moufles qu'on portait quand on était petites, Cass et moi. Mais les nôtres étaient attachées par un élastique au bas de nos manches d'anorak, pour ne pas qu'on les perde !

— Joyeux Noël, dit-il.

Franchement, c'était trop sympa d'être là avec lui, sous les petites lumières clignotantes, ma main bien au chaud entre ses moufles. Je le connaissais à peine, et pourtant, je me sentais en sécurité avec lui. Plus que je ne l'avais été depuis longtemps. J'avais l'impression d'avoir enfin un moment de répit après avoir couru et tenu un rythme d'enfer pendant des jours et des jours.

Mais ça a duré cinq secondes, pas plus, parce que, à la sixième, Matthew s'est garé devant l'Arts Center et m'a klaxonnée.

— Bon, eh bien, dis-je en laissant tomber ma main, voilà mon chauffeur...

— Oh oui, bien sûr ! À plus ! me dit Matthew.

On sortit en même temps. Matthew se pencha pour ouvrir ma portière et regarda bien Matthew pendant que je montais.

— Qui c'est ? me demanda-t-il quand je bouclai ma ceinture de sécurité.

— C'est notre prof de photo. Tu étais où ?

Il ne répondit pas, secoua juste la tête en démarrant et traversa le parking en sens inverse.

— Dave jurait qu'il était sur un coup, mais le mec ne s'est jamais pointé. On a poireauté pendant une heure.

— Oh zut. Ça a dû bien t'énerver.

Pas de réponse. Matthew regardait, par la vitre de ma portière, vers le trottoir. Je regardai aussi et vis Matthew. Il marchait d'un bon pas, son sac à dos calé sur ses épaules, les mains dans les poches et tête rentrée pour se protéger de la neige fondue qui tombait toujours.

J'étais sur le point de changer de sujet, mais l'atmosphère me sembla tout à coup lourde, saturée d'ions positifs, un peu comme avant qu'un orage éclate. Matthew garda les yeux fixés sur Matthew, puis sur le coin de la rue où il tourna et disparut. Je repensai à ma photo dans le carton sur mes genoux, à l'irritation dans le regard de Matthew, aux arbres froids, sévères et dénudés derrière lui, sous un pauvre soleil hivernal qui tentait de percer un ciel implacable.

Matthew ne prononça pas un mot jusque chez moi. Arrivé là, il se gara devant ma boîte aux lettres, coupa le moteur et resta muet, regardant droit devant lui. Je posai la main sur la poignée de la portière, me disant qu'il était de mauvais poil et que ça n'était pas ma faute. Dave l'avait fait poireauter, puis il avait vu (ou non ?) Matthew serrer ma main entre les siennes. J'allais descendre de voiture, il allait évacuer sa mauvaise humeur et tout redeviendrait bientôt normal. C'était sûr. Certain. Si seulement j'avais…

— Qu'est-ce qu'il y a entre toi et ce mec, Catlin ? me demanda Matthew brusquement.

J'eus de nouveau l'impression d'entendre des crépitements d'électricité. Mes oreilles se mirent à bourdonner.

— Rien. Rien du tout.

Volatile, détachée et lointaine, ma voix me parut étrange.

— Je t'ai vue, ne mens pas, reprit-il d'une voix basse et saccadée.

— Je ne mens pas, répondis-je cette fois très vite.

Oh, je détestais l'intonation de ma voix faible et suppliante.

— Je lui ai juste souhaité un joyeux Noël, il m'a serré la main...

— Ne mens pas!

Dans le petit espace de sa voiture, son hurlement fut terrible, et me fit sursauter.

— Mais je ne mens pas, murmurai-je. Matthew, je te le jure. Il n'y a rien.

Je posai ma main sur son bras.

Mais Matthew était tendu comme un arc, comme un piège prêt à se refermer au moindre mouvement. Aussi, à peine l'avais-je effleuré que son poing a bondi comme un ressort. Il m'a frappée au menton avec une telle violence que je me suis cognée contre la portière, et me suis pris la poignée dans la hanche.

J'avais l'impression que mon menton était en mille morceaux. J'avais mal, mais je tins tout de même à me justifier de nouveau.

— Matthew, je...

— Ta gueule, Catlin.

Il me gifla avec violence sur l'autre joue. Cette fois, j'eus la sensation que mon visage explosait. Je le pris en coupe entre mes mains et déployai mes dix doigts sur toute sa surface pour le couvrir. J'avais peur que sans cela, il tombe en miettes. Puis un goût de sang se dispersa lentement dans ma bouche.

— Ça n'est pas ma faute, c'est la tienne, dit-il à voix basse. Tu le sais, Catlin. Tu sais très bien ce que tu as fait.

Je préférai ne pas répondre, parce que je savais que je

ne pourrais pas supporter un troisième coup. J'ai donc fermé les yeux, et comme la première fois qu'il m'avait frappée, des questions/réponses sur des faits solides et sécurisants jouèrent au ping-pong dans mon esprit. Les quiz de culture générale me ramenaient à l'époque où le plus grand secret de Matthew, ç'avait été son savoir sans limite.

« Quel instrument les navigateurs utilisent-ils pour mesurer le temps ? »

Je me disais, respire, respire surtout !

« Le chronomètre. »

« De quelle région d'Italie vient la pizza ? »

Ma joue, ma mâchoire me brûlaient toujours. J'y sentais comme une coulée de lave en fusion qui se serait élancée jusqu'à ma tempe.

« Naples. »

Je tournai la tête, posai ma joue en feu sur la vitre embuée et glacée de ma portière, puis je contemplai ma maison. Un père Noël ventru en plastique se tenait sur l'escalier, des lumignons blancs décoraient l'arbre près de l'allée et de mignons petits rennes avaient été fixés sur le toit de notre garage. En haut de l'escalier, dans le carré lumineux de la fenêtre du salon, je voyais papa bien assis dans son fauteuil. Papa lisait son journal, comme il le faisait chaque soir depuis des millions de soirées depuis mon enfance.

Je fermai les yeux. Si seulement papa avait pu regarder de mon côté, et voir au travers des vitres de la voiture noire, il serait venu me sauver de Matthew. Et de moi. Mais papa continua d'agir selon ses habitudes : plier son journal, prendre la télécommande et zapper en attendant que moi, en attendant que Cass, on rentre enfin à la maison.

Quand je suis rentrée chez moi, une petite vingtaine de minutes plus tard, maman sortait un plat du four.

— Catlin ! s'exclama-t-elle, affolée à ma vue. Qu'est-ce qui t'est arrivé ?

Maman posa son plat sur la table, et traversa la cuisine en essuyant ses mains sur son tablier décoré d'un sapin de Noël.

— Je suis tombée, répondis-je très vite, tandis qu'elle me dégageait le visage et scrutait mes traits avec inquiétude.

Je m'étais regardée dans le rétro de la voiture, après avoir fumé une pipe d'herbe avec Matthew. Ça n'était pas aussi terrible que je le pensais : c'était un peu rouge et juste gonflé, par endroits.

— Tombée ? Jack ? Viens voir !

— Maman ! Je te dis que ça va.

Mon père entra dans la cuisine, son pli sur le front plus creusé que jamais.

— Il y avait une plaque de verglas près de la boîte aux lettres : j'ai glissé, c'est tout.

— Oh, je le savais ! s'exclama maman.

Lorsqu'elle me fit asseoir sur une chaise de la cuisine, j'y cognai ma hanche déjà douloureuse. Je fis une grimace et retins un cri. Maman ne le remarqua pas.

— Tu vois, Jack : je t'avais dit que j'avais glissé, en rentrant de chez Boo ! Souviens-toi ! Catlin, est-ce que Matthew était avec toi ?

Je secouai la tête.

— Oh non. Il m'a déposée, et quand j'ai pris l'allée, j'ai glissé. Je me suis pris un de ces gadins.

— Tu es bien amochée au menton, intervint papa qui m'observait avec attention. Margaret, sors un peu de glace du congélateur.

— Ça va, répétai-je. Ça ne fait presque plus mal.

Le plus bizarre dans toute cette histoire, c'est que pas une seule fois je n'ai pensé à dire la vérité. J'étais stone, tellement dans les vapes et vannée que je n'avais qu'une envie : aller me coucher, m'enrouler sur moi et dormir. Dans la voiture, tout à l'heure, Matthew avait allumé une pipe d'herbe sans dire un mot. Moi, toujours immobile, je sentais mes oreilles toujours bourdonner. Après avoir fumé un peu, les contours du monde et de ma douleur étaient devenus très flous. En général, quand je fumais, mes chagrins s'estompaient comme une mélodie à la fin d'une chanson : on n'entend presque plus, puis plus rien du tout. Voilà l'effet que me faisait l'herbe.

À la fin, Matthew m'a serrée dans ses bras. Il a répété qu'il m'aimait. Il m'a embrassée comme s'il avait peur de me perdre, sa main nouée derrière ma nuque, avec toute cette passion que j'aimais. Peut-être pensait-il reprendre toute sa violence en me donnant ces baisers que j'ai reçus, et acceptés.

Lorsque papa pressa la poche de glace contre mon visage, je fermai les yeux, surprise par le contact si froid que je ressentis une nouvelle sensation de brûlure. J'en avais des secrets, maintenant : l'herbe, les clopes et ma lente dégringolade dans l'équipe des cheers. Que j'en laisse s'échapper un seul et tous les autres se précipiteraient à la file, en vrac et à la hâte, comme une horde de chevaux sauvages.

C'était drôle, tout de même. Ce qui m'avait attirée le plus chez Matthew, c'était le goût de l'aventure : la possibilité de franchir des frontières et de découvrir des mondes où Cass n'était jamais allée. C'était pareil lorsqu'il me frappait. Jamais, jamais Cass ne serait sortie avec un mec comme Matthew, pas plus d'ailleurs qu'elle ne serait restée avec un mec violent. Mais moi, je n'étais pas Cass. Moi, j'étais faible. Et révéler mon secret maintenant, c'était en donner, de nouveau, la preuve.

— Tu vas garder cette poche de glace jusqu'à ce que l'enflure diminue, déclara papa, prenant ma main pour la presser sur la poche. C'est compris ?

— C'est très rouge, déclara maman, inquiète. Tu as dû te faire très mal.

Je détournai le regard.

Papa enfilait déjà sa veste.

— Je vais saler l'allée, annonça-t-il à maman. Il doit nous rester du sel de l'année dernière, dans la remise.

— Oui, derrière les sacs de terreau ! précisa maman en le suivant. Jack ? Sale bien surtout ! L'idée que d'autres accidents surviennent me rend malade.

Je replaçai la poche de glace sur ma joue. J'avais toujours un goût de sang dans ma bouche. Papa sorti, maman revint.

— Maintenant, Catlin, je vais te faire couler un bon bain chaud. N'est-ce pas une excellente idée ? Ensuite, je te servirai ton dîner dans ta chambre, sur un plateau. Ce sera l'idéal pour te détendre. D'accord ?

— Écoute, maman, ça n'est pas la peine…

— Plus un mot ! Allez, ouste, file te déshabiller. Je te préviendrai quand ton bain sera prêt.

Avant de sortir de la cuisine, maman posa la main sur mon épaule et m'embrassa sur le front. Maman sentait bon la vanille. J'ai bien cru que j'allais me remettre à pleurer. Puis elle me sourit et me caressa les cheveux, comme on le fait pour les petits enfants.

— Tu m'as fait une peur bleue, Catlin. Mon Dieu, je ne sais pas ce que je deviendrais, si jamais il t'arrivait malheur…

« *Je peux lui parler !* pensai-je tout à coup avec fermeté. Je peux lui parler là, tout de suite, et remettre ma vie à l'endroit. Je peux dire qu'il m'a tabassée, que je hais le cheerleading et que Cass me manque, mais que je sais pourquoi elle est partie de chez nous. Je peux aussi lui dire que je regrette de ne pas être mieux, enfin meilleure, mais je ne peux pas, oh non, je ne le peux pas. Je ne peux pas te dire où j'ai mal, maman. Pas maintenant. »

— T'inquiète, il ne m'arrivera rien.

Là-dessus, maman, ma petite maman s'éloigna, parfaite comme d'habitude dans son rôle et sa mission de mère : me choyer et me dorloter.

Quand je suis allée dans ma chambre afin de me déshabiller et attendre mon bain en peignoir, je regardai par la fenêtre. Papa, toujours dehors, salait notre allée. Une fois arrivé au pied du perron, il est revenu sur ses pas, mais par la pelouse, pour revenir auprès de la boîte aux lettres où j'avais affirmé m'être ramassée, et là, sala doublement. Papa passa ensuite cinq bonnes minutes à tâter le trottoir de la semelle, cherchant d'hypothétiques plaques de verglas, comme si cette ultime précaution suffisait à notre sécurité à tous.

Bien plus tard, quand maman est venue m'embrasser pour me dire bonsoir, je dormais déjà à moitié. Mon visage était douloureux et j'étais gavée de poulet et de brocolis. Maman me donna un baiser léger comme un souffle, de peur de me faire mal. Avant de sortir, elle se détourna, la main sur la poignée.

— Bonne nuit, ma puce. À tout de suite au pays des rêves…

J'étais trop fatiguée pour lui répondre.

Cette nuit-là, je n'ai pas rejoint maman au pays de mes rêves, mais pour la première fois depuis que Cass était partie de chez nous, c'est elle que j'y ai retrouvée.

Le rêve était long et assez compliqué. Eliza Drake s'y trouvait, Corinna aussi, ainsi que Mme Garver, mon instit de CM1. On était au centre commercial de Lakeview et on cherchait un truc qui avait un rapport avec de l'aluminium. On se trouvait tout au bout du centre, en fait. Je passais devant une boutique déserte, dont la vitrine l'était aussi, lorsque je vis Cass, de l'autre côté. Quand je me suis arrêtée, elle s'est approchée de la vitre de séparation.

— C'est toi, Cass ?

Mme Garver criait de me dépêcher :

— Allez, vite, vite, Catlin !

Cass me souriait, la tête inclinée avec coquetterie. Elle portait son pull rouge vif. Je me souviens de m'être demandé si elle était prisonnière ou piégée là-derrière.

Elle a levé la main et l'a pressée sur la vitrine.

— Bonne chance, me dit-elle.

Comme si elle avait pu voir l'avenir, le sien et le mien, et tout.

— Attends, Cass…

— Vas-y, me dit-elle, tandis que Mme Garver me prenait par le bras. Fonce, Catlin.

— Cass ! répétai-je.

Mais je courais déjà, regardant derrière moi, la cherchant des yeux, mais toutes les vitrines étaient désertes. Je compris que je ne la retrouverais pas, même si j'essayais.

Quand je me suis réveillée, j'étais en sueur et ma mâchoire me lançait. La douleur pulsait en rythme avec les battements de mon cœur. Je me redressai et allumai la lumière. Il était seulement 22 h 30. Dans le salon, j'entendais la télévision. Papa devait regarder les nouvelles de 22 heures. Chez Boo, la lumière de la cuisine était allumée. Boo y lisait.

Je m'adossai à mes oreillers. Je revoyais Cass dans son petit pull rouge, la paume pressée sur la vitrine. « C'était un rêve et rien d'autre. »

Je pris mon journal des rêves sous mon matelas, mais au moment où je l'ouvris et le feuilletai pour tomber sur une page vierge, je ne savais pas encore ce que j'allais écrire. Une main sur ma mâchoire douloureuse, je commençai :

20 décembre

Chère Cass,

Je ne sais pas si tu liras mes mots un jour. Et si ça se trouve, je n'ai même pas envie que tu lises ce que je vais écrire. Mais il m'est arrivé quelque chose, et tu es la seule à qui je peux le dire. J'ai rêvé de toi, cette nuit, et ce rêve m'a fait une peur mortelle : je te perdais pour de bon. Ces derniers temps, c'est moi que j'ai l'impression de perdre. Ceci explique sans doute cela.

Ce soir, Matthew, mon petit ami, m'a frappée. Ça n'était pas la première fois. Je sais que tu ne comprends pas pourquoi je l'ai laissé faire. D'ailleurs, moi non plus je ne le comprends pas. Mais c'est plus compliqué que tu ne le penses. Je l'aime. Je sais, ça semble faible, pathétique, mais depuis quelque temps, mon amour suffit à me faire oublier le reste. Cela dit, après ce qui s'est passé ce soir, je ne sais plus. Il m'a fait vraiment mal, Cass, et j'ai encore mal…

10.

— Catlin ?

Je clignai des yeux, les ouvris. M. Lensing, mon prof de littérature anglaise, se penchait sur moi, tenant d'une main son volume tout corné – les poèmes choisis de T. S. Eliot. Pas un bruit dans la salle de classe. Je sentais tous les regards sur moi.

— Oui ?

— Tu as compris ma question ?

Il passa son volume dans sa main gauche, remit ses lunettes sur le sommet de sa tête, pour le feuilleter.

— Je t'ai demandé de me parler du symbolisme des sirènes dans *La Chanson de J. Alfred Prufrock, le mal-aimé.*

— Ah.

Je baissai les yeux sur mon livre, resté fermé. Je l'ouvris et le feuilletai frénétiquement. Les mots se brouillaient sous mes yeux.

— Je… heu… je pense…

— Page 184, bas de la page, me souffla Richard Spellman, le délégué de classe, qui était assis juste derrière moi.

— Ah oui, c'est vrai, dis-je.

Page 150, 162, 174… Ah, zut alors.

— Bon, les sirènes. Eh bien…

J'entendis ricaner, puis tousser dans les rangs du fond. M. Lensing remit ses lunettes.

— Qui peut nous aider ? demanda-t-il, l'air las. Oui, Richard ?

— Pour le narrateur, les sirènes symbolisent l'inaccessible, expliqua Richard.

Le même crétin au fond de la classe ricana, mais Richard continua.

— Quand il affirme que les sirènes ne chanteront pas pour lui, il évoque son sentiment d'être coupé du reste du monde, un état onirique dans lequel il a choisi d'être. Il affirme qu'il est sous l'eau, entouré par ces sirènes, qui l'acceptent et, en même temps, le rejettent. Mais c'est l'élément humain, enfin je veux dire, c'est finalement le monde réel qui le tue, comme on le lit à la fin du poème.

J'avais enfin trouvé la bonne page, et mes yeux descendirent vite à la fin :

Nous avons langui aux chambres de la mer
Près d'ondines ourlées d'algues rouges et marron
Quand des voix humaines nous éveillent,
et nous sombrons.

— Très bien, déclara M. Lensing en refermant son recueil au moment où ça sonnait. Pour demain, lisez *La Terre vaine* : nous en ferons l'analyse en classe. Et n'oubliez pas : vous devez me rendre vos dissertations dans une semaine.

Tout le monde parlait à la fois, maintenant, dans un

brouhaha de livres fermés, de fermetures éclair zippées, de voix et de murmures venus du couloir par la porte ouverte. Je fermai mon volume et me levai, en regardant par la fenêtre le ciel gris de février qui plombait le parking.

— Catlin ?

Je tournai les yeux vers M. Lensing revenu derrière son bureau.

— Oui, monsieur ?

— Réveille-toi un peu, d'accord ?

— Oh oui. Pas de problème.

Je sortis dans le couloir, passai devant les casiers et entrai dans les lavabos des filles, où ça puait la cigarette et la laque. Un groupe de bimbos était massé devant les glaces ; elles vérifiaient leurs rouges à lèvres en faisant la gazette. Je les ignorai et pénétrai dans l'un des toilettes.

— Je n'arrive pas encore à imaginer le bal de promo, tu vois ce que je veux dire ? entendis-je dire l'une des nanas.

Concert de pschitt de laque, puis nouveau solo.

— Il paraît que Becca Plaser a déjà acheté sa robe, et en plus, à New York ! Elle aurait coûté cinq cents dollars ! C'est fou, ça !

— Oh, arrête un peu, reprit la première, c'est débile de dépenser même un million pour une robe de bal si tu n'as pas de mec.

Je m'assis sur la lunette du W.-C, retroussai la manche de mon bras gauche et aperçus une partie de l'hématome qui le couvrait.

— Bon, ben, répliqua une autre, le plus important, c'est la virée au bord de la mer, le soir du bal. Ce sera trop cool.

— Tes parents ont dit oui ?

— Ouais. C'est sûr, j'ai eu droit au couplet sur la confiance, la totale, quoi. Mais c'est bon.

Je relevai ma manche jusqu'à ce que j'aperçoive la totalité de l'hématome. Il était devenu jaune au milieu, mais il était moins noir qu'hier.

— *Yesss !*

Je les entendis se taper dans les mains, puis l'une des filles a ri. Là-dessus, la sonnerie a retenti, et dans les toilettes, elle a été assourdissante. Je posai l'index au centre de mon hématome et l'effleurai. Ça faisait toujours mal, mais c'était bien désenflé.

Je restai immobile, tandis que les nanas partaient. Là-dessus, je baissai la tête pour vérifier s'il y avait encore quelqu'un dans les toilettes. Plus personne.

Je rabattis ma manche, la tirai jusqu'au bout de mes doigts. Depuis la soirée où j'avais expliqué à mes parents que j'avais « dérapé sur une plaque de verglas » s'était formé entre Matthew et moi un accord tacite : il me frappait seulement aux endroits faciles à cacher, sur les bras, les jambes et les épaules. Je ne portais plus que des T-shirts à manches longues, de gros pulls à col roulé, mais au moins, mon visage était épargné.

Matthew et moi, on avait retrouvé une certaine normalité. Il semblait vraiment désolé de ce qui s'était passé. Il ne le disait pas, mais j'en étais certaine. Je le voyais bien à sa façon de poser sa main sur ma cuisse ou en bas de mon dos, comme s'il avait peur que je ne lui échappe. Il m'achetait toujours des CD ou les magazines que j'aimais sans me demander mon avis, et dont il me faisait la surprise en me les déposant comme des cadeaux sur mes genoux. Surtout, il y avait ses baisers… Il m'embrassait partout dans le cou, sur la gorge, comme si j'avais été magnifique ou sacrée.

Le 24 décembre, Matthew avait préparé un petit repas rien que pour nous deux.

Au dessert, il me glissa son cadeau en travers de la table : une petite boîte blanche et longue, avec un long ruban rouge. Dedans se trouvait un collier en argent, composé de petits carrés qui s'entrecroisaient, et si brillants qu'ils jetèrent des éclats lorsqu'il me le mit autour du cou. À cet instant-là, j'avais pensé, pour la centième fois au moins, qu'il n'avait pas pu me frapper.

Ce jour-là, on a couché ensemble pour la première fois. J'ai eu mal aussi, mais c'était une douleur différente, à laquelle je m'étais plus ou moins attendue. Et puis cette souffrance n'avait pas duré et s'était même vite fait oublier, grâce au bien-être que j'avais ensuite ressenti, lorsque Matthew m'avait serrée dans ses bras et quand j'avais posé ma tête sur sa poitrine. Tout en admirant mon collier qui étincelait, à la lueur de la lune qui passait par la fenêtre, j'avais formé un vœu. Que tout aille mieux, à partir de maintenant.

Chaque fois qu'on faisait l'amour, je pensais qu'on ne pouvait avoir de contact plus intime avec une autre personne. On est alors si proches de l'autre que sa respiration devient la vôtre. Je me donnais donc tout entière, et avec confiance, parce que j'y croyais dur comme fer.

Mais le soir du 31 décembre, j'ai eu le malheur de parler avec un mec, à une fête, pendant que Matthew faisait son petit business habituel dans la pièce d'à côté. Une fois qu'on est sortis, il m'a tirée par les cheveux, plaquée contre un mur où je me suis cognée contre un crochet. J'ai beaucoup saigné. J'ai vécu le passage du 31 décembre au 1er janvier chez Corinna, avec une compresse chaude sur la tête. Matthew raconta que j'avais titubé, parce que j'avais bu trop de bière. Pendant ce temps, les autres faisaient le compte à rebours et trinquaient au champagne. Je me souviens, Corinna donna un long baiser à Dave.

— C'est notre année, chéri, lui dit-elle.

— C'est ce que tu dis tous les ans à cette époque ! répondit-il en riant.

— Peut-être, mais cette année, c'est sûr et certain ! Je le sens. La Californie est à nous !

— Bonne année, me dit alors Matthew.

Il m'embrassa. Mais depuis le début des coups, et ensuite du sexe avec lui, j'ai ressenti quelque chose d'inhabituel. J'éprouvais toujours des sentiments pour lui, mais ça n'était plus pareil. Maintenant, j'étais méfiante.

— Bonne année..., répondis-je.

J'avais une voix de robot. Je me sentais devenir à peine plus vivante qu'un automate. Là-dessus, j'admirai mon beau collier et j'en caressai les carrés entrelacés. Matthew me l'avait offert et mis au cou une semaine plus tôt, mais Noël et ses mains très tendres autour de mon cou semblaient désormais appartenir à une autre dimension.

Le lendemain, Matthew m'acheta un CD, et on alla au cinéma, où il me tint la main et entrecroisa ses doigts aux miens. Je n'ai pas pu me concentrer sur le film – une vraie connerie sur l'apocalypse avec un héros qui était le seul à pouvoir sauver l'humanité –, parce que je ne cessais de regarder Matthew, son visage où passait les lueurs du film, en me demandant ce qui nous attendait, ce qui m'attendait.

Il n'y avait aucune règle, aucun moyen de prévoir où et quand ça se reproduirait.

Le nouvel an passé, une semaine de répit s'écoula avant que Matthew recommence. Puis deux jours plus tard, et de nouveau, deux semaines après. Chaque fois qu'il me tabassait, je savais qu'il serait désolé pendant au moins vingt-quatre heures : ce laps de temps devint donc ma période de sécurité, mon petit point d'ancrage. C'était ce que j'appelais les « bons jours ». Mais les bons jours passés, les paris étaient de nouveau ouverts pour le retour de mauvais moments.

Quoi qu'on fasse, je n'oubliais plus jamais qu'il m'avait frappée et qu'il me frappait désormais régulièrement. Quand on faisait l'amour, surtout. Et pourtant, je me forçais pour l'oublier précisément à ce moment. Le Matthew qui m'embrassait ou me caressait ne pouvait pas être ce garçon dont la main partait pour un oui ou pour un non, me fracassait contre les murs et me cognait. Cela me semblait incongru. C'était un défi à la logique, un théorème impossible à démontrer. Et quand on avait fait l'amour, quand on restait ensuite allongés, immobiles dans les bras l'un de l'autre, je le serrais fort contre moi comme pour retenir et garder ce Matthew-là, et bannir l'autre pour toujours. Mais j'avais beau faire, le Matthew aimant me glissait toujours entre les doigts. Les seules fois où j'étais en sécurité pour de bon, c'était quand on couchait ensemble, mais ça ne durait jamais assez longtemps.

Après, on faisait un saut, complètement stoned, quelque part, je ne sais pas où, puis de nouveau je ne sais où.

Avant, ç'avait été trop sympa de traîner : c'était tellement nouveau d'être toujours sur la route ! Maintenant, j'avais l'impression d'être à la dérive, de nager à contre-courant trop loin d'une rive que je n'avais plus la force de regagner. Quand on était en voiture, je n'essayais même plus de changer de station de radio. Je laissais désormais ses Pink Floyd me remplir les oreilles ainsi que tous les espaces qui s'élevaient entre nous et semblaient composés d'un brouillard épais et lourd.

« Réveille-toi, Catlin. »

M. Lensing n'était pas seul à avoir remarqué mon état somnolent.

« Catlin ? Chérie ? Tu as faim ? Tu vas bien ? » me demandait maman pendant le dîner, en me voyant chipoter dans mon assiette, les manches de mes pulls et T-shirts, étroitement serrés autour de mes poignets, même quand elle montait la température au maximum, même quand je tournais le dos au feu. Maman avait le sang froid, comme les reptiles.

« Catlin ! » beuglait la coach, parce que je foirais une énième roue, ou parce que je n'étais pas raccord avec les autres cheers, accomplissant ce que j'appelais désormais mon « chant du cygne » de ma carrière de cheerleader. « Bouge-toi, O'Koren ! C'est quoi, ton problème ? »

« Catlin… Tu me manques, tu sais. Passe donc à la maison, un de ces jours », disait Boo, cachant sa déception lorsque au début du cours de photo – je ne la voyais plus que là, désormais –, elle voulait me dire bonjour en posant sa main sur mon épaule ou mon bras, à sa façon affectueuse, et que je m'écartais.

— « Catlin ? Coucou, ça va ? » demandait Rina pendant le seul cours qu'on suivait ensemble, le cours d'histoire. Elle agitait sa main comme un éventail devant mes yeux alors que moi, enfermée dans ma bulle, je l'écoutais d'une oreille détailler une nouvelle engueulade avec Jeff.

« Catlin ? disait Corinna. Tu me passes le briquet ? »

« Catlin, répétait Stewart, à mon avis, tu as besoin de germe de blé, c'est même urgent. Je suis sérieux, tu sais. »

Et enfin, il y avait la seule voix qui me secouait et éveillait mon attention.

« Catlin », disait Matthew, et je me concentrais, parce que j'essayais de deviner, à son intonation, ce qui allait arriver, quand on était seuls.

« Réveille-toi, Catlin », m'avait dit M. Lensing.

Mais mon prof ne pouvait pas comprendre que je préférais désormais errer au pays des rêves et traverser la réalité dans un demi-sommeil, parce que cela me permettait de ternir tout le monde à distance.

Je comprenais les sirènes du poème de T. S. Eliot. Je me foutais bien qu'elles chantent pour moi. Tout ce que je voulais, c'était bloquer les voix humaines qui répétaient mon prénom inlassablement pour m'attirer vers la lumière, et sombrer corps et biens.

Depuis le mois de décembre, je savais que la ponctualité était le baromètre de mes relations avec Matthew : le meilleur comme le pire pouvait en découler. Là-dessus ça s'est aggravé, et au début du printemps s'est enclenchée une véritable et incessante course contre la montre.

Tous les jours pile à midi Matthew passait me prendre pour déjeuner. Ce qui me donnait très exactement cinq minutes pour sortir de ma salle de trigonométrie (qui se trouvait à l'autre bout du lycée), me faufiler dans les couloirs toujours encombrés, puis dans la cour bondée jusque vers le tournant près des salles de mécanique où Matthew m'attendait.

Mais j'avais beau quitter mon cours de trigo à toutes jambes, et même avoir changé de place pour être plus proche de la porte et détaler dès la sonnerie, Matthew arrivait toujours le premier. Je tournais le coin, hors d'haleine, et je voyais déjà sa voiture dont le moteur tournait. Matthew à l'affût m'attendait derrière ses vitres teintées.

Les punitions et sanctions pour mes retards étaient diverses. Parfois, ça n'était rien qu'un coup de pied de réparation, un coup bas. D'autres fois, c'était un coup franc direct. Au pire : contact et attaque frontale.

C'était plus facile de mettre des termes de sport sur sa violence. Parce que quand je pensais au football américain, je voyais papa enthousiaste le samedi matin, lorsqu'il regardait un match à la télé. Ou je revoyais Cass lever son trophée à bout de bras. Quand je pensais basket-ball, je voyais toute notre famille qui suivait avec passion les matchs de l'équipe universitaire, et encourageait les joueurs, ou non, avec la foule. Matthew était dangereux, pas le sport.

Même les jours où je séchais ma quatrième heure de cours et où j'arrivais la première au point de rendez-vous, près de l'arbre au tournant, Matthew ne semblait pas satisfait non plus. C'était comme s'il avait décidé d'être en colère pour justifier les coups qu'il me donnait. Il me frappait de plus en plus souvent, et pour rien, au fur et à mesure que l'hiver cédait la place au printemps. J'avais ainsi eu un bleu sur le bras « par la faute » de Mme Dennis, ma prof de trigo : elle m'avait gardée après le cours, quelques jours plus tôt, pour évoquer mon manque de participation en classe et une mauvaise note à un contrôle.

Je me mis donc à sécher ses cours, parce que c'était plus facile. Je restais assise au pied de mon arbre, genoux rassemblés sous le menton, et je fumais des cigarettes, les yeux fixés sur le tournant. Les règles du jeu étaient précises, parsemées de coups bas, de coups francs directs ou indirects ainsi que de gestes illégaux. Je devais être très prudente pour éviter le moindre faux pas.

Je ne parlais plus à personne, parce que si Matthew me voyait parler à X ou à Y, il pensait : a) que je flirtais ou b) que je me plaignais de lui. Un jour, Richard Spellman, le délégué de classe, est venu s'asseoir à côté de moi dans l'herbe pour me parler d'un projet de groupe à la con qu'on faisait en littérature anglaise. Je me suis éloignée de lui le plus possible : si jamais Matthew nous voyait ensemble, je le paierais par une attaque frontale et quelques coups bas. Mais Richard continuait de me parler, inconscient de mon malaise, pendant que j'arrachais l'herbe par touffes avec l'impression d'avoir un bloc de béton dans le ventre, planquée derrière mes lunettes de soleil pour mieux me rendre invisible. C'est que j'étais devenue douée à me rendre invisible… Richard parti,

Matthew s'est pointé une poignée de secondes plus tard : j'avais eu chaud.

La seule personne à qui je parlais, au lycée, c'était Rina, et encore, pas des masses.

— Et si on sortait entre filles, ce soir ? me proposa-t-elle un jour, alors qu'on était assises toutes les deux sous mon arbre.

Ça venait de sonner. Elle s'était laissée tomber à côté de moi et avait étendu ses jambes interminables devant elle.

— Je peux pas.

— Et pourquoi tu ne peux pas ?

Elle fouilla dans son sac, en sortit ses lunettes de soleil, à monture noire en forme de papillon et décorées de strass dans les coins, les mit et rejeta la tête en arrière pour offrir son visage au soleil encore pâle.

— Parce que j'ai des plans avec Matthew.

— C'est fou, ça, tu as toujours des plans avec Matthew ! On n'a pas eu une soirée entre filles depuis des siècles, Catlin. Je suis en manque, figure-toi !

— Désolée, mais je te dis que j'ai déjà des plans, répétai-je, voyant une voiture noire accélérer dans la rue devant nous.

Mais ça n'était pas lui.

Rina mit ses lunettes en bandeau et tourna les yeux sur moi.

— Arrête ! Rien n'est important au point de lâcher, de nouveau, sa meilleure amie !

Je soupirai. Rina me compliquait toujours la situation.

— Je ne te lâche pas. C'est juste que Matthew et moi, on a décidé de faire un truc ensemble.

Elle agita la main avec agacement.

— Bon, j'ai compris. Et si… et si on allait manger un burger, ou je ne sais pas quoi ? Tu pourrais le retrouver après ?

— Je peux pas, répétai-je.

— Merde enfin, Catlin ! s'exclama-t-elle, exaspérée cette fois.

Elle posa son sac sur ses genoux, fouilla dedans, en sortit des cigarettes, et me prit mon briquet de son autre main.

— Laisse-moi parler à Matthew, d'ac ? Je lui dirai que tu as besoin d'une soirée entre filles, et je lui jurerai de te ramener tôt à la maison. Laisse-moi régler cette histoire. Je vais lui dire…

— Rina.

— Je suis sérieuse. Je sais gérer ce genre de situation. Il comprendra. Il ne va pas tarder à passer te chercher, hein ? Je vais donc lui parler maintenant.

Elle ne comprenait rien.

— Lâche l'affaire, Rina.

— Ah non ! protesta-t-elle avec désinvolture en me rendant mon briquet. Je peux parfaitement me débrouiller avec Matthew. Pas de souci. Quand j'en aurai fini avec lui, je te jure, il sera comme de la cire entre mes mains.

— Rina, j'ai dit non.

Elle ne savait pas le mal qu'elle pouvait me causer. À quel coup aurais-je droit, si elle intervenait ? J'avais mal au ventre rien que d'y penser : une brûlure y grandissait et semblait me consumer chaque jour davantage.

— Plus un mot ! coupa-t-elle d'une voix légère, pendant qu'elle exhalait sa fumée de clope. Je ne lâcherai pas l'affaire !

— Rina, par pi…

— Stop ! Je te l'ai déjà dit, c'est…

— Non ! coupai-je, plus fort que je ne l'avais voulu cette fois.

Elle sursauta, surprise, comme si je l'avais giflée.

— Je t'ai dit que je ne pouvais pas, c'est tout, alors on n'en parle plus.

Elle inclina la tête, visiblement blessée.

— Tu n'as plus l'autorisation de traîner avec moi, ou je ne sais quoi, c'est ça, l'embrouille ? Il te dit ce que tu dois faire et tu dois obéir ?

— Non.

Une autre voiture noire passa comme un éclair sous le soleil.

— Ben, pourtant on dirait que c'est le cas, ma vieille, dit-elle, l'air suffisant.

— Tu te trompes.

On s'est tues. Autour de nous, les gens passaient et se rendaient au parking ou à leur cours suivant. Ils parlaient fort et riaient. Je pensai à mes soirées « en route/en larmes », avec Rina en pleurs tandis que le paysage défilait à toute vitesse sous mes yeux. Ces soirs-là, Rina pouvait tout me dire parce qu'on était dans le mouvement perpétuel.

Rina se rapprocha soudain de moi.

— Que se passe-t-il, Catlin ? me demanda-t-elle à voix plus basse.

Je levai les yeux sur Rina, sur ma meilleure amie.

J'admirai ses cheveux blond vénitien, son rouge à lèvres corail givré, et j'eus tout à coup envie de cracher le morceau. Lui expliquer l'importance que le temps avait pris, sur ma vie, mon sentiment d'impuissance, chaque fois que je voyais la BMW noire, parce que je ne savais jamais ce qui m'attendait, de l'autre côté de ses vitres teintées. Lui parler des coups bas, des attaques frontales et même du chant de ces sirènes qui m'attiraient toujours plus vers le fond.

Mais je ne le pouvais pas. Je ne pouvais rien dire à personne. Parce que, tant que je ne formulais pas mon malheur à haute voix, il n'existait pas.

Je lui adressai donc mon plus beau sourire de cheer, et secouai la tête.

— Mais voyons rien, Rina. Tu te prends trop la tête.

Rina inclina la tête de l'autre côté, sans cesser de me toiser. Elle n'était pas idiote, ma meilleure amie. Elle avait compris qu'il se passait des choses bizarres. Mais elle avait confiance en notre amitié, forgée dans l'adversité, au collège, et me pensait incapable de lui mentir.

— C'est bon, conclut-elle enfin, comme si on avait passé un accord. Dans tous les cas, si tu as besoin de moi…

— Je sais, coupai-je.

Il était midi pile.

Mon temps de sécurité était au zénith. Mon ventre était noué, mes épaules tendues tandis que je ramassais mon sac à dos et m'approchais du tournant. Je regardai Rina, assise en tailleur, avec ses lunettes de soleil, qui mâchait son chewing-gum et qui, en ce moment, n'avait qu'un seul souci dans la vie : moi. Je l'enviai, mais très vite et sans angoisse, pas comme autrefois.

— Je dois y aller.

Elle hocha la tête, tandis que je m'éloignais et tournais déjà les yeux vers l'entrée du parking, où Matthew se garait toujours. J'étais à l'heure, mais encore loin de sa vue. Je savais que Rina me suivait des yeux alors que je m'approchais de la voiture dont le moteur ronronnait, bas et rauque comme le grognement d'un gros chien qui m'aurait avertie de garder mes distances.

Je ne savais pas ce qui m'attendait, cette fois. Une conversation trash, un coup bas ? Une attaque frontale... Je pris une grande inspiration et me dirigeai vers la BMW, puis croisai mon reflet dans ses vitres teintées et entrai dans le match.

Pendant que je m'appliquais à me rendre invisible, Cass revenait lentement à nous. Ma sœur n'ayant pas téléphoné, le 24 décembre au soir, maman avait pleuré toutes les larmes de son corps pendant qu'on ouvrait les cadeaux, et de nouveau le 25 décembre, pendant notre « petit déj pancakes » traditionnel du jour de Noël avec Boo et Stewart. Mais Cass nous envoya une carte avec une photo la représentant avec Adam : tous deux se tenaient devant leur arbre de Noël, un petit sapin tout moche décoré avec trois ou quatre loupiotes, une guirlande en papier (faite maison) et un petit ange en alu, tout en haut.

Adam avait son bras autour des épaules de Cass, qui semblait flotter dans le bonheur absolu. Maman mit tout de suite la photo dans un cadre qu'elle plaça en vedette sur la table basse, déplaçant ainsi une série d'oursons en verre et une petite coupe de pot-pourri.

— Je me demande ce qu'elle entend par « protéger sa vie privée », l'entendis-je dire à Boo, le jour de Noël, tandis que toutes deux rangeaient la cuisine. C'est tout de même Noël !

Installé dans son bon fauteuil, papa regardait un match avec Stewart qui somnolait sur le canapé, une main sur son ventre.

— Ne t'en fais pas, elle finira par changer d'avis, répondit Boo, rassurante.

— Elle a l'air de penser que nous avons contrôlé sa vie, que nous nous en sommes trop mêlés.

Maman lavait la vaisselle, l'eau coulait.

— Plus maintenant, en tout cas ! ajouta-t-elle. Enfin, c'est mon avis.

Maman ponctua sa phrase par ce soupir bas et triste qu'elle poussait quand elle parlait de Cass, désormais.

Les cadeaux de Cass restèrent sous notre sapin jusqu'à ce qu'on en retire ses décorations et le jette. Maman, honnête jusqu'au bout des ongles, en avait acheté un (mais plus petit) à Adam.

Les cadeaux, toujours enrubannés et dans leur beau papier, furent entreposés dans l'armoire de l'entrée, derrière l'aspirateur.

Quand Cass rappela, la première semaine de l'année, je roupillais dans ma chambre, assommée après une autre soirée tardive et un bleu au poignet – un nouveau coup de Matthew. Je compris que c'était Cass rien qu'à la façon dont la voix de maman, posée pour dire bonjour, s'est ensuite élevée avec ces trilles enthousiastes bien audibles, même à travers la porte de ma chambre.

— Bonne année à toi aussi, ma puce ! s'exclama-t-elle.

Je l'entendis se déplacer, parce qu'elle cherchait papa pour qu'il décroche notre deuxième poste fixe. Papa, lui, avait du mal à nouer le contact. Il décrochait, écoutait, et ne parlait à Cass que sollicité par maman. Il prononçait alors quelques phrases courtes et banales, d'une voix calme, comme s'il s'était adressé à une lointaine connaissance.

— Comment vas-tu, ma chérie ? Comment s'est passé ton Noël ? reprit maman.

Elle traversa la cuisine, sans doute pour se diriger vers le bureau de mon père. Ses talons claquaient joyeusement sur le carrelage. Je roulai sur le flanc et fermai les yeux.

— Oh oui, nous avons passé un Noël formidable ! continua maman. Tu as manqué les pancakes aux myrtilles. Cela dit, tu étais présente dans nos cœurs, mais tout de même, toi absente, c'était différent.

Elle s'interrompit pour appeler papa dans un murmure.

— Jack ? C'est Cassandra. Décroche vite ton téléphone !

Par la suite, Cass dut décrire son Noël, car j'entendis les petits murmures bienveillants et approbateurs de maman.

Enfin, la voix de papa s'éleva.

— Bonjour, Cassandra.

— Cassandra, c'est merveilleux que tu aies appelé ! pépia maman.

Je plaquai mon oreiller sur ma tête pour ne plus rien entendre.

— Quel temps avez-vous à New York ? demanda papa.

Quand elle eut répondu, il reprit :

— Eh bien oui, c'est New York en janvier…

— Ici le temps est agréable, enchaîna maman. Comment ? Que dis-tu ? Ah oui, elle va bien ! Toujours très occupée… Toujours cheerleader et satisfaite de l'être ! De plus, elle est très prise par le lycée et son nouveau petit ami, Matthew… Imagine-toi, elle sort tous les soirs ! Elle tient une forme incroyable !

Je levai le bras et examinai mon poignet, sensible au niveau de mon bracelet de montre.

« Incroyable, oui, c'est le mot… »

— Je suis certaine qu'elle va vouloir te parler ! continua maman, qui remontait le couloir vers ma chambre avec le sans-fil. Je pense qu'elle dort déjà, mais je peux…

Je serrai l'oreiller plus fort, et fis mine de dormir au moment où elle entrouvrit la porte et glissa un œil dans ma chambre.

— Catlin ? murmura-t-elle. Ma puce ?

Je restais absolument immobile, concentrée sur ma respiration.

— Oh, elle dort…, souffla maman. Elle sera déçue de t'avoir manquée…

J'attendis que la porte se soit refermée pour ouvrir les yeux. La voix de maman s'éloigna tandis qu'elle revenait à la cuisine et roucoulait en reprenant son dialogue avec Cass.

Je n'avais pas envie de parler à ma sœur. Certes, mes proches avaient remarqué que j'avais changé, mais ils avaient assez à faire avec leurs propres problèmes : Rina avec Jeff, maman avec Cass, et même Corinna, préoccupée par Dave et son boulot. Ils avaient tous gobé mes misérables explications, style j'étais tombée ou j'étais maladroite, parce qu'ils étaient bien trop soulagés et contents de détourner les yeux, et leur attention, de moi.

La seule qui agissait comme si elle avait flairé quelque chose, c'était Boo, mais elle n'essaya pas de me tirer les vers du nez : ça n'était pas son style. C'était donc facile d'ignorer ses regards pensifs, pendant le cours de photo, ou d'esquiver ses questions avec mes réponses types que je servais à mes parents chaque soir : « Oui, ça roule... Super bien, merci... Débordée... Rien de spécial... Juste crevée. »

Mais avec Cass, c'était différent. On se ressemblait trop, elle et moi. J'avais peur qu'elle devine que ça n'allait pas au premier mot que je prononcerais. Je ne voulais pas que ça se sache, enfin, que Cass sache. Elle avait toujours été la plus forte et la plus intelligente des deux. Jamais elle n'aurait accepté qu'un truc pareil lui arrive.

Je sortis mon journal de dessous mon matelas, en feuilletai les pages jusqu'à une page blanche. Et tandis que, dans la cuisine, maman riait et continuait de pépier en absorbant les paroles de Cass comme une éponge, je parlai à ma sœur de la seule façon possible.

7 janvier

Chère Cass,

Tu te souviens quand on était petites et que maman nous demandait de prendre une grande résolution, qu'on devait bien entendu tenir, pour la nouvelle année ? Genre, utiliser le fil dentaire tous les jours, ne plus se bagarrer ou lire un livre par mois ? Au seuil d'une nouvelle année, tout semble toujours possible ; on se dit qu'on va tout faire mieux, démarrer d'un bon pied et fouler avec art cet espace beau, vierge et neuf qui s'étend devant soi.

Eh bien, on vient de commencer l'année, et je n'ai plus cette impression, je n'ai plus de ressort. Et toi ? Il est en train de se passer quelque chose en moi. C'est comme si je me rétrécissais à vue d'œil, et tu sais, le pire, je ne peux pas arrêter le mouvement. Il y a tant de trucs qui déconnent dans ma vie que je peux à peine imaginer ma honte, si j'en admettais au moins un sur cent. Quand tu es partie de chez nous, Cass, il y a eu un énorme vide à combler, mais au lieu de grandir assez pour pouvoir le franchir, je suis tombée dedans, et je continue de dégringoler. C'est comme si j'étais à moitié endormie, comme si je n'arrivais plus à me réveiller, comme si je n'y arrivais plus…

Un après-midi – on était à la fin du mois de février –, je passai chez Corinna pour fumer une pipe d'herbe rapidos avant de filer à l'entraînement. Bizarre, la maison était plongée dans la pénombre et il y avait des bougies sur la table basse du salon. Corinna était au téléphone et parlementait avec la compagnie d'électricité en fumant une cigarette après l'autre.

— Je comprends…, dit-elle en me tendant ma pipe.

Sans la télé allumée, la maison était étrangement calme : j'entendais même le chat ronronner, de là où j'étais. Installée sur le canapé, avec son carnet de chèque et sa calculette, Corinna pleurait en silence en essayant de piger où avait disparu l'argent destiné à payer la facture d'électricité.

— Mais j'ai toujours payé dans les délais, jusqu'à maintenant. Je me souviens d'avoir donné l'argent à mon petit ami, pour qu'il le dépose à la banque, alors je ne comprends pas ce qui s'est passé...

J'allumai la pipe et j'aspirai. Corinna écouta la réponse du mec de la compagnie d'électricité, et secoua la tête. Elle sortit un autre Kleenex de la boîte sur la table et s'essuya les yeux. Elle était super énervée.

— D'accord... Merci.

Elle raccrocha, balança son téléphone sur la table basse, puis leva les mains à son visage et se couvrit les yeux. Ses bracelets dégringolèrent sur ses bras, et cliquetèrent contre le badge du jour agrafé sur son uniforme : « Commandez le combi Soup'n'sandwich ».

— J'ai la haine, prononça-t-elle enfin d'une voix étouffée.

— Je suis désolée...

Elle me sourit avec effort et se pencha pour prendre ses cigarettes.

— Tu savais que aujourd'hui, il fait vingt-deux à vingt-trois degrés à LA ? En plein au milieu de l'hiver ! C'est le paradis, là-bas.

— Génial. Mais tu me manqueras, quand tu partiras.

Elle mit sa cigarette entre ses lèvres.

— Tu viendras me rendre visite. On ira à la plage, on partira sur les traces des stars et on sera bronzées en février comme en plein été !

— Super. J'en suis.

— J'aimerais déjà y être ; je ne pense plus qu'à ça. C'est tout ce que je veux, tu vois ? Être là-bas…

J'acquiesçai comme si je comprenais. Mais à mes yeux, la Californie était trop loin pour être réelle. Comme l'était ma vie depuis quelque temps déjà.

J'arrivai en retard à l'entraînement, mais on m'attendait de pied ferme.

— Ah, voilà enfin Catlin ! commença Chelsea Robbins. Ravie que tu aies pu te joindre à nous. Assieds-toi : nous devons te parler.

Oh-oh… Je me dirigeai vers les gradins. Les autres filles, sauf Rina, qui faisait semblant de faire ses lacets, me fixaient. Elles étaient en tenue – short et T-shirt, Nike d'un blanc éclatant et socquettes blanches. Moi, désormais, je portais un collant et un sweat à l'entraînement. Je n'avais pas montré mes bras et mes jambes depuis si longtemps que je ne m'en souvenais plus.

J'aurais flippé, si je n'avais pas été stone. Je l'étais d'ailleurs à tel point que je pouvais seulement me poser et attendre que ça passe.

« Grande inquisition cheerleader, c'est parti ! » pensai-je, en scrutant ces bimbos super motivées, qui me fixaient d'un regard torve, comme si j'avais été une sale bestiole à fixer avec une épingle entomologique.

Chelsea s'assit et croisa ses mains sur ses genoux.

— Catlin, nous pensons qu'il est temps d'évoquer la façon dont tu perçois ton avenir dans notre équipe.

Tous ces regards sur moi… J'avalai ma salive, gloups, quel boucan.

— Mon avenir dans l'équipe, répétai-je, histoire de dire quelque chose.

— Exactement !

Les lèvres de Chelsea étaient roses et brillantes. Elle les pinçait sans cesse. C'est marrant, je n'avais jamais remarqué qu'elle avait cette manie ?

— Tout le monde sait que, ces derniers temps, ta participation et ton investissement ont été, eh bien, très insuffisants. Je me trompe ?

Un petit murmure s'éleva : les autres acquiesçaient.

— Tu arrives sans cesse en retard, tu manques de dynamisme, tu ne viens pas aux matchs, continua Chelsea, en martelant chaque remarque d'un petit coup d'index. Tu ne prends pas part aux activités de l'équipe, et nous pensons que tu as des… soucis.

Murmures bis repetita de la part de la masse.

Eliza Drake hocha même la tête, et hop, un coup de queue-de-cheval. Les néons du gymnase étaient au maximum et si aveuglants que je les entendais grésiller comme un essaim d'abeilles en colère et prêtes à piquer. Je les regardai, mais, éblouie, cillai.

« Des soucis. Tu n'as même pas idée, ma pauvre fille… »

— Catlin ? reprit Chelsea, qui perdait patience face à mon silence.

À côté d'elle, Lindsay White, dont la carrière de top-modèle teen s'était terminée avant d'avoir commencé, rapport à ma chute de la pyramide, leva les yeux au ciel. Pétasse va.

— On veut te laisser un droit de réponse. La possibilité d'assurer ta défense.

Je les regardai, toutes autant qu'elles étaient. J'avais devant moi les plus jolies filles du lycée, toutes blondes, belles et saines comme dans les pubs. D'abord Rina, qui me dévisageait avec tristesse. Et Eliza Drake, qui avait perdu les sept kilos qui lui pourrissaient la vie et était prête à gravir les épaules, les échelons de sa réussite, pour se propulser en haut de la pyramide. Puis je pensai à Corinna qui pleurait dans sa maison sombre et froide parce qu'on lui avait coupé l'électricité.

— Catlin ? Ça t'intéresse encore ou tu t'en fiches ? demanda Chelsea.

Elle secouait la tête. Sa queue-de-cheval balançait de droite à gauche, de gauche à droite comme un balancier.

Moi, je n'appartenais pas à cette tribu-là. De toute façon, je n'y avais jamais appartenu. Comparé à mon quotidien avec Matthew, à mes luttes permanentes pour éviter une ou plusieurs attaques frontales, les cheers, franchement, c'était de la rigolade. Futile, débile et tout. C'était un autre monde, un autre langage que j'avais appris avec difficulté et que j'oubliais déjà.

« Ça t'intéresse encore ou tu t'en fiches ? »

C'était une question absurde.

Je m'en foutais. Bien entendu ! Parce que dans le cas contraire, je n'aurais pas planqué un bleu sur le bras, un autre dans mon dos. Je ne me serais pas non plus planquée sous des pulls à manches trop longues. Je n'aurais pas fumé cigarette sur cigarette en essayant de me rendre invisible et de disparaître.

« Ça t'intéresse encore ou tu t'en fiches ? »

Elles me fixaient toujours.

— Non, ça ne m'intéresse pas, répondis-je tout à coup à Chelsea Robbins et à son rouge à lèvres rose.

Puis je les toisai toutes.

— Je m'en fous complètement.

Je les entendis réagir, commenter, tandis que je me levais, descendais vers le terrain où j'avais fait une bonne centaine de roues, et où j'étais montée, un bon paquet de fois, tout en haut de la pyramide.

— Catlin ! me rappela Rina. Attends !

Mais je sortais déjà, bras croisés à mort sur ma poitrine. La porte se referma derrière moi.

Je montai dans ma voiture et en verrouillai la portière. Puis je suis restée immobile dans ce grand parking désert et j'ai pleuré. Ça n'était pas des sanglots, mais de gros râles qui brûlaient les poumons et la gorge, et me privaient de ma respiration. Personne ne pouvait m'entendre.

Incroyable : j'étais vexée comme un pou d'avoir été virée comme une malpropre de l'équipe des cheerleaders, alors que je haïssais le cheerleading depuis le premier jour. Cela dit, lorsque je faisais encore partie de l'équipe, j'avais l'impression de vivre normalement, comme avant. Maintenant, j'étais juste une nana qui se faisait tabasser par son mec et qui fumait trop de cigarettes et d'herbe. Je sombrais en pleine lumière et personne ne remarquait rien.

Je devais retrouver Matthew chez moi, après l'entraînement : à 18 heures très précises. J'avais largement le temps de prendre l'itinéraire le plus long pour rentrer chez moi, plus précisément, de suivre le chemin de croix, « en route/en larmes » de Rina. Quand je suis passée devant chez Corinna, la maison était sombre et sa voiture n'était plus là. Je m'imaginai Corinna rentrant dans sa maison sans électricité, tâtonnant, main tendue pour dégoter une bougie et une allumette. D'un autre côté, la nuit, quand on réfléchit bien, ça n'est pas si terrible quand il fait nuit partout, même dehors.

Je me rendis jusqu'au lac, puis revins en ville en passant par l'ancien quartier de Rina. Je roulai au ralenti devant chez son deuxième beau-père pour l'insulter, exactement comme elle le faisait. Là-dessus, je rentrai chez moi, prenant tout mon temps, mais je passai finalement devant ma maison sans m'arrêter, pour descendre la rue et prendre à droite, direction le jardin de Commons Park.

Je n'y étais pas venue depuis des années. La balançoire et le toboggan étaient neufs, mais le bac à sable, où Cass m'avait donné le coup de pelle qui avait modifié mon visage, existait encore. Je m'assis sur le bord, pris une poignée de sable humide. J'imaginai les Polly Pocket, Play Mobil, boutons ou miniescarpins de poupée Barbie enfouis dans ces strates et fossilisés, comme les ossements des dinosaures. Il devait même y avoir des petits jouets m'ayant appartenu, là, en dessous.

Je levai la main et lissai ma cicatrice à mon arcade sourcilière. Il y avait eu une époque où je pensais qu'il n'y avait pas pire douleur. Il suffisait que je ferme les yeux pour revoir les images de l'accident : maman qui courait, moi dans ses bras, jusque chez nous, papa qui me tenait la main pendant que l'aiguille de la suture recousait ma plaie. Là-dessus, je visionnai mes propres souvenirs : l'expression de Cass qui changeait, chaque fois qu'elle observait ma cicatrice, comme si elle en revendiquait la propriété…

Ça s'était passé dans une autre vie. Ç'avait été une autre souffrance. Une souffrance que j'avais oubliée.

Longtemps je restai dans le parc à laisser couler le sable entre mes doigts. Je pensais à ma vie, aux cheers, à mes hématomes, au visage de Matthew sur la photo que j'avais prise de lui, à la voix chaleureuse de maman quand elle parlait avec Cass au téléphone, à Corinna chez Appelbee's qui servait des Super Sundae en rêvant à la Californie. Surtout, je pensais à Cass… J'aurais tant aimé qu'elle soit là pour prendre sur elle un peu de ma souffrance.

J'étais toujours au Commons Park lorsque Matthew ralentit en voyant ma voiture, et se gara. Ses phares balayèrent la balançoire et le toboggan, et le kit espalier, pour m'éclairer comme un projecteur. Matthew ne sortit pas de sa voiture, mais il laissa son moteur tourner pour m'attendre.

Alors je revins sur terre, cillai, plusieurs fois. Je me levai, puis resserrai les pans de ma veste autour de moi. Comme d'habitude, je ne savais pas ce que Matthew me réservait. Je fourrai machinalement une poignée de sable dans ma poche, me demandant quelle relique il avait un jour contenu. J'en caressai les grains, comme si chacun avait renfermé un charme, puis je pris une grande inspiration et entrai dans la lumière éblouissante des phares.

11.

Je cachai à maman que j'avais été virée de l'équipe des cheers. De toute façon, elle était tellement occupée à regagner le cœur et revenir dans les bonnes grâces de Cass, au fil des échanges téléphoniques, qu'elle ne s'étonna même pas, lorsque je lui racontai que les cheerleaders avaient toujours une période de battement, entre l'hiver et le printemps, d'où un minimum d'entraînement. N'importe quoi, mais maman a tout gobé.

Je me mis à passer plus de temps dans la chambre noire de l'Arts Center, laissant croire à maman que j'étais avec les autres cheers. Je collais à mon ancien emploi du temps du lycée, mais au lieu d'aller à l'entraînement, j'allais au centre après les cours, et je rentrais toujours à la même heure à la maison : à l'heure du dîner. Les soirs de match, j'appelais tout simplement Rina, où que je sois avec Matthew, pour savoir qui avait gagné, avant de rentrer.

Le système fut tout de suite au point. Non seulement maman ne m'accordait pas beaucoup d'attention à cause de Cass, mais aussi à cause de la préparation de sa grande fête annuelle du Poisson d'Avril. Papa était quant à lui très occupé avec le début du deuxième semestre, la recherche d'un président d'université et la gestion des équipes féminines et masculines de basket-ball en plein tournoi de fin de saison. Voilà, j'étais devenue presque invisible : je passais comme une ombre dans la maison, vêtue de mes pulls à longues manches et en jean, en dépit du temps qui devenait plus doux, et les yeux rouges (malgré le collyre) parce que j'avais fumé trop d'herbe. Je ne parlais que pour répondre aux questions standard, toujours les mêmes.

« Tu as passé une bonne journée au lycée ?... Qui a gagné le match ?... Tu me passes les pommes de terre sautées, s'il te plaît ? »

Et les réponses sortaient toutes seules, automatiquement. « Oui, super... On a gagné... Bien sûr. »

Il n'y avait qu'un endroit où je me sentais en sécurité, désormais ; dans la chambre noire baignée de lumière rouge et de calme, où je développais mes photos et les regardais se révéler sous mes yeux. Depuis Noël, je me spécialisais dans les portraits. J'étais fascinée par la façon dont la lumière et l'angle de prise pouvaient changer des traits ou une expression. Je passai ainsi près de deux mois à photographier mes proches, à essayer de fixer leurs différents visages sur la pellicule.

Derrière mon appareil photo, j'étais invisible. Quand je le portais devant mes yeux, je rentrais dedans, je m'y perdais, et j'oubliais le reste.

J'avais photographié Corinna sur les marches de son perron, dans la lumière du soleil, avec Mingus allongé à côté elle. Ce jour-là, Corinna portait une jupe indienne longue et transparente ainsi qu'un gros pull irlandais effiloché aux manches. Elle inclinait la tête sur le côté, main sous le menton. Ses bracelets scintillaient au soleil, et derrière elle dans le salon, on distinguait l'écran de sa télévision couvert de parasites. Ses cheveux voletaient autour de son visage, elle souriait, tandis que Mingus la regardait, adorateur. J'avais encadré la photo et la lui avais offerte. Elle l'avait mise sur un mur du salon, à côté d'un grand poster de canyon. Corinna disait qu'elle n'avait jamais vu une photo d'elle plus réussie, et parfois, quand on glandait sur son canapé, elle la regardait et étudiait son propre visage auquel elle n'en finissait pas de sourire.

J'avais demandé à Boo de poser dans son jardin derrière sa maison, en position du lotus, à droite de son bouddha : tous deux avaient le même sourire zen. J'avais photographié maman calée sur sa chaise devant la télévision, le nez presque sur l'écran pour mieux repérer Cass sur le plateau du *Lamont Whipper Show*. Ce jour-là, maman était tellement absorbée qu'elle n'avait même pas entendu le clic de l'appareil photo. Sur le cliché, son regard est plein d'espoir, résolu et attentif : maman avait toujours tellement peur de manquer Cass. Cette photo-là, je la cachai au fond de mes tiroirs, sous mes pulls. Je ne sais pas pourquoi, mais ça me faisait mal de la regarder.

Matthew n'avait pas la patience de poser, mais parfois, j'arrivais à le prendre en photo. Penché sur sa BMW dont le capot était levé, la main dans les cheveux. Ou encore, dans la cuisine de Corinna, en train de boire un Yop avec, derrière lui, le grand Elvis qui prenait tout le champ. Ou en très gros plan, allongé sur son lit, à côté de moi : il souriait à peine, et était encore somnolent au moment où je prenais le cliché.

Ces photos-là, je me hâtais de les développer, en retenant mon souffle lorsqu'elles se révélaient à mes yeux. Je les examinais dans leurs moindres détails, comme si elles constituaient la preuve visuelle absolue que Matthew n'était pas un monstre, qu'il était toujours le mec dont j'étais tombée folle amoureuse. Je les ramenais à la maison et les plaçais entre les pages de journal de mes rêves : la photo de Matthew me souriant ou me regardant gentiment semblait compenser l'autre vérité dont je relatais les épisodes tragiques, entre ces mêmes pages.

Je continuais de collectionner les visages ; leur vue semblait me rassurer et me convaincre que tout allait bien.

Il y avait Dave ébouriffé et se frottant les yeux, un burrito à moitié congelé dans une main. Rina, avec ses lunettes en forme de papillon et en tenue de cheerleader, qui fumait une cigarette et me tirait la langue. Et papa dans son fauteuil, qui regardait un match de basket, le visage tendu, alors que le match s'achevait et que son équipe favorite allait marquer le but de la dernière chance. Et de nouveau Matthew, qui souriait, ou ne souriait pas, qui fronçait les sourcils, riait ou semblait furieux. Il n'y avait qu'une expression que je n'avais pas mise en boîte, et que je connaissais par cœur : son regard presque noir, son visage rouge de colère, enfin disons la dernière vision que j'avais de lui avant de fermer les yeux et de me raidir.

Mais ma photo préférée, ça n'était pas moi qui l'avais prise. J'étais avec Matthew, dans la cuisine de Corinna, lorsqu'elle s'était emparée de mon appareil photo, puis s'était approchée de nous en nous criant : « Dites *cheese* ! »

La veille, Matthew avait disjoncté pour je ne sais plus quelle raison (c'était plus facile d'oublier pourquoi il s'énervait contre moi), et il m'avait frappée sur le bras, ce qui signifiait, au moment où Corinna, avait pris la photo, que Matthew essayait de se racheter. Sur cette photo, je suis sur ses genoux, j'ai la tête posée sur son épaule. Il a un bras autour de ma taille et juste au moment où Corinna prend la photo, il me chatouille et tous les deux, on est morts de rire. C'est l'un de ces beaux moments imprévisibles. Il arrive que la lumière ou l'expression d'un visage soient parfaites, et qu'on ait la chance de les saisir, mais en général, c'est pur hasard.

Je regardais tout le temps cette photo. Je me demandais quelles pensées cachait la fille que j'y voyais... Cette Catlin-là avait l'air tellement cool, assise sur les genoux de son mec et riant dans ses bras. En vérité, si ç'avait été n'importe quelle autre nana, j'aurais pensé que sa vie était parfaite, comme j'avais pensé que la vie de Cass chez nous l'était. Mais je comprenais que c'était trop facile de juger les gens sur les apparences.

Et puis un jour, j'ai réuni toutes mes photos et je les ai accrochées aux murs, fixées autour de mon miroir, et même au plafond de ma chambre. J'ai observé chaque visage. Je les ai appris par cœur, en étudiant leurs expressions et leurs nuances. Désormais figés, ces yeux me regardaient : je pouvais lire tout un monde dedans, mais bien que fixés sur moi, aucun ne me regardait.

En général, Cass téléphonait après le dîner quand j'avais quitté la maison depuis un bail pour un énième « rançart cheers ». Cass téléphonait aussi le week-end, lorsque j'étais enfermée dans la chambre noire, ou avec Matthew. Mais un dimanche, en fin d'après-midi, j'étais seule à la maison quand le téléphone a sonné.

— Catlin ?

C'était étrange d'entendre sa voix. J'ai retenu mon souffle et je n'ai rien dit.

— Catlin, c'est moi.

Elle semblait si loin…

— C'est moi : Cass. Quelle chance que tu sois là au moment où je téléphone ! Comment vas-tu ?

J'avalai ma salive avec difficulté et je regardai dehors. Boo dans son jardin brumisait de l'eau sur ses fougères.

— Catlin ?

Cass semblait déconcertée.

— Allô ?

J'effleurai ma nuque, où j'avais heurté la boucle de ma ceinture de sécurité, hier soir, quand Matthew m'avait poussée. Je pressai sur mon bleu. Ça ne faisait pas trop mal. Une seule petite bourrade pouvait provoquer un bleu, ou un bobo bien enflé ; le corps en faisait des tonnes pour des riens.

— Allô ?

Je fermai les yeux.

— Allô, Catlin ? Tu es là ?

Je me souvins de la fois, où, chez Corinna, j'avais vu Cass au *Lamont Whipper Show* : elle souriait en écrivant sur son bloc-notes, puis elle avait levé brièvement la tête, et j'avais eu l'impression qu'elle me regardait au fond des yeux. Comme si, de l'autre côté de l'écran, elle avait pu me voir stoned et paumée sur le sofa de Corinna.

— Je comprends que tu sois en colère contre moi, reprit-elle. Mais il fallait que je parte. Mon avenir avait été planifié, mais pas par moi. C'était comme si je n'avais plus le choix, tu comprends ? C'est un sentiment atroce, tu sais, Catlin.

Je la revoyais lever l'index pour caresser ma cicatrice, soupirer.

« Elle te ressemble, avait dit Corinna. Elle pourrait être toi. »

— Catlin ? continua Cass.

Je tournai le dos à la fenêtre, regardai les escaliers et la porte, puis essayai d'imaginer Cass partant de chez nous, ce matin-là.

Cela semblait loin, maintenant, et j'étais tellement lasse. Fatiguée de mes courses contre la montre, de photographier et de scruter tous ces visages et de planquer mes bleus. De disparaître peu à peu, tandis que ma vie et mon univers continuaient d'avancer sans moi, qui sombrais chaque jour davantage.

— Je t'en prie, Catlin, parle-moi !

J'essayai, mais les mots ne vinrent pas. Et quand j'ai raccroché, Cass n'a pas rappelé.

Le lendemain après le lycée, je me garai devant chez Corinna. La porte moustiquaire était ouverte. Dès que je suis entrée dans le salon, j'ai entendu Dave et Corinna s'engueuler dans la cuisine.

— Pourquoi tu piques toujours le fric ? cria Corinna. J'avais tout arrangé avec les proprios, c'était notre dernière chance de rattraper le coup !

— C'est bon, calme-toi, on en aura bientôt, de la thune, répondit Dave.

— Et comment ? J'aimerais bien le savoir !

— Je t'ai déjà expliqué que je connaissais le mec du garage : il m'a dit de passer quand je voulais : il m'embauchera. J'irai demain. Pas la peine de se prendre la tête.

Corinna poussa un gros soupir, puis j'entendis ses bracelets tinter. Je reculai et rabattis la porte moustiquaire. Sur la terrasse, Mingus était allongé à côté du rocking-chair. Il ferma les yeux lorsque je me penchai pour le caresser.

— Ils ont besoin du loyer aujourd'hui, David ! reprit Corinna. J'ai envoyé le chèque la semaine dernière.

— Je pensais qu'on avait de la thune à la banque ?

— On l'aurait eue si tu ne l'avais pas piquée ! déclara-t-elle, exaspérée. On en a déjà parlé. Et plus d'une fois !

— Je t'ai dit que j'en avais besoin, contra David, qui semblait en colère maintenant.

— Comme tu as eu besoin du fric destiné à payer la facture d'électricité. Et de celui que j'avais mis de côté pour payer le véto de Mingus.

Corinna revint dans le salon, prit ses cigarettes sur la table, puis revint dans la cuisine.

— Écoute-moi bien, David, j'ai un boulot de merde et je bosse comme une dingue pour gagner ce blé. Je ne peux pas en faire plus. Et on n'ira jamais en Californie, si nous ne...

— Putain, tu ne vas pas ramener cette connerie sur le tapis !

— Si tu pouvais trouver un moyen de rapporter du fric, on pourrait économiser et on…

— Je le sais ! dit David en colère.

Sa voix montait. Mingus leva la tête.

— Ça me retombe toujours dessus : je ne peux pas garder un boulot, je ne peux pas ramener de fric à la maison pour que tu ailles au pays des merveilles. Bon, écoute, Corinna, je suis désolé d'être un loser, d'accord ? Finalement, ta mère avait raison, hein ?

— Non, David, coupa Corinna, qui semblait sous le choc. C'est juste qu'on s'en sortirait si…

— Ça ne te pose pas de problème de fumer l'herbe que je te ramène, coupa-t-il.

J'étais mal à l'aise. C'est la première fois que je le voyais dans un état pareil.

— Tu la prends sans te poser de questions, mais tu veux que je bosse pour six dollars de l'heure, brut, juste pour conduire ce putain de clébard chez le véto !

— J'aimerais qu'on ait une vie plus facile, répliqua Corinna, qui pleurait maintenant.

Je me souvenais de leur bonheur, l'autre jour, dans la cuisine, quand ils dansaient leur tango d'opérette autour de la gamelle du chien. Ils avaient l'air si heureux. Tellement amoureux, comme j'imaginais que Cass l'était. Comme je voulais l'être.

— Je suis désolé de ne pouvoir te combler !

Je compris que David sortait de la cuisine avant d'entendre la porte battante se refermer. Je n'eus pas le temps de m'esquiver, il m'aperçut sur la terrasse, et pila net devant la télé.

— Oh… salut, Catlin.

— Salut, dis-je, tandis que Mingus à côté de moi agitait la queue.

Corinna sortit à son tour de la cuisine, bras croisés frileusement. Son visage était couvert de larmes. Elle évita mon regard.

— Ah, c'est toi, Catlin. Bon, on dirait que tu tombes mal, dit-elle en recoiffant une mèche derrière son oreille.

Ils restaient immobiles, et je me sentis tout à coup stupide et impuissante, comme si je n'avais plus ma place nulle part.

— Oui, c'est sûr… Heu… je repasserai plus tard.

Je fis demi-tour et descendis les marches. Mingus me suivit dans le jardin. Puis il courut derrière ma voiture sur le chemin de terre plein de creux et de bosses, jusqu'à la boîte aux lettres où il s'arrêta et s'assit, comme s'il savait qu'il ne pouvait aller plus loin. Une fois que j'ai tourné sur l'autoroute, je me détournai et le vis, perdu dans un nuage de poussière. Il me regardait comme si je l'avais abandonné.

Certaines fois, quand ça partait vraiment en vrille, je voyais une lueur traverser les yeux de Matthew : c'était comme s'il n'arrivait pas à croire ce qu'il était en train de me faire subir. Il semblait tout à coup se réveiller et se découvrir devant moi, poings serrés. Il fixait avec incrédulité mon bras, mon épaule, mon ventre ou mes jambes, enfin, l'endroit où il venait de me frapper. Pensait-il à son père ? Aux marques que ses coups avaient laissées ?

Quand j'effleurais les miennes en sachant déjà comment elles évolueraient, j'étais désolée pour Matthew, parce que j'avais le sentiment qu'à cet instant précis, il était aussi terrifié que moi. Oui, c'est exactement ça. Je ressentais de la compassion pour lui, et c'était le plus incompréhensible.

Le dernier week-end de mars, les préparatifs de maman et de Boo battaient leur plein. Cela faisait des lustres qu'elles organisaient cette fête, qui célébrait le déménagement, avant ma naissance, de Boo et Stewart dans notre quartier et leur installation à côté de chez nous. Ce qui au début n'était qu'un petit apéro à la bonne franquette était devenu, au fil des années, une mégafête où étaient invités les amis de mes parents, ceux de Boo et de Stewart, ainsi que la plupart de nos voisins. Le métissage universitaires et profs de yoga New Agers rendait cette fête, qui se déroulait invariablement le premier week-end du printemps, mortelle.

Pendant toute la semaine précédant le jour J, maman et Boo avaient joué les grands chefs cuistots. Notre frigo et notre congélo étaient remplis de petites boulettes de fromage de chèvre à l'abricot sec et pain d'épice, ou de parmesan-mozza et fines herbes, de baklava, de crevettes roses prêtes à être décortiquées, de Tupperware remplis de concombres émincés et de radis pelés en forme de roses, etc. Maman gérait la boucherie, tandis que Boo et Stewart préparaient du tofu mariné au gingembre, de la salade au tempeh, du gombo (soupe louisianaise) végétarien et des cookies vegétaliens (épais et secs, goût de foin assuré). Une « ségrégation alimentaire de bon aloi » était de règle depuis un tragique épisode survenu quelques années plus tôt : l'un des amis de Stewart, un bouddhiste végétalien convaincu, avait malheureusement confondu un beignet à la chair de crabe avec un biscuit sans gluten. À la suite du scandale qui s'était ensuivi, plus aucun crabe n'était désormais autorisé à franchir le seuil de notre maison.

Si jusque-là maman avait été ailleurs, la fête absorba le reste de son attention. Maman me faisait penser à un derviche tourneur : elle tournait dans la maison, un chiffon à poussière dans une main, un bol avec une sauce mexicaine à sept couches (purée de haricot rouge, guacamole, crème fraîche épicée, oignons verts, tomates et enfin, cheddar râpé !) pour les tortillas dans l'autre, pendant que papa toilettait le jardin et grattait le barbecue pour ses chiches-kebabs. Cass et moi, on devait rester en dehors de leurs pattes, et surtout, ne pas picorer dans les plats que maman préparait avec amour. Cela dit, Cass arrivait toujours à chiper des crevettes ou un amuse-gueule quand elle avait le dos tourné !

Le grand soir, Cass et moi on prenait les manteaux des invités, on piquait une ou deux coupes de champagne et on se retranchait dans la chambre de Cass, parce que c'est de là qu'on avait la plus belle vue sur le jardin derrière la maison. On volait aussi de la bouffe en douce et on pariait sur le temps qu'il faudrait, avant que maman et Boo soient assez pompettes pour se mettre à chanter, accompagnées par Stewart et son ukulélé. On ne se trompait jamais de beaucoup.

Cette année, cette fête ne m'intéressait pas. Je faisais le maximum pour rester à l'écart, j'évitais maman qui passait l'aspi sous mes pieds et me demandait de goûter son plus grand succès, qu'elle avait encore amélioré : la sauce à l'artichaut et aux épinards. Je passais toujours comme une ombre dans la maison, les manches serrées autour de mes poignets, concentrée sur mes efforts à devenir toujours plus invisible. Je savais que je disparaîtrais bientôt et qu'on le remarquerait d'autant moins que personne ne me remarquait même quand j'étais là.

Le jeudi avant la fête, Matthew et moi, on déjeuna au McDo. Il faisait beau, le temps était doux et j'avais réussi à arriver avant lui à notre rendez-vous quotidien au tournant : c'était une belle journée.

Matthew avait relevé le capot de sa BMW. J'étais assise sur le bord du trottoir, mon bouquin d'histoire sur les genoux, quand je sentis les premières odeurs du printemps, pollen, herbe et soleil, portées par le vent. Je bus une gorgée de mon milkshake et levai les yeux sur Matthew au moment où cette petite brise lui ébouriffait les cheveux. Il se redressa et la huma aussi. Puis il croisa mon regard, leva le menton avec son petit air volontaire et me sourit. Enfin, il baissa de nouveau la tête sous son capot.

— Matthew ?

— Oui ?

Je parcourus la page de mon bouquin d'histoire, puis reportai les yeux sur lui, la main devant pour ne pas être éblouie par le soleil.

— Quelle est la durée d'un éon ?

Tandis qu'il réfléchissait, je repensai à mon étonnement des premiers temps face au savoir hallucinant de

Matthew. À l'époque, il n'était qu'un mec, mon mec à moi, brillantissime, mignon, si amoureux qu'il me donnait l'illusion d'être unique. À partir de là, tout avait été possible. Le pire comme le meilleur.

Au même instant, je croisai mon reflet dans les pare-chocs en chrome, et y vis la fille que j'étais devenue. Une petite nana maigrelette dans son jean, planquée derrière ses lunettes de soleil et vêtue d'une chemise trop grande qui lui arrivait aux genoux et nouée étroitement autour de ses poignets. Mes doigts puaient la fumée, et sur mon corps dont je cachais soigneusement la vue s'étalaient des hématomes plus ou moins importants, plus ou moins colorés selon leur degré de guérison : mes bleus formaient une espèce de carte routière qui balisait les événements de mes journées.

— Un éon..., dit enfin Matthew.

Il releva la tête, la tourna. Par moments, rien qu'à le regarder, mon cœur bondissait et se serrait. Je l'aimais tant... Ça me dépassait. Cela dépassait l'entendement.

— Un milliard d'années. C'est la bonne réponse ?

— Oui !

Il acquiesça, laissa retomber le capot sans hâte. Je fermai les yeux, apaisée par le vent qui se remettait à souffler. C'était si bon de se laisser bercer par le printemps naissant...

— Ça fait pas mal de temps, quand on y réfléchit bien, déclara-t-il.

J'ouvris les yeux. Je le revis sur le seuil de la porte, le premier soir, le soir de la fête. Menton levé, sourire en coin, il m'avait appelée, avec des mots que j'avais lus sur ses lèvres : « Allez, viens. »

Un milliard d'années. C'était assez pour en apprendre un rayon sur quelqu'un.

— C'est vrai.

Le vent nous enveloppait de son souffle doux et frais, le ciel était d'un bleu parfait. Matthew me souriait, et je ne sais pas pourquoi, son sourire a brisé mon cœur.

La veille de la fête, maman a débarqué dans ma chambre, s'est assise sur mon lit et a posé sur ses genoux un sac de chez Belk.

Là-dessus, elle prit une grande inspiration, son élan.

Moi, j'étais allongée sur mon lit, doucement déchirée après la pipe que j'avais fumée avec Matthew, en rentrant du lycée.

— Chérie, ces derniers temps, je me fais du souci pour toi ! commença maman à sa façon impétueuse.

Aussitôt, et même dans les vapes, j'ai balisé. Méfiance, méfiance. Prépare ta tactique de jeu. Assure ta défense. Cours et marque.

— Ça va tranquille, maman.

— Écoute, Catlin, il y a certaines choses que seule une mère peut remarquer, reprit-elle en secouant la tête pour mieux me le souligner.

Maman croisa les jambes, me frôlant le coude de son genou. Maman s'habillait toujours en jolie dame, même à la maison : petites jupes droites, mocassins souples plats ou mules à talon bobine. Elle portait un soupçon de rouge à lèvres. Maman ressemblait à l'une de ses poupées victoriennes. Délicate, charmante, mais quelque part, sacrément décalée.

— J'ai la forme, répétai-je. Si, je te le jure.

Maman poussa un nouveau soupir. Alors voilà, c'était comme ça que tout allait se terminer ? Maman avait donc été plus perspicace que je ne l'avais pensé ? Elle m'avait scrutée avec autant d'attention qu'elle scrutait l'écran de télévision, à la recherche de son autre fille perdue. Poisson d'avril, Catlin !

— Je suis toutefois inquiète, reprit maman.

Je retenais mon souffle. Je me préparais à la suite. J'allais peut-être tout lui dire. Relever le bas de mon jean, les manches de mon pull, pour lui révéler chaque hématome et chaque contusion. Peut-être allais-je même m'effondrer dans ses bras et pleurer toutes les larmes de mon corps, comme le jour de l'accident dans le parc, quand elle avait couru jusque chez nous en me serrant fort contre elle. Peut-être allais-je remonter des profondeurs où je sombrais, et saisir son bras avant de couler à pic.

Je levai les yeux sur maman. Mon cœur battait. Oui, peut-être que maman allait me sauver.

— Je me fais du souci parce que j'ai l'impression que tu as perdu tes couleurs primaires, annonça maman.

— Pardon ?

— Oui, tes couleurs primaires. Écoute, Catlin, tu ne portes que du noir, et rarement du rouge ou du blanc. Et pourtant, le bleu te va si bien au teint.

« Oh, mais le bleu me va toujours aussi bien ! lui répliquai-je en pensée. Regarde donc ces deux-là, ces empreintes de doigt, à l'intérieur de mon poignet. Ou ceux-ci, tu vois ? Regarde à la base de mon cou. C'est aussi du bleu, tu sais. »

— Maman, je…

— Tu es jolie comme un cœur, et avec des vêtements de couleur, tu l'es davantage. Tu disparais, dans tout ce noir, ma puce. Alors que la couleur, au contraire, te révèle en te donnant du pétillant. La couleur rehausse !

Je regardai maman bien en face, malheureusement maman ne semblait pas me voir malgré mes supplications.

— J'y pensais lorsque j'ai repéré cette adorable petite robe, cet après-midi, reprit maman gaiement. Dès que je l'ai vue, je n'ai pas hésité : elle est faite pour toi ! Tu la porteras pour la fête de demain. Regarde plutôt !

Maman ouvrit le sac de chez Belk et en sortit une robe blanche assez courte avec une jupe qui bruissait et un imprimé vert qui évoquait le lierre. Tout à fait le genre de petite robe qu'on porte bras et jambes nues, avec des sandales spartiates et les cheveux au vent.

— Alors ? Qu'est-ce que tu en penses ? interrogea maman.

Je touchai le tissu en stretch, très doux. C'était une robe d'été, identique à toutes celles qui se trouvaient dans mon armoire et que je ne porterais pas, cette année.

— Elle est super belle.

Là-dessus, j'observai maman, très lady avec son petit brushing, son rang de perles et ses mules au talon un peu abîmé. Je la fixai à mort, et à cette seconde, je la défiai de voir autre chose que « la perte de mes couleurs » en moi. Pas mes bleus, ça, ma foi, je réussissais à les cacher. Ni la honte, que je réussissais encore mieux à dissimuler, mais autre chose qui se trouvait au cœur de mon être intime, qu'elle aurait dû voir et sentir à des kilomètres.

Maman riva joyeusement son regard au mien, cligna deux ou trois fois des yeux en souriant, puis me tapota le genou et se leva.

— Bien, bien, bien ! conclut-elle. Je voulais seulement que tu portes enfin quelque chose de frais et de coloré.

— Je sais. Merci.

Une fois seule, je fermai la porte à clé, retirai mon jean et mon T-shirt, et enfilai la robe par l'encolure. C'est vrai, elle était super belle. L'été dernier, elle me serait allée pile poil, mais maintenant, mes bras et mes jambes ressemblaient à des brindilles. Ils étaient grêles, marqués çà et là par des bleus tirant sur le noir, ou des bleus qui viraient au jaune moutarde parce qu'ils commençaient à s'estomper, de contusions et de divers bobos visibles seulement à mes yeux.

Je me regardai dans mon miroir et tournai lentement sur moi en observant le jupon qui virevoltait joliment autour de mes jambes. J'aurais voulu être le genre de fille à porter ce genre de robe, pas la fille que me renvoyait le miroir. Celle-là, c'était une étrangère, une inconnue qui, un beau soir, avait dégringolé du haut de sa pyramide pour tomber dans le monde des rêves, et qui attendait, dans sa belle robe, telle une princesse dans un conte de fées oublié par la mémoire collective, qu'on vienne la sauver.

Le même soir, mes parents, Boo, Stewart et moi, on a monté la grande tente pliante de réception que papa avait louée en l'honneur de la fête. La société de location proposait toujours de s'en occuper moyennant un coût supplémentaire, mais papa insistait pour qu'on se débrouille. Mais comme l'année passée, maman avait piqué une crise de larmes et Stewart avait été assommé et à moitié sonné par un piquet mal planté, cette année, papa avait craqué et enrôlé deux étudiants.

La nuit tombait. On était tous là avec le système de fixation en attendant que papa, qui maugréait déjà, donne le signal du départ.

— Buckley, par ici ! cria-t-il à l'un des étudiants, qui acquiesça et traversa le jardin en diagonale, en traînant un pan de la tente derrière lui. Et toi, Charles, prends l'extrémité de la tente, et place-toi juste derrière lui.

— Jack ? Dois-je allumer la lumière du jardin ? coupa maman.

— Non, c'est inutile, répliqua papa, énervé.

Il faisait pourtant si sombre qu'on n'y voyait presque plus rien. On attendit en silence les ordres suivants.

— Toi, Catlin, reprit papa, place-toi en face de Buckley, et toi, Margaret à un mètre cinquante derrière lui.

— Tout de suite ! s'exclama maman, toute guillerette ce soir.

Elle crocheta mon coude et on traversa la pelouse bras dessus, bras dessous.

— Il me tarde d'être à demain soir ! me confia-t-elle. Pas toi, Catlin ?

— Oh oui, moi aussi.

Franchement, c'était trop sympa d'être dans le crépuscule, entourée par ces voix familières. C'était l'heure à laquelle Cass et moi, on jouait à chat et au football quand on était petites. On courait partout dans notre jardin et celui de Boo et Stewart jusqu'à ce que maman nous appelle pour le dîner. On revenait à la maison, toutes mouillées de transpiration, les genoux terreux et tachés d'herbe.

— Stewart ! hurla papa.

— Oui, répondit Stewart aimablement.

Il se trouvait juste derrière lui. Mon père surpris sursauta, et replaça sa mèche sur la partie chauve de son crâne pour se calmer.

— Stewart, à toi de jouer. Recule d'une bonne enjambée.

— Tout de suite, répondit Stewart avec son calme habituel, en reculant très exactement d'une enjambée.

Boo, à sa droite, recula et se plaça toute seule ; elle avait compris le système de papa.

Là-dessus, papa nous distribua les piquets, les sangles d'amarrage, les gouttières et les contrepoids.

— Très bien, continua-t-il. Nous allons maintenant planter le piquet central, puis le relier à vos piquets et vos sangles, par conséquent, vous l'avez compris, élever la tente d'un seul tenant.

— Ça me semble parfait ! s'exclama maman, avec un punch qui rappelait celui des cheers.

— Aïe. Merde ! cria soudain une voix.

— Buckley ! lança papa d'un ton de reproche.

— Une bestiole m'a piquée, protesta Buckley, qu'on entendit frapper dans ses mains. C'était gros, en plus.

— Je dois avoir un spray contre les piqûres d'insectes, déclara maman, tout de suite serviable. Je vais vite...

— Pour l'instant, on monte la tente ! hurla papa.

On redevint attentifs, et on recula pour lever la tente de plus en plus haut, ce qui provoqua un appel d'air.

— Merde ! cria de nouveau une voix.

— Buckley, hurla papa. Encore un…

— Désolé, Jack, cette fois, c'est moi. Je viens de me faire piquer par une bête, expliqua Boo, contrite.

— Vous voyez ! Qu'est-ce que je disais ! s'exclama Buckley, tout content.

— La ferme, crétin ! coupa Charles.

— Concentrez-vous sur la tente, les enfants ! C'est une affaire sérieuse ! l'interrompit papa d'une voix sévère.

Bon, on s'est tous concentrés, enfin, on a essayé, jusqu'à ce que Stewart dise, pensif :

— Cela me rappelle un film que j'ai vu, il n'y a pas longtemps… sur la construction d'une ferme amish. Quelqu'un l'a vu ?

— Oui, moi ! s'exclama Buckley.

— C'est vrai ? reprit Stewart, ravi. Ce que j'ai trouvé fascinant, enfin à l'exception de l'habileté des artisans, c'est…

— Heu… c'était une blague, coupa Buckley, mal à l'aise. En fait, je ne l'ai pas vu.

— La tente ! tonna de nouveau papa tandis qu'il nous contournait en fixant les sangles d'amarrage.

Nous, on se retenait de rire.

— Bon, quoi qu'il en soit, ce que j'ai trouvé fascinant, reprit Stewart, c'est la solidarité qui les unissait. Des inconnus travaillant ensemble… C'est rare, de nos jours.

— Si jamais cette tente dégringole demain soir, coupa papa dont la voix était difficile à localiser, car il devait nouer une sangle quelque part, vous n'aurez qu'à vous en prendre à vous.

— Oh, mon Dieu! C'est magnifique! s'exclama maman qui recula en joignant les mains.

— Oh oui! renchérit Boo, en passant son bras autour de la taille fluette de Stewart. Voyez ce que la solidarité parvient à générer.

On a tous ri, pendant que Charles et Buckley attendaient la permission de papa, qui grommelait toujours et vérifiait la solidité des piquets, pour se tirer. Il faisait nuit noire, mais il faisait très doux dans notre jardin. Je regardai le ciel en repensant à tous les débuts de soirée que j'y avais passés avec Cass, suppliant maman de nous laisser jouer encore un peu avant de rentrer.

Puis j'entendis le bruit familier d'une voiture qui ralentissait devant chez nous, et je revins à ma réalité. Je fis le tour de notre maison. Je regardai une dernière fois derrière moi, mais je ne vis que la tente, blanche, immense et comme esseulée. J'aurais dû dire au revoir aux autres, mais je ne pouvais pas. Je m'éloignai, attentive au match que je m'apprêtai à jouer avec Matthew dans la nuit devenue noire.

12.

Le lendemain, samedi et jour fête, il était trois heures de l'après-midi, lorsque Rina est passée à la maison. Maman lui ouvrit. Elle paniquait parce qu'elle n'avait pas trouvé de bougies à la citronnelle (rupture de stock, lui avait-on dit) : maman était convaincue que ses invités seraient criblés de piqûres de moustiques et attraperaient la malaria.

Dans ma chambre je me demandais laquelle de mes photos je montrerais à l'Arts Center pendant la réception vin et fromage qui clôturait officiellement l'atelier photo. Comme je ne pouvais en choisir que quatre, je les avais étalées en éventail sur mon lit pour les examiner et essayer de me décider.

— Salut, beauté !

Je levai les yeux. Rina me souriait du pas de la porte, bras croisés. Elle portait une jolie petite robe rose, des spartiates à talons hauts lacées à la cheville. Grâce au solarium privé de sa mère, elle était déjà bronzée. Ses cheveux blonds, dénoués, bouclaient sur ses épaules, et elle portait en bandeau des lunettes de soleil à monture blanche. Rina était si pêchue et tonique que j'avais l'impression de la voir rayonner devant mes yeux.

Elle s'approcha, se laissa tomber sur mon lit et croisa les jambes.

— Salut ! lui dis-je. Quoi de neuf ?

Rina prit ses lunettes qu'elle plia d'un geste adroit.

— Je suis venue te kidnapper, m'expliqua-t-elle.

— Me kidnapper ?

— Exactement, ma vieille !

Elle rejeta les bras derrière elle, s'appuya sur ses mains et m'observa avec attention. Ses lèvres étaient du même rose que les barbes à papa.

— Écoute, Catlin, on ne fait plus rien ensemble.

— Rina, c'est...

Elle leva la main.

— Non ! Ne nie pas, tu sais que c'est vrai ! Et là, je craque !

— Ah, tu craques, répétai-je.

Là-dessus, je retirai la photo où Dave mangeait son burrito à moitié congelé.

— Exact !

Rina baissa les yeux sur mes photos, qu'elle étala du plat de la main.

— Waouh, Catlin, elles sont super ! Celle-là... c'est la plus réussie.

Rina me montra celle que j'avais prise d'elle, où elle tirait la langue. Puis elle la prit et sourit.

— Merci, dis-je. Je pense, oui.

Elle continua d'examiner mes photos, avec des murmures approbateurs jusqu'à ce qu'elle tombe sur celle de Matthew devant chez Corinna sous le ciel d'hiver gris dur et maussade. Elle l'observa bien, la replaça en haut de la pile de photos que j'avais mises de côté.

— Toi, tu viens avec moi au lac, cet après-midi.

J'allais protester, mais elle leva de nouveau la main.

— Non, plus un mot !

— Mais je ne peux pas, Rina. J'ai rendez-vous avec Matthew tout à l'heure, et puis, il y a la fête ici, ce soir.

— Ah, Matthew, je l'attendais, celui-là ! s'exclama-t-elle, énervée. Il peut tout de même se débrouiller sans toi pendant une malheureuse après-midi ; après tout, moi, je me passe de toi depuis des mois ! Et je ne me suis pas plainte, que je sache, hein ! Quant à la fête, elle ne commencera que vers 19 heures !

— Je ne peux pas, Rina. C'est impossible.

Matthew n'avait pas précisé quand il passerait chez moi, mais je savais que j'avais intérêt à l'attendre de pied ferme et à éviter toute prédiction, hasardeuse, sur l'heure de son arrivée.

— J'adorerais venir, mais...

— Alors viens ! insista-elle d'une voix ferme.

Elle se leva comme si c'était décidé.

Puis elle ajouta d'une voix plus enjôleuse :

— Allez, viens, Catlin. Il fait super beau... On s'installera sur la terrasse, on va s'empiffrer de chips, profiter du soleil et nous lamenter sur nos misérables vies. Comme au bon vieux temps, tu sais bien.

Le bon vieux temps...

L'année dernière, aux beaux jours, on était toujours fourrées dans la maison au bord du lac de Rina. On piquait les bières de son beau-père et on s'installait sur la terrasse en caillebotis sous le soleil qui dardait ses rayons brûlants. S'y trouvaient aussi un jacuzzi, un ponton avec une barque. Tous les poissons péchés par son beau-père étaient empaillés et en vedette sur les murs du salon. Ces malheureux vous regardaient fixement de leurs yeux ronds et morts, l'air traumatisés, l'air d'espérer qu'on les rejetterait dans l'eau où ils retrouveraient leur bonheur.

J'hésitais toujours.

— Je ne sais pas.

Je revoyais le lac. Je me revoyais aussi assise au bout du ponton vêtue d'un bon gros sweat-shirt, les pieds battant dans l'eau devant le soleil qui se couchait. Comme cet été-là était loin…

— Maman va sans doute vouloir que je lui file un coup de main, continuai-je.

Rina soupira, se leva et ouvrit toute grande la porte de ma chambre.

— Madame O'Koren ! Vous voulez bien venir une seconde ? cria-t-elle dans le couloir.

Une seconde plus tard, maman surgit, tenant le pied de la poupée mademoiselle l'institutrice dans une main. Elle avait déplacé ses poupées pendant toute la semaine pour essayer de nouvelles combinaisons. L'une des poupées avait même atterri dans les toilettes, sur le carrelage près de la grille de ventilation, ce qui avait fait hurler papa quand il avait confondu sa tête avec le manche de la brosse de toilettes.

— Qu'en pensez-vous, les filles ? demanda maman en brandissant sa poupée. Dois-je mettre mon petit monde à une même place ou former des groupes dispersés mais tout de même intimes ? Je n'arrive pas à me décider.

C'était si inattendu qu'on n'a pas tout de suite trouvé de réponse.

— Eh bien, je n'en sais rien, murmurai-je enfin.

— Je suis pour les petits groupes plus intimes! déclara Rina. L'élégance et la discrétion, vous voyez, madame O'Koren?

— Je crois que tu as raison, déclara maman en ajustant la petite ardoise de mademoiselle l'institutrice.

— Madame O'Koren, vous ne pensez pas que Catlin devrait venir au lac, cet après-midi, au lieu de rester enfermée à attendre Matthew? reprit Rina.

Maman me jeta un coup d'œil.

— Je suis d'accord! Il fait si beau! De plus, Catlin, ma chérie, ça te ferait du bien de prendre des couleurs! Tu as une petite mine.

— Ça, c'est vrai! dit Rina qui m'adressa un clin d'œil. Alors, tu vois, Catlin? On va déjeuner sur le tard et on sera de retour à temps pour la fête de tes parents. Promis juré!

— Je ne…

— C'est décidé, alors pas besoin de discuter! coupa Rina en ouvrant mon armoire. Bon, je vais aller nous acheter de la crème solaire, et toi, pendant ce temps, tu vas prendre une douche, chercher ton maillot de bain et mettre…

Elle fouilla dans mon armoire et en sortit la robe blanche avec l'imprimé de lierre que maman venait de m'acheter.

— … cette petite robe! Elle est trop jolie, et tu peux la porter sans qu'elle t'empêche de bronzer. Je reviens dans vingt minutes! À plus, ma vieille!

Elle jeta la robe sur mon lit, mit ses lunettes de soleil et sortit. Quelques secondes plus tard, j'entendis la porte d'entrée claquer.

J'effleurai le tissu très doux de ma robe. À quelle heure passerait Matthew aujourd'hui ? Je passais désormais mon temps clouée à la maison, attendant son bon vouloir et lui réservant l'intégralité de ce temps devenu si précieux ; je refusais toutes les autres invitations, et pourtant, j'aurais pu en accepter, vu l'heure tardive où il passait parfois, mais je n'osais pas.

Cette fois, si je lui disais où j'allais, ça irait. Il fallait seulement que je le prévienne.

— J'ai hâte de te voir dans cette jolie robe ! s'exclama maman. Au fait, j'ai préparé de la salade niçoise pour ce soir, ainsi que de la crème de poivron au fromage de chèvre. Tu vas prendre un Tupperware de chaque et une petite miche de pain : vous aurez ainsi un délicieux déjeuner, de plus, vous n'aurez rien à cuisiner ! Je te prépare les Tupperware.

— Oh, maman, c'est pas la peine !

— Si, penses-tu, c'est l'affaire de deux minutes !

Et maman repartit, trop contente de me bouter hors de la maison avec la complicité de Rina, et de me voir ainsi reprendre ma vie d'avant. Je l'entendis s'affairer dans la cuisine, sortir du film transparent, des Zip-loc, des Tupperware, comme autrefois lorsqu'elle emballait brownies et cookies qu'elle avait préparés pour les ventes destinées à rassembler des fonds, ou pour les grands voyages en car, les fois où on partait en camp de jeannettes.

Je pris une douche rapidement, puis j'appelai Matthew. J'avais décidé de la jouer cool.

« Ben oui, tu vois, on fait un truc de fille, avec Rina.

Oh, rien de particulier. Je serai de retour à la maison dans une petite heure, pas plus. »

Malheureusement, le téléphone sonna dans le vide. Je me séchai donc les cheveux et je le rappelai.

Toujours rien. Je décidai de contacter Corinna, mais elle n'était pas là. J'appelai chez les parents de Matthew. Personne non plus.

« Relax, habille-toi et essaie de nouveau… »

Quand j'enfilai ma robe, je me sentis légère, presque aérienne. C'était comme d'avoir revêtu l'été. J'avais un énorme bleu sur ma cuisse, pas de panique, il était bien caché. En revanche, on voyait celui que j'avais sur le bras. J'en avais également deux autres, l'un dans le dos et un plus ancien sur la nuque. Je n'avais qu'à mettre ma veste, comme ça, personne ne verrait rien. Là-dessus, j'ai de nouveau appelé Matthew.

Cinq, six, sept sonneries. Pas de réponse. Évidemment, il était la seule personne au monde à ne pas posséder de répondeur. Il était où ? En ville ? Ou pire, déjà en route, et il arriverait à la minute précise où je partirais avec Rina. Je décrochai, pris une grande inspiration et appuyai sur la touche de rappel.

Nada.

J'essayais toujours quand j'entendis klaxonner devant chez moi.

— C'est Rina ! s'écria maman toute joyeuse de la cuisine.

— Oui, oui, j'arrive ! dis-je, continuant de rappeler.

Mon cœur battait comme un tam-tam. J'avais cette sensation d'être prise au piège chaque jour à l'heure du déjeuner, lorsque je sprintais dans les couloirs, en essayant d'arriver à temps au tournant. Quelle idiote de m'être laissé convaincre par Rina.

« Allez, réponds ! Réponds à la fin. »

— Je vous ai emballé votre déjeuner, entendis-je maman dire à Rina. J'ai préparé trop d'amuse-gueules, pour ce soir !

— Super ! dit Rina. Waouh, de la crème de poivron au fromage de chèvre !

— Catlin ? Rina est là !

— Oui, oui, j'arrive tout de suite.

Je les entendais parler dans le couloir : maman expliquait à Rina la meilleure façon de servir la salade niçoise, sur une belle feuille de laitue. Rina mâchait son chewing-gum avec des : « Mm, mm, oui, je vois. »

Et Matthew qui ne répondait toujours pas...

— Hé, ho, O'Koren, c'est pour aujourd'hui ou pour demain ? hurla tout à coup Rina. On y va !

— Chérie ? appela maman. J'ai ajouté deux bouteilles de Coca, parce que j'en ai trop acheté pour la fête.

— Catlin ! enchaîna Rina. Ne m'oblige pas à aller te chercher par la peau des fesses !

— Oui, j'arrive, répétai-je.

Nerveuse et fébrile, j'essayais de trouver une issue à ma galère sans cesser de presser sur la touche de rappel, pendant que maman et Rina parlaient si joyeusement que leurs voix retentissaient dans le couloir jusqu'à ma porte, toujours fermée.

— Merde, Matthew, décroche à la fin, murmurai-je, tandis que j'entendais Rina remonter le couloir et ouvrir.

— Bon, on y va ? dit-elle d'une voix impatiente. Tu l'appelleras du lac, si tu veux, hein ?

— Je dirai à Matthew où tu es, s'il téléphone, c'est promis, déclara maman de la cuisine.

— D'accord.

Mais je sentais les battements de mon cœur envahir ma tête, tandis que mon estomac se pliait et se tordait.

— On file maintenant ! répéta Rina.

Elle tendit la main, comme elle le faisait pour m'aider à me relever, quand j'étais encore cheer.

— Même qu'on est déjà parties !

Lorsque maman me vit dans le couloir, elle joignit les mains avec enthousiasme.

— Oh, chérie ! Tu es ravissante, mais tu n'as pas besoin de porter une veste, voyons ! On voit à peine l'encolure de ta robe.

— C'est parce que j'ai un peu froid, dis-je en regardant vite dehors, dans l'espoir que Matthew arrive, ce qui me permettrait de tout lui expliquer in extremis.

— C'est ridicule, il fait plus de vingt degrés, aujourd'hui ! objecta maman.

Elle tira sur la manche de ma veste.

— De plus, j'aimerais voir cette robe dans toute sa splendeur !

— Maman, je ne veux pas, répétai-je.

Je serrai les manches de ma veste autour de mon poignet tandis qu'elle tentait de me la retirer.

Rina m'observait, sourcils froncés.

— Ne sois pas sotte ! dit maman, qui riait d'aise. C'est une robe sans manches, Catlin, et tu as de si jolis bras. Tu devrais les montrer !

— Maman…

— Laisse-moi voir une petite seconde, insista maman.

Elle ne me ficherait donc pas la paix ? Mais non, maman derrière moi tirait sur l'encolure de ma veste, et de l'index, pressait, sans s'en douter, le bleu sur ma nuque. Elle me faisait un mal de chien.

— J'ai froid, répétai-je.

— Allez ! s'il te plaît ? Ne veux-tu pas faire un effort pour ta pauvre mère ? plaisanta maman, qui en continuant de triturer mon col triturait mon hématome.

Aïe ! Zut à la fin.

Je cillai et m'écartai d'elle.

— J'ai dit non et c'est non ! repris-je avec fermeté. Il faut te le dire en quelle langue ?

Le visage de maman se figea. Elle semblait aussi choquée que si je venais de la gifler. Elle laissa retomber ses mains et resta immobile. Elle ouvrit la bouche, mais ne réussit pas à parler. Enfin, mal remise encore, elle reprit son souffle.

— Excuse-moi, Catlin, je voulais juste voir…

Maman me fixait comme si j'étais possédée, comme si je m'étais métamorphosée en direct sous ses yeux. À présent, elle semblait réaliser ce que j'étais devenue au fil de ces derniers mois, et cela lui fichait la trouille. De mon côté, j'avais l'impression d'être un petit animal sauvage qui se déchaînait, un de ces abominables opossums qui se serait montré à la lumière du jour.

— On devrait y aller, intervint Rina rapidement.

Elle souleva le panier de pique-nique que maman venait de nous préparer.

— Merci pour le déjeuner, madame O'Koren ! On sera de retour vers six heures et demie au plus tard.

— Très bien.

Maman porta une main à sa bouche et se força à sourire.

— Amusez-vous bien, les filles !

En chemin, j'écoutai à peine Rina qui ne cessait de parler, de Jeff et d'elle. Sa voix flottait entre nous tandis que je sentais le danger grandir et se préciser au fil des kilomètres, au fil de la route que je regardais par le rétroviseur, au fur et à mesure que je m'éloignais de chez moi.

Au moment où nous nous sommes engagées sur l'autoroute, qui passait à proximité de la maison de Corinna, j'étais proche de l'implosion. J'étais obsédée par la pensée de Matthew. Je le voyais arriver chez moi, klaxonner et attendre. Je pensais au prix à payer, à un coup franc, le pire des coups bas, quand il découvrirait que je n'étais pas là.

J'aperçus la maisonnette de Corinna, au loin.

— Rina ? Tourne là, dis-je subitement.

— Hein ? Quoi ? demanda Rina, coupée en plein élan.

Elle était en train de me raconter des trucs sur l'ex de Jeff, ainsi que sur de mystérieuses boucles d'oreilles qu'elle ne cessait de trouver, sous les coussins de son canapé.

— Tu veux que je tourne là ?

— Oui.

Rina tourna in extremis. Les graviers jaillirent sous ses pneus de voiture tandis que nous descendions le chemin cahoteux qui conduisait chez Corinna. Allongé sous la véranda, Mingus aboya à notre vue. Je ne vis pas la voiture de Corinna.

— On est où ? demanda Rina en coupant le contact.

Elle regarda autour d'elle, remarqua le mobile home voisin et le champ sur notre gauche, qui puait le purin.

Je sortis de la voiture.

— Chez une copine. Attends-moi, je reviens tout de suite.

Je me hâtai. Je priai le ciel pour que Corinna soit à la maison. Elle comprendrait tout de suite mon souci. Elle contacterait Matthew ou lui expliquerait la situation, si par hasard il passait chez elle avant de se rendre chez moi. J'avais déjà réfléchi à ce que je lui dirai. Après m'avoir entendue, elle m'apaiserait d'un geste, et ses bracelets cliquetteraient. Voilà, tout serait arrangé ! Je montai les marches et regardai par la porte moustiquaire.

Le salon était vide, à l'exception du canapé et de la télévision. Le reste, les bricoles, par exemple, le vase bleu sur le rebord de fenêtre, le poster encadré et l'horloge où les nombres étaient figurés par des tasses fumantes, avait disparu. Comme l'afghan sur le canapé, les badges de Corinna sur la table basse et la photo que j'avais prise d'elle, assise sous la véranda avec Mingus.

J'entrai, laissai la porte se refermer derrière moi. Dehors, Rina tripotait sa frange avec énervement en pianotant sur la portière.

J'entrai dans la cuisine, qui était presque vide. La gamelle de Mingus aussi se trouvait sur le carreau cassé. L'évier débordait de vaisselle sale. La fenêtre au-dessus de la petite table de cuisine était ouverte. Les rideaux frémissaient dans la brise.

La voix de Dave s'éleva soudain derrière moi.

— Elle est partie…

Je me retournai sur Dave en short et pieds nus qui tenait un paquet de cigarettes. Ses cheveux partaient dans tous les sens. La marque des draps s'était imprimée sur sa joue.

— Elle est partie hier.

— Partie ? Comment ça ? Où ?

Dave secoua son paquet de cigarettes pour en sortir une qu'il mit entre ses lèvres.

— Chez elle. En Californie. Aucune idée. Le plus loin possible de moi, en tout cas…

Il se mit à rire tandis qu'il allumait une cigarette, puis il toussa à plusieurs reprises et ferma les yeux.

— Elle en avait marre de vivre dans ma merde, j'imagine.

À cet instant, Rina donna un coup de klaxon. Dave regarda derrière lui, en ouvrant la porte de la cuisine pour regarder par la fenêtre du salon.

— Est-ce qu'elle a dit quelque chose… ? Enfin… tu sais… ?

Il secoua la tête.

— Rien. Pas un mot.

Puis il sourit, sinistre. Il laissa tomber sa cendre dans l'évier.

— Ça me pendait au nez, mais je n'aurais jamais pensé qu'elle partirait.

Il passa la main dans ses cheveux, qui se hérissèrent.

— Je… je ne l'aurais jamais pensé, répéta-t-il.

Là-dessus, il se mit à rire, comme si c'était très drôle, mais il évitait de me regarder.

Ces derniers mois, Corinna avait été la seule à m'accepter telle que j'étais, sans se soucier de savoir si je portais des couleurs primaires, si je continuais avec les cheers ou si je passais trop de temps avec Matthew. Maintenant, Corinna était partie.

Rina klaxonna de nouveau, plus longtemps cette fois. Rina détestait attendre.

— Tu veux fumer ? demanda Dave.

Il me sourit. Je me suis sentie bizarre. Mais qu'est-ce que je foutais dans cette baraque avec ce mec ?

— Non. J'ai une amie qui m'attend. Je dois y aller.

— Dis-lui de venir.

— Non. Écoute, il faut vraiment que je file.

J'avançai pour sortir. David, devant la porte, ne bougea pas d'un centimètre, alors je le contournai, et me cognai la hanche contre la poignée du four. En passant devant lui, je sentis son odeur, sueur et soleil, et soudain, je me suis dégoûtée et il m'a dégoûtée.

— Reviens plus tard ! me rappela-t-il tandis que la porte de la cuisine se refermait derrière moi. Je ne bouge pas de la journée, d'ac ?

Je traversai vite le salon, ouvris la porte moustiquaire du plat de la main et de toutes mes forces. Mais au moment de sortir, j'aperçus les bracelets de Corinna sur la petite table, dans la coupelle en verre où elle laissait toujours ses clés.

Ils étaient tous là, empilés avec soin. Ils étincelaient, éclairés par le soleil qui passait par la fenêtre, attendant, tel un trésor brillant de mille feux, que moi seule, je le découvre.

Je ne sais pas ce qui m'est passé par la tête, mais je les mis, un à un, à mon poignet. Ils glissèrent jusqu'à mon coude avec ce cliquetis mélodieux que je connaissais si bien. Là-dessus, je sortis, me demandant où était Corinna, comment elle avait pu partir sans ses bijoux. Mais tandis que je les regardais étinceler sous le soleil et continuer de jouer leur jolie musique, je compris la vérité : où qu'elle soit, Corinna ne pouvait pas m'aider.

Dès qu'on arriva à la maison du lac, Rina se mit en maillot de bain et décapsula une bière. On s'est assises sur la terrasse de caillebotis qui donnait sur le lac. Rina se tartina tant et si bien de crème solaire qu'elle empesta vite la noix de coco. Moi, je restai dans ma jolie robe, avec ma veste, en fumant sans cesse, le sans-fil sur mes genoux. Je n'arrivais toujours pas à joindre Matthew, et je commençais à paniquer. Et s'il passait chez Dave et découvrait de but en blanc que j'étais avec Rina ? Je n'osais même pas y penser.

— Tu veux bien arrêter de téléphoner toutes les quatre secondes ? s'énerva Rina après m'avoir vue rappeler-raccrocher pendant dix bonnes minutes.

Elle prit le sans-fil et le posa à côté de son transat, loin de ma portée.

— Honnêtement, je n'ai jamais vu une fille aussi accro à son mec ! Mets-toi donc en maillot de bain, prends une bière et détends-toi !

— Non, ça va comme ça.

J'étendis mes jambes pour le lui prouver, en rabattant

soigneusement le bas de ma robe pour qu'elle ne voie pas le bleu qui s'estompait, sur ma cuisse. En vérité, il faisait une chaleur à crever et je suais comme une bête, sous ma veste. Je contemplai le lac qu'un bateau sillonnait au loin. Une nana en ski nautique glissait et zigzaguait sur les flots.

Rina fit glisser ses lunettes de soleil sur le bout de son nez.

— Qu'est-ce qu'il y a, Catlin ?

— Rien. Pourquoi ?

Rina continuait de m'observer d'un air de défi : ne lui avais-je pas confié tous mes secrets à cet endroit précis, l'été dernier ? Par exemple, que j'étais amoureuse de Billy Bostwick, le maître nageur à la piscine municipale. Que j'adorais le foie de veau, quand j'étais petite. Que j'avais fauché les boucles d'oreilles en argent de Cass, qui pensait les avoir perdues au lycée. Mais ça, c'était un trop gros morceau à avouer. Même si je l'avais voulu.

— Tu n'es plus toi-même, me dit-elle doucement. Et depuis déjà pas mal de temps.

Je m'adossai à mon transat et fermai les yeux, puis portai le bras à mon visage. Les bracelets de Corinna glissèrent sur mon bras jusqu'à mon coude en une cascade mélodieuse. J'entendais le bourdonnement du bateau qui passait, avec la fille sur ses skis qui rigolait en franchissant les vaguelettes.

— C'est comme si Matthew t'avait fait quelque chose, reprit Rina.

Je serrai mes paupières de toutes mes forces derrière mes lunettes de soleil.

— Comme s'il t'avait changée. Fait du mal, ou je ne sais quoi ?

J'ouvris les yeux et observai ma meilleure amie, qui, soucieuse, attendait ma réponse. Je me disais que j'étais une amie minable lorsque au visage inquiet de Rina se superposa la vision de Matthew me cherchant partout au volant de sa voiture, l'air dur et le regard noir, comme chaque fois qu'il me frappait.

— Catlin, reprit doucement Rina, tu peux tout me dire, tu sais.

Eh bien non, je ne pouvais pas ! Matthew était en route, il me cherchait. Je le sentais, comme Boo sentait la pluie arriver, les jours où son coude lui faisait mal. Je le *savais,* c'est tout.

Je respirai un grand coup, me redressai et pris mes clopes.

— Il faut que je téléphone.

En ramassant le sans-fil, ma main frôla le bras moite, collant et chaud de Rina, puis je me dirigeai vers la maison et en ouvris la baie vitrée. Lorsque je regardai derrière moi, je vis Rina étalée dans son transat, un bras sur le visage : elle avait lâché l'affaire.

J'appelai Matthew à tous les numéros que je connaissais, sous le regard rond, fixe et terrorisé des poissons au mur. Mais le téléphone continuait de sonner dans le vide…

À la fin de l'après-midi, j'étais prête à rentrer depuis déjà un sacré bout de temps lorsque Jeff s'est pointé. Il a surgi de derrière un coin de la maison et est arrivé sur la pointe des pieds derrière nos transats. Enfin, il a déposé, en catimini, un cube de glace sur le dos déjà rouge de Rina. Il nous a fichu une trouille horrible, cet imbécile.

Rina se redressa d'un bond en remettant le haut de son bikini (elle l'avait défait pour ne pas avoir de marque) sur sa jolie poitrine de top-modèle.

— *Jeff!* Tu es malade! J'ai failli avoir une crise cardiaque!

— Cool, beauté!

Riant, il passa la main autour de sa cheville et s'assit près d'elle. Il me fit un petit signe avec son geste maison: le grand coup de tête pour rejeter sa mèche sur le côté. Je vis mon reflet dans les verres de ses Ray Ban: anxieuse, énervée et le regard mobile parce que je consultais sans cesse ma montre.

— Rina, je dois y aller! dis-je pour au moins la vingtième fois.

La tête me tournait à force de répéter les mêmes mots, mais Rina s'en foutait. Elle continuait de boire ses bières et de me répondre de ne pas stresser.

— C'est quoi ton urgence, poulette? s'enquit Jeff. J'ai acheté des steaks et j'ai invité des potes. On pourrait se faire une bonne petite bouffe, non?

— Super idée, ronronna Rina en se remettant sur le ventre. Qui vient?

— Ed et Barrett. Et puis, Scott, tu sais, du magasin.

— Moi, je ne peux pas rester. Rina allait justement me reconduire, intervins-je.

— Toi, tu me gonfles: je t'ai déjà dit qu'on n'allait pas tarder! Mais avant, je dois dessoûler, répliqua-t-elle avec agacement.

Elle étala la crème de poivron et de fromage de chèvre de maman sur une tartine qu'elle avala tout rond.

— Écoute, Rina, j'ai dit à maman que je serai à la maison à six heures et demie.

Et tandis que je parlais, je sentais la panique monter en moi, toujours plus haut, atteignant des hauteurs béantes et vertigineuses. Cela faisait déjà une heure que je suppliais Rina. J'étais comme un renard piégé et fou de douleur qui tente de se libérer de son piège.

— Ouais, ta mère s'en fiche bien ! déclara Rina en riant.

Jeff caressait sa jambe tout en buvant sa bière.

— Tu parles, elle ne remarquera même pas que tu n'es pas à l'heure, reprit-elle. Écoute, on va manger un petit truc et après, on te ramènera.

— Rina, je dois y aller maintenant, insistai-je à voix très basse.

— Relax, Catlin. Bois une bière, change de disque, je ne sais pas, moi !

Puis elle ajouta à l'adresse de Jeff :

— Elle m'a gonflé comme ça pendant tout l'après-midi.

Jeff me regarda. Et lorsqu'il donna son fameux coup de tête sur le côté, j'eus envie de l'étrangler, lui et Rina, sur-le-champ.

— Tu avais promis de me ramener à la maison.

Les mots passaient avec difficulté dans ma gorge serrée et de plus en plus douloureuse.

— Tu avais promis, Rina !

— Oh, ça suffit maintenant : passe-moi ce putain de téléphone !

Elle ramassa négligemment le sans-fil entre nous.

— Je vais appeler Matthew, et je vais tout lui expliquer. C'est quoi son numéro ? Non, attends, je crois que je sais.

Je lui arrachai le téléphone sans aucun mal, car sa main poissait de crème solaire.

— Non !

Je voyais déjà la réaction de Matthew, s'il apprenait par Rina où je me trouvais.

— Ramène-moi à la maison, c'est tout. Cela va te prendre une seconde à peine.

— Mais enfin, Catlin, c'est quoi, ton problème ? s'écria-t-elle, super en colère cette fois. Ça ne va tout de même pas te tuer de rester encore une heure !

Là-dessus, elle regarda Jeff en fronçant les sourcils l'air de dire : « Non, mais je rêve, tu y crois toi, à une histoire pareille ? »

Cela faisait deux heures que je me tendais comme un élastique, et j'étais sur le point de craquer. Je sentais mes dernières résistances et mes dernières forces se fractionner, se disloquer avant la rupture totale.

Le soleil effleurait la terrasse. Sur l'eau semblaient briller des milliers de petits diamants.

— Puisque c'est comme ça, je rentre à pied ! dis-je en me levant.

Je traversai la terrasse, le jardin avec ses pins et pris la route qui serpentait devant moi, enjambai un long pont, qui tournait et continuait sur des kilomètres jusqu'au centre-ville. Je m'en moquais du moment que j'étais en mouvement. Marcher me rapprocherait du but et me donnerait la sensation de gérer l'affaire.

J'entendis Rina qui m'appelait. Elle était bourrée, soûle de soleil.

— Catlin ! Arrête tes conneries ! Reviens.

Mais j'avais déjà pris la route, mes spartiates aux pieds et les bracelets de Corinna jouant leur petite musique, toujours la même, à mes bras.

J'avais déjà dû parcourir un bon kilomètre quand j'entendis une voiture arriver derrière moi et me klaxonner deux fois, puis trois. Sûrement un emmerdeur. Je me dirigeai vers le bas-côté pour lui laisser le passage, sans cesser de regarder droit devant moi, mais après une minute l'emmerdeur vint s'arrêter à ma hauteur.

C'était Jeff.

— Je serais bien venu plus tôt, dit-il en donnant son célèbre coup de tête sur la gauche, mais miss Rina m'a fait une scène parce que je la laissais.

Sur la route, on a peut-être parlé, mais je ne m'en souviens pas parce que je préparais déjà ma plaidoirie. Je visualisai le match, la configuration, la tactique, les feintes... Au fur et à mesure qu'on s'approchait de la ville, les pins et les champs cédaient la place aux maisons et aux centres commerciaux. Je sentais la menace qui s'était construite pendant toute ma journée maintenant s'installer et prendre toute la place. Et quand nous sommes arrivés devant chez moi, mes muscles étaient tétanisés, mon cœur battait comme une grosse caisse. J'ai alors eu une idée folle : demander à Jeff de continuer, pour échapper à mon destin et me conduire dans un endroit où je serais en sécurité. Mais je savais que Matthew me trouverait. Il me retrouvait toujours.

Devant chez mes parents et partout dans la rue, il y avait plein de voitures, mais je repérai tout de suite la BMW de Matthew : garée juste devant notre allée, non loin de la boîte aux lettres. Les vitres étaient fermées, le moteur ronronnait.

— Tu sais, Rina était un peu pompette, alors ne lui en veux pas trop, déclara Jeff à sa façon désinvolte et nonchalante, tandis qu'il se garait devant chez Boo et Stewart.

— T'inquiète.

J'ouvris la portière avant même qu'il ne s'arrête.

La vue de Matthew qui m'attendait, comme il m'attendait chaque jour à l'heure du déjeuner, me remplit d'une panique qui prit la forme d'un énorme poing serré dans ma gorge et ma poitrine.

— Merci de m'avoir ramenée à la maison, Jeff.

— Ben, dis donc, on dirait qu'il y a une fête, ici ! dit-il, me montrant notre jardin avec la tente, toujours debout, des lumières et un monde fou.

J'entendais, au piano, une mélodie qui coulait comme de l'eau, mais en plus doux. C'était une nuit idéale pour s'amuser.

— Oui, comme tous les ans, dis-je m'éloignant déjà.

Je traversai la pelouse et glissai sur l'herbe humide tandis que Jeff me hurlait au revoir. Chez moi, sur ma droite, toutes les lumières allumées. Ça devait sentir le pot-pourri partout dans la maison et les poupées devaient former leurs fameux « petits groupes intimes ».

La voiture de Matthew était sombre, seulement éclairée par le halo vert du tableau de bord quand j'arrivai à sa hauteur. J'ouvris la portière et montai, en la rabattant sans la fermer. Matthew resta silencieux.

Je tournai les yeux vers lui, prête à tout lui expliquer, à assurer la défense que j'avais préparée durant mon kilomètre à pied et puis en voiture : « J'ai essayé de t'appeler, je n'ai pas réussi à te joindre. Je suis désolée... »

Avant que je n'aie eu le temps de prononcer un seul mot, il tourna vers moi ce visage déformé par la colère que je n'avais jamais pu fixer sur la pellicule. Là-dessus, il me gifla.

Ce fut si violent que je partis en arrière et heurtai la portière. J'allais saisir la poignée pour la fermer, quand Matthew se jeta de nouveau sur moi.

— T'étais où, putain ? demanda-t-il, s'approchant si près que je sentis sur mon visage son haleine brûlante et puant la fumée.

Il me prit par le col pour m'attirer plus près de lui. Ses doigts étaient crispés sur le tissu maintenant prêt à se déchirer.

— Chez Rina, répondis-je dans un souffle. Rina m'avait invitée au lac, mais j'ai essayé de te téléphoner.

— Mais de quoi tu parles, bordel ? hurla-t-il.

Il me rejeta avec une telle violence que je tombai cette fois à la renverse contre la portière, qui s'ouvrit d'un coup et heurta, par la même occasion, la bordure du trottoir avec un affreux bruit de tôle froissée. Je me sentis basculer et perdre l'équilibre, m'écorchant les coudes sur le trottoir tandis que j'essayais de me rattraper. Mon visage me brûlait, ma robe était retroussée jusqu'à la taille. Matthew, qui était sorti de la voiture, se dressa tout à coup devant moi.

— Relève-toi !

J'entendis les bruits de la fête chez mes parents, le piano et des voix qui chantaient.

— Relève-toi, je t'ai dit !

— Matthew…, dis-je essayant d'obéir.

— Relève-toi ! hurla-t-il.

Il me prit par le bras.

Je tentai de rentrer ma tête dans mes épaules, de la lui dérober, mais il fut plus rapide. Je vis son poing arriver, s'abattre sur mon œil droit. Des points de lumière et de couleur explosèrent devant mes yeux. Je réussis je ne sais pas comment à lui échapper et je glissai sur l'herbe mouillée toute glissante.

Lorsque j'eus à peu près repris mes esprits, je le vis qui se penchait sur moi, le souffle court, les dents serrées et les narines frémissantes. Je devais me relever avant que quelqu'un nous voie, mais je n'y parvins pas. Ces voix, toutes ces voix au loin semblaient me réveiller et me ramener à la surface du monde réel. C'était la première fois que Matthew me tabassait en pleine rue et non dans sa voiture ou dans sa chambre. Et à ciel ouvert, dans cette immensité balayée par l'air frais, je me sentais plus petite et plus faible que jamais.

— Putain, Catlin ! reprit-il en regardant vers chez moi avant de reporter les yeux sur moi. Monte tout de suite !

J'essayai de rouler sur le flanc pour ensuite me relever, mais je sentis aussitôt une folle douleur électriser mon visage, mes bras et mes jambes, ma nuque et mes yeux. Partout où il m'avait frappée, la douleur se réveillait, comme les vieilles blessures de guerre se rappellent au souvenir des anciens combattants, les jours de pluie.

Il me donna une série de petits coups de pied, pour que je me bouge.

— Allez, viens, dit-il avec calme.

Et je me souvins que ç'avait été ses premiers mots, le premier soir. « Allez, viens. »

— Non.

Le nez dans l'herbe, j'essayai de me protéger le plus possible, de me cacher. J'aurais voulu disparaître dans les fissures sur le trottoir.

— Monte ! répéta-t-il, plus fort.

Il me donna un coup de pied cette fois douloureux dans les reins.

Je me recroquevillai sur moi et je fermai les yeux. Là-bas, près de la tente, la chanson se terminait. J'entendis des éclats de rire et des applaudissements.

— Lève-toi, Catlin.

Je serrai mes paupières, et les dents en essayant de penser à autre chose.

À Corinna qui admirait le Pacifique bleu du haut d'une falaise et voyait peut-être le Mexique, au loin. À Cass, devant sa fenêtre à New York, où brillaient sans doute un million de lumières. Et enfin à moi, de nouveau la laissée-pour-compte. Regardez donc ce que j'étais devenue.

Je fourrai la main dans la poche de ma veste, prête à parer au prochain coup, lorsque je sentis couler entre mes doigts quelque chose de granuleux et d'un peu collant. C'était le sable du Commons Park.

« Oh, Cass. Comme tu me manques. »

— Catlin, reprit Matthew.

Je revins à la réalité. Il se penchait et prenait un pan de ma veste pour me traîner. Mais je tendis les bras, le laissant me la retirer et m'éloignant de lui, sans cesser de serrer ma poignée de sable. Je me sentais exposée dans ma petite robe blanche qui faisait tache de lumière, sous l'éclairage du lampadaire.

J'étais fatiguée. À bout. Sans ressorts. Presque en miettes. Je me sentais vieille et friable. Je me préparai au prochain coup, au prochain K.-O. Le dernier ? Je m'en foutais.

Je devinai qu'il prenait son élan pour me donner un nouveau coup de pied.

— Catlin, répéta Matthew, je t'ai dit de…

Mais il n'acheva pas : un bruit de pas se rapprochait. Je l'entendais comme on entend le train arriver à des kilomètres seulement en posant son oreille sur le rail. En même temps que le bruit de pas se rapprochait, j'entendais un souffle rapide, et enfin, une voix.

C'était maman.

— Stop ! Arrête ! hurla-t-elle d'une voix ferme, impérieuse où jaillissait une terrible colère. Tout de suite !

— Mais je ne…, répondit Matthew.

Au loin, j'entendis des sirènes de police. Matthew recula. Lui aussi, il les avait entendues.

— Recule, salaud ! ordonna maman.

Puis elle s'agenouilla près de moi.

— Catlin ? Catlin, ma puce, ma chérie ? Tu m'entends ?

— Non… attends, prononçai-je.

Je sentis maman caresser mes cheveux, dégager mon visage tandis qu'elle se penchait sur moi.

— Oh, Catlin… Mon Dieu, mon Dieu…

Je suivis des yeux maman dont le regard avait quitté mon visage. Bouche ouverte, horrifiée, ma mère découvrait ce corps que j'avais si longtemps caché. Sous la lumière blafarde du réverbère, ma peau paraissait plombée, et chaque hématome, des plus anciens aux plus récents, s'y révélait avec précision. Il y en avait tellement…

Matthew reculait, et maman me serrait dans ses bras tendrement et en pleurant alors qu'elle s'efforçait de trouver sur moi un endroit qui avait été épargné par les coups et les marques. Les sirènes de police se rapprochaient. Je discernais les lumières bleues du gyrophare, à travers les arbres.

La porte de chez nous s'ouvrit tout à coup. J'entendis des voix se rapprocher. Le piano ne jouait plus. C'est comme si le monde s'était arrêté de tourner.

J'entendis la voix de Boo.

— Margaret ? Que se passe-t-il ?

J'entendis la voix de papa, irrégulière, parce qu'il traversait notre pelouse en courant.

— Catlin ? Ça va ?

— C'est fini, maintenant…, me murmurait maman.

Elle pleurait sans bruit en me berçant, sans cesser de caresser mes cheveux.

— Ça va aller, chérie. Je suis là, et là tu ne risques plus rien.

— Que s'est-il passé ? demanda papa.

Personne ne répondit.

La voiture de police se gara devant chez nous. J'entendis une portière claquer, une voix confuse et la radio des policiers.

Je cherchai Matthew des yeux, mais la nuit semblait l'avoir englouti, il avait disparu. Je percevais en détail ce qui se passait autour de moi. Le murmure des invités, papa qui s'entretenait avec les policiers, Matthew protestant, furieux, au moment où on lui passa les menottes qui se refermèrent sur ses poignets avec un claquement sec. J'entendis le réverbère grésiller, Boo se mettre à pleurer sur l'épaule de Stewart après avoir vu mes hématomes. Et Boo répétait : « J'aurais dû m'en douter, j'aurais dû m'en douter. »

Et pendant ce temps, maman continuait de me bercer, de m'apaiser en répétant toujours les mêmes paroles, comme le jour où Cass m'avait blessée à l'arcade sourcilière. Elle disait sans cesse que maintenant, tout irait bien. Et moi, je n'arrivais pas à lui dire combien j'étais désolée, oh tellement désolée.

J'étais à bout. Rompue. Il avait presque tout pris. Mais il avait aussi été mon tout pendant ces derniers mois. Et lorsque la police l'a emmené, j'ai détaché mes mains de celles, si aimantes de maman, pour essayer, malgré la douleur dans tous mes membres, de le retenir. En pleurant et en hurlant.

MOI

13.

— Catlin ?

Je roulai la tête sur mon oreiller et tournai le dos aux collines verdoyantes que je contemplai par ma fenêtre. Ma compagne de chambre, Ginger, qui souffrait de troubles alimentaires, se tenait sur le seuil de notre chambre. Elle portait une salopette, ses cheveux étaient nattés et un crayon de papier tenait en équilibre sur son oreille.

— Oui ?

— Tu as une autre visite, m'annonça-t-elle, me montrant le couloir. Toi, on peut dire que tu as du bol.

Je me levai, et pris ma veste de survêt sur la chaise de mon bureau. Tandis que je l'enfilai, Ginger sauta sur son lit et sortit son magazine de mots croisés qu'elle avait roulé dans la poche arrière de sa salopette. Puis elle saisit son crayon d'un geste vif, en lécha la pointe et feuilleta son magazine jusqu'à ce qu'elle trouve son nouveau défi.

Je tirai mes cheveux en arrière et me fis une queue-de-cheval, puis je sortis dans le couloir, qui était flanqué de baies vitrées. À la mi-journée, ce couloir avait une telle luminosité que je pensais tout le temps aux gens qui disaient avoir vécu une expérience de mort imminente.

Voilà comment je me représentais cette voie blanche, le tube ou tunnel, dont ils parlaient, et qui menait à l'autre monde. Mais ici, la porte tout au bout ne s'ouvrait que sur le solarium qui tenait lieu de salle des visites, et où le monde extérieur était autorisé à pénétrer seulement le dimanche et le mercredi de trois à cinq.

Depuis ce terrible soir, j'étais à l'Evergreen Care Center. Les événements de cette fin de soirée s'étaient déroulés comme dans une brume parsemée de flashs : le visage sombre de Matthew qui disjonctait et me hurlait dessus, maman qui pleurait en examinant avec précaution mes bras et mes jambes où elle découvrait de nouveaux hématomes. Et pour finir, mon hurlement, honte suprême, pour essayer de retenir celui qui, dans l'histoire, m'avait fait le plus de mal.

Une fois que la police avait emmené Matthew, mon père m'avait portée chez nous. J'étais ensuite restée assise sur une chaise de cuisine, recroquevillée, genoux serrés et me balançant d'avant en arrière. Dans le salon, mes parents, Boo et Stewart avaient longuement parlé, passé de nombreux coups de téléphone et essayé de comprendre la situation.

Plus tard, on m'expliqua que c'était Mme Merchant, des Ladies Auxiliary (association d'aide aux anciens combattants dont la devise, je le précise, est : « Honore tes morts en aidant les vivants ») qui nous avait vus par sa fenêtre. Elle avait prévenu maman et, tout de suite après, avait appelé la police, qui avait débarqué et interrompu la fête. Toute la nuit, la tente est restée déserte avec des tonnes de salade et de crevettes décortiquées qui pourrissaient lentement mais sûrement. Le lendemain, quand je suis partie de chez nous, tout était encore là, figé dans le temps : les petits toasts disposés sur de jolies assiettes en papier, la jatte de punch pleine, entourée par des verres et des serviettes froissées.

La voiture de Matthew était garée au même endroit que la veille. Plus tard, quelqu'un est venu la chercher. Dave ? Je ne sais pas. Mais toute la nuit, j'ai eu peur de la savoir si proche ; c'est comme si Matthew m'y attendait toujours pour que l'on rejoue sans cesse ce début de soirée, comme un film bloqué à jamais sur une scène.

J'avais déjà entendu parler de l'Evergreen Care Center. Cass et moi, on se moquait des pubs débiles qui passaient à la télé : on y voyait une bonne femme traînée là de force, avec une permanente toute molle mais impressionnante, et de faux cernes, qui descendait de la vodka au litre et pleurait, des litres aussi. « On ne peut pas vous aider, à l'Evergreen, affirmait sombrement une voix off, mais on peut vous aider à vous aider. » C'était devenu notre blague. On la sortait à tout bout de champ.

« Hé, Cass, tu me passes le dentifrice ? »

« Catlin, répondait-elle d'une voix sinistre et sévère, je ne peux pas te donner le dentifrice, mais je peux t'aider à te le donner. »

Et elle me le passait, en exagérant la compassion de son geste.

C'était très drôle, à l'époque. Ça ne l'était plus maintenant.

En théorie, j'avais été admise pour « consommation de drogue », parce que maman avait découvert un petit sachet de marijuana et ma pipe (enrobés de sable du Commons Park) dans la poche de ma veste. Mais tout le monde connaissait l'autre version : c'était à cause des hématomes, de Matthew et de mon attitude de victime.

Lors de ces premières vingt-quatre heures, je fus incapable de raconter quoi que ce soit à mes parents. Je ne pouvais pas leur dire que j'étais désolée, je ne pouvais pas non plus leur expliquer pourquoi j'avais accepté de me faire tabasser. J'étais restée assise sur mon lit, genoux ramenés sous le menton, pendant que maman préparait mon sac. On était partis pour l'Evergreen Care Center tôt le matin, sous la pluie. Sur la route, personne n'a parlé.

C'est dans ce grand silence que je me rendis compte qu'on n'avait pas prononcé le nom de Cass depuis la veille. Voilà, j'avais réussi à remiser définitivement ma sœur dans l'ombre, hélas, pas comme je l'aurais voulu.

Le directeur du centre a enregistré mon entrée et m'a conduite dans ma chambre. Maman a fait mon lit, rangé mes vêtements dans l'armoire pendant que papa, mains dans les poches, regardait la pluie tomber par la fenêtre. Après, mes parents ont pris congé.

— Je reviendrai mercredi, me promit maman en me prenant dans ses bras.

Elle me serrait toujours contre elle avec précaution, comme si j'avais été un objet en porcelaine déjà fissuré qu'elle aurait pu briser d'un effleurement.

— Je t'amènerai ton pull bleu et de jolis coussins. D'accord ?

Je hochai la tête. Papa me pressa à son tour dans ses bras et m'embrassa sur le front.

— Tiens bon. Courage, ma toute belle.

Je les regardai partir du pas de la porte. Maman s'essuyait les yeux et se retournait à chaque pas, comme si elle doutait pouvoir survivre sans moi. Quand la porte principale se fut refermée sur eux, je rentrai dans ma chambre et m'assis sur mon lit. Puis je me mis à pleurer. Je n'ai pas arrêté pendant deux jours. Ça coulait tout seul.

Je pleurais dans ma chambre et pendant le déjeuner. Je pleurais pendant la thérapie de groupe, individuelle et spécialisée. Lors des activités artistiques avec les autres et quand j'étais seule. Je pleurais lorsque j'épluchais les pommes de terre, au cours de la corvée de pluche. Je pleurais pendant la nuit en fixant la lune rousse qui semblait avoir pris toute la place dans le carreau de ma fenêtre. Je versai toutes les larmes que j'avais retenues depuis cet été, depuis que Cass était partie de chez nous. J'étais devenue un paquet de larmes et de morve, je gardais toujours un mouchoir en papier serré dans mon poing. J'eus bientôt les yeux si gonflés que je n'y vis plus rien.

Je pleurais aussi sur Matthew. Sur Cass et sur moi. Je pleurais parce que j'avais honte : jamais plus je n'oserais regarder en face les amis de maman et Boo. Parce que je m'étais disputée avec Rina et que je n'avais pas pu me réconcilier avec elle. Je pleurais parce que j'étais loin de chez moi, parce que mes parents me manquaient à crever. Je pleurais parce que Matthew me manquait également, et ça, c'était le comble. Je pleurais parce que Corinna était partie, sans doute en Californie, et que je ne lui avais jamais dit combien elle avait été une super amie. Surtout, je pleurais parce que ma vie était allée à cent à l'heure pendant des mois et des mois et que, tout à coup, elle s'arrêtait net. C'était comme si j'avais foncé dans un mur de brique et, sous le choc, reçu un coup dans le ventre qui m'avait coupé le souffle, me privant de mon énergie. Le problème, c'est que je ne savais pas si j'avais envie de me relever et de reprendre mon souffle.

Ma vie était supportable à l'Evergreen Care Center. Je trouvais apaisant d'être encadrée par quatre murs et d'avoir chaque journée structurée et découpée en tranches faciles à gérer et assumer. Je ne me demandais pas comment j'allais traverser la semaine, je ne pensais pas non plus à demain. Je me concentrai consciencieusement sur mes corvées du moment, sur mes activités dans les ateliers d'expression artistique ou sur une énième séance de thérapie. J'avais moins mal de vivre lorsque j'abordais mes journées par fragments au lieu de les considérer dans leur globalité. Je ne savais pas très bien jusqu'à quel point j'aurais été capable de gérer mon temps.

Ginger s'était installée dans ma piaule après avoir été attaquée par son autre compagne de chambre, une kleptomane, parce qu'elle avait utilisé sa lime à ongles. Ce qu'elle détestait le plus, à l'Evergreen, c'était parler.

— Les thérapies de groupe, les thérapies individuelles ou ciblées, j'en ai marre, se plaignit-elle un jour tandis qu'elle s'attaquait à un nouveau Sudaku (son vice), en ignorant son plateau, posé sur la table entre nous. Je suis malade d'être moi, tu ne peux même pas imaginer à quel point! C'est comme si j'étais un épisode de série pourrie qu'on m'aurait forcée à regarder huit cents fois. Il n'y a rien de neuf ici, je te jure.

Cela faisait déjà un an que Ginger était à l'Evergreen, mais encore maintenant, elle divisait toujours sa nourriture en petits tas, selon une hiérarchie compliquée que je ne comprenais pas mais qui semblait basée sur les couleurs et la consistance des aliments. On la surveillait de près, afin qu'elle n'aille pas se faire vomir après les repas. Bon, mais moi, j'aimais bien parler, du moins, à partir de ma seconde séance.

Ma thérapeute, le docteur Marshall, était une petite bonne femme ronde et rigolote avec des cheveux fous et frisés dans le style de ceux de Boo. Elle portait des baskets et un jean, et sur son bureau trônait toujours une coupe remplie à ras bord de bonbons. Le premier jour, j'en avalai six à la file sans dire un mot. Le docteur Marshall m'observait, de derrière son bureau. Je pensai à Cass et à son regard, solennel : « À l'Evergreen, nous ne pouvons pas te faire manger des bonbons, mais nous pouvons t'aider à en manger. »

— Commence par où tu veux, déclara le docteur Marshall tandis que je tentais de dégager un morceau de bonbon goût banane-ananas coincé entre mes dents. Tu n'es pas obligée de commencer par le commencement, tu sais.

Elle croisa ses jambes, genre fakir indien, et lâcha son bloc.

— J'ai toujours pensé que tout devait commencer quelque part, dis-je.

— Pas ici en tout cas, me répondit-elle d'un ton naturel. Vas-y, Catlin, dis-moi seulement une chose.

Après, ce sera plus facile, je te le garantis. C'est le début qui est toujours le plus difficile.

Je baissai les yeux sur mes mains. Mes doigts étaient un peu rougis par le bonbon goût pastèque que je venais d'avaler.

— Ça marche, dis-je, en en reprenant un autre, à tout hasard.

Le docteur Marshall quitta sa position de fakir, prête à écouter l'aperçu que j'allais lui donner de mon grand n'importe quoi.

— Comment s'appelle la sœur de Pygmalion ? lui demandai-je.

Elle cilla deux fois, surprise.

— Heu…, répondit-elle sans me quitter des yeux. Je ne sais pas.

— Matthew, lui, il sait. Matthew savait tout.

Maman m'apporta mon journal des rêves lors de la deuxième semaine que je passai dans les Evergreen. Maman ne savait pas ce que c'était, et elle ne savait pas non plus que c'était un cadeau de Cass. Elle l'avait découvert, avec toutes les photos à l'intérieur, en retournant mon matelas pour le grand nettoyage de printemps. Je ne lui demandai pas si elle l'avait lu. Après sa visite, j'étalai mes photos sur mon lit.

Je constatai vite que toutes celles qui représentaient Matthew, ainsi que le seul cliché de nous ensemble, avaient disparu. J'imaginais maman les sortir, peut-être les déchirer et les brûler avec les briquettes de notre barbecue. Je ne lui en voulais pas. C'était le seul moyen qui lui restait pour me protéger. En revanche, mes autres photos étaient présentes: Boo avec son Bouddha, Corinna et Mingus devant la fermette, Rina et sa clope au bec, mon père tournant les yeux sur mon objectif à la dernière minute. La dernière photo du tas, je l'avais complètement oubliée: c'était aussi mon dernier cliché, et c'est moi qu'il représentait.

Matthew nous avait en effet demandé de faire notre autoportrait pour clore le cours: ceux-ci seraient exposés, avec nos noms inscrits en dessous, à l'expo organisée par l'Arts Center. Ce serait le fil d'Ariane qui réunirait nos travaux et conduirait à nous, leurs auteurs. Je m'étais tiré le portrait une petite semaine avant la fête. Je me trouvais dans ma chambre, devant mon miroir, l'appareil calé contre le ventre pour prendre mon reflet en photo. Sur le cliché, on voit aussi mes rares diplômes et photos qui décorent le pourtour de mon miroir, ainsi qu'un rai de lumière que la fenêtre laisse passer. Ce jour-là, je porte un T-shirt à manches courtes, et on discerne une marque grisâtre à la base de mon cou: c'est celle du pouce de Matthew. J'ai la tête inclinée et je ne souris pas. Mon visage n'a d'ailleurs aucune expression. Il est comme mort. Je suis stoned. Morne.

Je m'assis sur mon lit et j'observai longtemps, très longtemps cette photo. Je détestais la fille dessus: elle me regardait avec la plus absolue indifférence. Elle avait passé sa vie à vouloir être une autre, ou autre chose, et cela l'avait menée nulle part. J'avais envie de passer au travers de la photo, de la secouer un bon coup pour la réveiller. Hélas maintenant, c'était trop tard.

Alors j'ai déchiré la photo en deux, par le milieu du visage, puis en quatre, et en huit jusqu'à ce qu'elle soit réduite morceaux qui évoquaient les pierres colorées d'une mosaïque. Je les mélangeai et les froissai, mains tremblantes. J'allais tout jeter à la poubelle, quand au dernier moment, quelque chose me retint.

Je plaçai donc les fragments dans un sachet que je fermai et rangeai avec soin dans le tiroir de mon bureau. Puis je m'allongeai sur mon lit et fermai les yeux, en essayant de m'éclaircir les idées. Mais je ne pensais qu'à cette fille déchirée et en petits morceaux, qui devait désormais s'en remettre au temps pour lentement se reconstituer.

À l'Evergreen Center, j'étais différente des autres, mais ça n'avait rien à voir avec mon problème de drogue, mes histoires de famille ou mon mec qui me tabassait. Des cas de ce genre, autant dire qu'il y en avait à la pelle, ici. Tout le monde portait sa névrose comme un vêtement. Certains assumaient avec aisance, et d'autres (c'étaient les plus nombreux) pas.

Moi, j'étais différente parce que j'avais toujours de la visite.

Du mercredi qui a suivi mon arrivée jusqu'au jour de mon départ, j'ai toujours eu des visites aux jours autorisés. Je découvris plus tard que c'était exceptionnel, donc on m'enviait parmi les filles de mon étage. Maman, reine de l'organisation, avait dressé un emploi du temps et divisé les jours de visite entre nos proches, procédant de la même façon que pour ses activités à l'association de parents d'élèves, entre autres. Chaque mercredi et chaque dimanche, on m'attendait donc dans le solarium : maman, papa, Boo, Stewart ou Rina.

C'est maman qui vint, le premier dimanche, et ça n'a pas été facile. Dès que je suis entrée dans la salle des visiteurs, maman m'a souri, et, sur une grande inspiration, a parlé sans reprendre son souffle pendant environ vingt minutes. Les mots coulaient de sa bouche, formant, sous l'avalanche de détails sur les événements insignifiants de la semaine passée, une espèce de bouée de sauvetage à laquelle elle semblait s'accrocher pour rester à flot.

Maman me parla ainsi de la nouvelle poupée de collection qu'elle avait commandée, m'expliqua ensuite comment papa s'était démis l'épaule, en se retournant pour prendre une bricole sur le siège arrière de la voiture et comment elle était tombée sur une merveilleuse recette pour préparer la meilleure des crèmes anglaises. Quand maman s'est arrêtée de parler, le silence a avalé ses derniers mots comme un trou noir absorbe la lumière.

Maman a senti cette béance autant que moi.

— Oh, Catlin, si tu savais comme je suis… désolée, reprit-elle tout à coup en posant sa main tremblante sur la mienne.

— Désolée ? De quoi, maman ?

Maman ouvrit de grands yeux surpris.

— De n'avoir pas su te protéger !

Jusque-là c'est moi qui avais eu un secret et une honte à cacher, pas les autres. C'était étrange de constater que la réciproque existait.

Maman pressa ma main très fort.

— J'aurais dû me douter de ce qui arrivait, rien qu'en te regardant.

J'aurais dû tomber d'accord avec elle. J'aurais même pu lui reprocher de m'avoir permis de devenir invisible en se focalisant autant sur Cass. D'un autre côté, personne ne m'avait jamais interdit de parler, de tout raconter, d'ailleurs, j'avais sans cesse laissé passer les occasions.

Par exemple, le soir où j'étais rentrée à la maison avec le visage en bouillie, c'est moi qui avais choisi de dire que j'avais reçu un coup de coude, en me frayant un chemin dans la foule. Pareil pour le soir où j'avais affirmé avoir glissé sur une plaque de verglas. J'aurais aussi pu cracher le morceau, lorsque maman avait essayé de me retirer ma veste.

Maintenant, oui, c'était facile de remonter le temps et le fil des événements, et de se dire qu'à tel ou tel moment, eh bien oui, vous autres, vous auriez pu mieux faire. Mais après deux jours de larmes, je n'avais pas la force ni la volonté de rejeter la faute sur les miens. J'avais besoin de ma famille et de mes amis. On était à égalité partout, et c'était finalement plus reposant.

Après, entre maman et moi, c'est devenu plus facile. On parlait davantage, à chacune de ses visites, mais la progression s'est effectuée lentement. La plupart du temps, on se promenait dans les sentiers jalonnés de bancs, qui sillonnaient à travers le parc des Evergreen. On marchait à petits pas, bras dessus, bras dessous, jusqu'au parking pour prendre vers la fontaine et enfin revenir sur nos pas. Parfois, on ne se disait même rien du tout. De temps en temps, maman sortait un truc complètement à côté de la plaque, comme si elle dialoguait avec ses pensées et que j'avais suivi le cours de cet échange silencieux.

— Je me souviens, quand j'étais enceinte de toi, dit-elle un jour, alors qu'on franchissait la petite passerelle, ta sœur accourait vers moi chaque fois que je préparais le dîner pour poser son oreille contre mon ventre. Elle affirmait qu'elle te parlait, et qu'elle était la seule à pouvoir t'entendre.

Ou bien, lorsqu'on était assises près de la fontaine :

— Le soir où tu es tombée de la pyramide, Catlin... j'ai cru avoir eu la peur de ma vie.

Puis, baissant les yeux sur la fontaine qui gargouillait :

— Mais je me suis trompée. Bien entendu.

Je ne savais pas quoi répondre à ces réflexions décousues et souvent hors contexte, mais j'apprenais, grâce à mes sessions avec le docteur Marshall, que je n'avais pas non plus besoin de répondre. Je posais donc simplement ma tête sur l'épaule de maman et je m'appuyais contre elle, qui me serrait et me berçait comme quand j'étais petite. Cela faisait longtemps qu'on n'avait pas eu un vrai geste de tendresse envers moi sans que j'aie un mouvement de recul.

Bientôt, on parla de tout et de rien. On évoquait les anecdotes familiales les plus burlesques, tiens, le jour où Cass avait failli mettre le feu à la maison avec son gâteau au chocolat, ou encore, la fois où papa avait bu un grand verre de jus de palourde en pensant que c'était de la limonade ! On riait comme des folles. Ça faisait du bien de reconstruire petit à petit notre passé.

Maman venait toujours le dimanche, mais le mercredi, c'était la surprise. Une devinette. Je ne savais jamais qui m'attendrait, derrière la porte au bout du long couloir lumineux. J'ouvrais, je regardais tout à tour les visiteurs qui attendaient sur les canapés en vinyle et les chaises en PVC en feuilletant des magazines, jusqu'à ce que je reconnaisse un visage.

Papa venait toujours avec *100 Jeux de cartes amusants*, qu'il avait apporté lors de sa première visite. Ce jour-là, papa était passé en vitesse au supermarché pour m'acheter des chaussettes que maman avait oublié de m'apporter, le dimanche précédent. Le bouquin se trouvait près de la caisse avec, en bonus, un jeu de cartes enveloppé dans du film étirable. Je savais que papa était loin d'être impulsif, mais le pauvre, il avait dû angoisser à l'idée de venir me rendre visite et de trouver un sujet de conversation. Jouer, avait-il pensé, ça faciliterait bien les choses.

Une fois que papa m'avait embrassée pour me dire bonjour et donné mes chaussettes, une fois que je m'étais assise à côté de lui, sur le canapé, il avait posé le manuel sur le coussin entre nous.

— Si cela ne t'intéresse pas, ça n'est pas grave, déclara-t-il. Mais je me disais que ce serait tout de même amusant.

« Huit américain ! Dame de pique ! Barbu ! Six solitaires différents ! » proclamait, avec enthousiasme, la quatrième de couverture. Et en plus petit, on lisait : « Du fun pour toute la famille ! »

Je regardai mon père, il devait être malheureux comme les pierres de ne pas savoir mieux comment gérer une telle situation. Papa avait fait son boulot de père : il avait organisé mon séjour aux Evergreen, il s'était dépatouillé avec les assurances et avait expliqué au juge que je ne serais pas en mesure de témoigner contre Matthew, lors de son procès. Papa était un médiateur de première, mais l'émotion, un tête-à-tête avec sa cadette, cela tenait pour lui de l'impossible. C'était donc un défi, de plus, inédit.

— Ça a l'air génial! dis-je en déballant le jeu de cartes et en lui tendant le livre. On commence?

Et voilà. Chaque fois que papa venait me rendre visite, il m'attendait, assis à l'une des petites tables près de la fenêtre, le fameux livre et les cartes déjà battues devant lui. On a commencé par le Huit Américain, continué avec le Speed, et maintenant, on abordait le Gin Rummy. On était des O'Koren, des fanas de sport et de compète, alors bien entendu, on comptait les points, on jouait pour gagner et pour la fierté. De temps en temps, lorsque je levais les yeux de mes cartes, je voyais le regard de papa sur moi rempli d'une telle tristesse que j'avais le cœur prêt à exploser.

La première fois que Boo est venue, elle m'a apporté mes photos et un sachet de cookies végétaliens à la farine de caroube que j'ai mangés, pendant qu'elle me régalait d'anecdotes sur l'expo photos de l'Arts Center.

— Ta mère a eu un prix spécial, parce que pour une fois, tout le monde avait sa tête sur ses photos! On a beaucoup applaudi, tu penses bien!

— Dommage que j'aie manqué ça!

Pendant les deux jours où j'avais tant pleuré, j'avais aussi pleuré parce que je manquais l'expo; j'avais bossé le sujet si dur. Au cours de mes dernières semaines avec Matthew, ç'avait été la seule chose qui m'avait tenue à flot. Mais personne ne verrait jamais le boulot dont j'étais si fière.

Boo se frotta les mains pour se débarrasser des miettes.

— Je t'ai apporté autre chose, reprit-elle.

Elle fouilla dans son gros sac en forme de girafe pour en sortir un truc enveloppé dans un morceau de tissu bleu indien qu'elle plaça sur mes genoux avec précaution.

— Tu ne stresses pas, d'accord ? C'est juste si tu le sens. Si tu as l'inspiration.

Je sus, avant même de déballer, que c'était mon appareil photo. Boo l'avait bien astiqué, avait remplacé les lentilles et même ajouté cinq pellicules. Tout ce dont j'avais besoin.

— On verra...

Revoir mon appareil photo raviva le souvenir de ces six derniers mois. Le réconfort que j'avais recherché, dans la chambre noire. Corinna qui me souriait, sur la photo que j'avais prise devant chez elle. Et puis Matthew, sur fond de ciel gris. Et la photo de moi, que j'avais déchirée et dont j'avais mis les petits morceaux dans le tiroir de mon bureau.

— Pas de stress, répéta Boo. Attends, et tu verras.

Stewart et Rina vinrent aussi. Stewart me raconta sa jeunesse rebelle – il m'apportait chaque fois un truc d'enfer à manger : des mangues fraîches, du bacon végétarien et du tofu sauté encore tiède.

La première fois que Rina me rendit visite, elle s'installa sur une chaise pliante, croisant et décroisant nerveusement les jambes. Elle portait un bermuda en jean et attirait les regards de Robert, un dépressif, et Alan, qui avait un petit souci avec le feu, qui jouaient aux petits chevaux, quelques tables plus loin.

— Salut, me dit-elle quand je m'assis à côté d'elle.

— Salut.

Elle déglutit.

— Je comprendrais très bien que tu me haïsses, sortit-elle tout à coup. Et d'ailleurs, j'ai failli ne pas venir aujourd'hui.

— Mais enfin, Rina, pourquoi est-ce que je t'en voudrais ?

Elle me regarda bien avant de répondre.

— Je ne savais pas que tu voulais rentrer chez toi à cause de…, ce jour-là. Si j'avais su…

— Personne ne savait.

Voilà, de nouveau, c'était facile. Match nul. Égalité.

— C'est la faute de personne.

— Tu parles ! On sait tous de qui c'est la faute.

Elle secoua la tête, en colère. Rina, c'était la championne des grandes causes.

— Quel pourri ! S'il rapplique, un de ces quatre, je te jure que je…

Je pris une grande inspiration. Quelque part, Matthew me manquait. C'était de la folie, mais contre ça j'étais impuissante.

— Écoute, je ne veux pas parler de lui, d'ac ?

Comme elle me lançait un regard en coin, j'ajoutai :

— J'en parle assez ici, tu vois ?

Elle haussa les épaules, toujours irritée, et secoua la tête.

— C'est bon. De quoi veux-tu qu'on parle ?

Je rassemblai mes jambes sous mes fesses.

— De tout. N'importe quoi. Potins merdiques. Derniers grands scoops, *please*.

Elle sourit et leva les sourcils.

— Cheerleading ou le reste ?

— Les deux !

— Alors accroche-toi, ma poulette !

Rina posa son sac, retira ses sandales pour être plus à son aise. Et je compris tout à coup que Rina, ma meilleure amie, m'avait vraiment manqué.

— Et écoute-moi un peu *ça*...

Il y avait des jours où ça roulait. Je réussissais mon nœud de hauban à l'atelier d'expression artistique, ou une super mayo à proportion égale moutarde huile œuf pour la salade de pommes de terre de l'atelier cuisine. Je réussissais aussi à battre mon père aux cartes, je dormais comme un bébé et me réveillais avec le sentiment d'être reposée, changée, et que, ouf, je voyais enfin le bout du tunnel.

Et puis il y avait les autres jours, où je pensais à Matthew. Je me demandais où il était, ce qu'il faisait. J'avais rangé le collier qu'il m'avait offert dans son écrin et l'avais planqué dans mon tiroir du bas. C'était tout ce qui me restait de lui. Parfois, je le sortais, je le caressais. Je me demandais s'il pensait à moi, et je détestais ce petit pincement dans mon ventre, qui me soufflait que la réponse était non.

Je n'en voulais pas à mes parents ou à Rina. J'en arrivais même presque à ne plus m'en vouloir. Total, j'aurais dû avoir moins de mal à déplacer mon plus gros fardeau sur les épaules du principal responsable : Matthew.

Mais même les bons jours, c'était difficile.

Après tout ce qui était arrivé, comment pouvait-il me manquer ? Mais il me manquait. Oh oui, comme il me manquait...

14.

J'étais à l'Evergreen Center depuis un mois quand maman m'apporta mon courrier : une petite brochure d'information sur les tests d'entrée à l'Université, un tas de devoirs, un catalogue de fournitures pour cheers (qui faisait de la pub pour me vendre des barrettes aux couleurs de mon lycée). Et en haut de la pile, une lettre de Cass et une autre de Corinna.

— Cass se fait du souci pour toi, m'expliqua maman alors que je déchiffrais l'écriture nette de ma sœur sur l'enveloppe. En revanche, je ne sais pas qui t'a écrit l'autre lettre.

Maman partie, je repris le grand couloir lumineux pour regagner ma chambre. Je m'assis sur le rebord de l'une de nos fenêtres pour lire la lettre de Corinna. Je n'avais jamais vu son écriture, que je découvris petite, ronde et très enfantine. Elle avait écrit avec un stylo rouge, et utilisé du papier à en-tête de son hôtel, The Red Rambler In, Tucson, en Arizona.

Chère Catlin,

Maintenant, j'imagine que tu es au courant : j'ai décidé de larguer les amarres. Ça a été plus facile que je ne le pensais. Entre l'électricité régulièrement coupée, le régime pâtes lyophilisées, nous deux, ça n'était plus romantique du tout. Mais David me manque. J'ai beaucoup pensé à lui, durant mon long voyage, et j'ai aussi pensé à toi. J'espère que tu ne m'en veux pas parce que je ne t'ai rien dit, mais je ne voulais pas que ça te retombe dessus.

Tu as été une super amie, Catlin. Sans les bons moments qu'on a passés ensemble, j'aurais craqué.

Ma petite voiture tient toujours la route, même si elle a donné des signes de faiblesse, dans le Tennessee. Je ne perds pas la Californie de vue, mais je dois dire que l'Arizona et le Nouveau-Mexique, c'est vachement intéressant. Il y a quelque chose de serein, qui ressemble à cette heure de la soirée, tu sais, quand le printemps et l'été, les jours deviennent plus longs et que le crépuscule semble s'éterniser. Eh bien, tu vois, c'est comme ça tout le temps ici ! Je suis sûre que tu comprends.

Une fois que je serai arrivée en Californie, je me ferai prendre en photo en haut d'une de ces hautes falaises, avec l'océan derrière moi, et je t'en enverrai une.

Tu me manques beaucoup, et j'espère que tu n'es pas en colère contre moi. Quand je me serai posée pour de bon, promis, je t'enverrai mon adresse.

Avec toute mon amitié, pour toujours,

Corinna.

Je pliai ma lettre avec soin et la remis dans son enveloppe. J'imaginai Corinna dans sa Coccinelle, gérant ses problèmes de radiateur et de pot d'échappement, avec la Californie toujours en tête. J'avais ses bracelets, et c'est d'ailleurs tout ce que j'avais voulu garder, après le terrible soir. Je ne les retirais jamais, même sous la douche. Quand Corinna me manquait trop, je n'avais qu'à soulever ma main pour les laisser tomber en cascade sur mon bras.

Pour la lettre de Cass, j'eus plus de mal : je ne l'ouvris pas ce jour-là, ni le lendemain. L'enveloppe resta au milieu de mon bureau désert. Lorsque j'étais seule dans ma chambre, que je faisais mon lit ou ouvrais mon tiroir à chaussettes, je la regardais toutes les quatre secondes. C'était la première chose que je voyais quand j'entrais dans ma chambre et, à un moment donné, j'ai failli la déchirer.

— De quoi as-tu peur ? me demanda le docteur Marshall tandis que je mâchouillais un Jolly Rancher en regardant par la fenêtre. À ton avis, qu'est-ce qu'elle t'écrit ?

— Aucune idée.

C'était la vérité.

— Ou alors, elle dit la même chose que les autres : ce qui m'est arrivé, c'est sa faute. Elle se sent responsable.

— C'est donc si terrible ?

Je pris un autre Jolly Rancher, et le dépiautai.

— Oui. Parce que j'en ai marre. C'est bon, les autres peuvent arrêter de se sentir coupables maintenant, non ? Parce que ça ne m'aide pas, point.

Le docteur Marshall réfléchit à mes paroles en observant ses mains.

— Ce qui me soûle le plus, c'est ce que Cass pense.

— Et que pense-t-elle ? dit le docteur Marshall en coinçant son stylo derrière son oreille.

Je ramenai mes genoux sous mon menton, une « position défensive », comme on disait dans notre groupe de thérapie collective.

— J'ai toujours été la plus faible des deux. La moins douée. L'éternelle seconde. Celle qui avait le plus de chances de se planter et de foirer sa vie. Et avec ce qui m'est arrivé, j'ai prouvé que c'était vrai. À Cass et aux autres.

Le docteur Marshall prit aussi un Jolly Rancher et le posa sur le bras de son fauteuil.

— Catlin, on en a déjà parlé : ça n'est pas parce que tu es une victime que tu es faible.

— Je sais.

Mais ça aussi, c'était difficile à accepter.

— D'après ce que tu m'as dit sur ta sœur, elle ne semble pas être du genre à te juger froidement.

— Bien sûr que non ! m'énervai-je. Cass ne juge personne. Elle ne fait jamais rien de mal. Elle est plus que parfaite, je vous dis.

Le docteur Marshall leva les sourcils, puis elle prit le Jolly Rancher et le défit sans parler. Dans le silence ambiant, son dépiautage fut assez bruyant.

— Les gens parfaits, dit-elle enfin, vivent dans de jolies petites maisons avec des labradors et de beaux enfants. Ils sentent toujours bon, ne marchent jamais dans les crottes de chien, ne font jamais de chèques en bois ni ne pleurent.

Je levai les yeux au ciel en gobant mon Jolly Rancher.

— De plus, continua-t-elle, les gens parfaits ne partent pas de chez eux sans donner d'explication. Ils ne laissent pas leur famille se tourmenter avec des questions sans réponses. Ils ne les rendent pas fous d'inquiétude et ne laissent pas non plus leur sœur cadette essayer de ramasser les morceaux.

J'avalai ma salive avec difficulté, et me remis à regarder dehors.

— Ta sœur n'est pas parfaite, Catlin. Et d'ailleurs, je suis prête à parier que si tu prenais le temps d'y réfléchir, tu serais étonnée de découvrir que vous avez plus de points communs que tu ne le penses.

Depuis notre première séance, le docteur Marshall essayait de me convaincre que je n'étais pas responsable de ce qui était arrivé ; j'avais essayé de remplir le vide laissé par la fugue de Cass pour consoler mes parents, une tâche impossible puisque que j'étais moi, et pas Cass. Quoi qu'il en soit, j'avais essayé d'être tout ce qu'elle n'était pas, ce qui m'avait conduite droit dans les bras de Matthew. Le docteur Marshall m'avait aussi expliqué que ma colère contre Cass était normale. Ça n'est pas parce que j'étais furieuse contre elle que j'étais une mauvaise sœur, de plus, ça n'est pas parce que Cass était partie de chez nous du jour au lendemain qu'elle était une mauvaise sœur.

Je pensais à Cass, à toutes ses raisons et motivations pour se tirer. Peut-être avait-elle le même élan que Corinna, qui, en panne dans le Tennessee, suppliait sa Coccinelle de la conduire jusqu'en Californie. C'est-à-dire des rêves, des projets et l'unique désir de changer de vie, par la seule force de sa volonté. Moi aussi, j'avais voulu changer de vie, mais je ne m'étais pas tirée de chez nous pour autant !

Après ma session avec le docteur Marshall, je revins dans ma chambre que Ginger quittait pour assister à l'atelier d'expression artistique. On y avait réalisé des tableaux en légumes secs et pâtes de toutes les formes, la semaine dernière, et on allait passer à la vitesse supérieure : sculpter de l'argile. Ginger connaissait bien, elle avait modelé deux cendriers qui n'avaient de cendrier que le nom mais qu'elle exposait sur le rebord de la fenêtre.

— Tu viens ? me demanda-t-elle. J'ai entendu dire qu'on ferait des mangeoires à oiseaux, cette année. Super, la cure de désintoxe, hein ?

— J'arrive. Tu me gardes une place, d'accord ?

— Ouais.

Une fois seule, je m'approchai de mon bureau où je pris la lettre de Cass. Je la soupesai. La reposai sur mon bureau. Et la repris.

« C'est complètement nul. C'est une lettre de Cass, voyons, Catlin ! Ouvre. »

La lettre bien pliée tomba dans mes mains dès que je décachetai l'enveloppe. La belle écriture de Cass s'étendit devant mes yeux, avec mon prénom écrit en gros tout en haut.

CATLIN,

Je ne sais pas par où commencer. Mais s'il y a bien quelque chose que j'ai appris, au cours de ces derniers mois, c'est que parfois, il suffit fermer les yeux et de se jeter à l'eau. Alors soit.

On ne peut pas dire que je sois très fière de moi, de tout ce qui s'est passé au cours de ces derniers mois. Mais je ne regrette pas d'être partie, enfin si tu préfères, d'avoir fait mes choix. Peut-être ne le comprendras-tu jamais, mais d'une certaine façon, j'ai été soulagée de vous laisser tomber. J'ai toujours fait mon maximum pour satisfaire les parents, et devenir ce qu'ils voulaient que je sois. Venir ici, c'était recommencer de zéro, et même si ça fout la trouille, c'était ce que moi je voulais.

Ces derniers jours, je repense beaucoup à l'époque où je t'ai blessée à l'arcade sourcilière avec cette stupide pelle. Tu te souviens ? Tu as remarqué que je me tendais chaque fois que je regardais ta cicatrice sur ton sourcil, parce que je me reproche sans cesse de ne pouvoir rien y changer. C'est tout de même drôle, non ? Surtout que je ne me souviens même pas de t'avoir donné ce coup de pelle.

Tu te rappelles quand Stewart et Boo se sont occupés de nous, lorsque tante Liz est morte ? (peut-être pas, car tu avais quatre ou cinq ans). Maman avait laissé des jouets à Boo pour nous distraire : une usine aux merveilles PLAY-DOH, des livres, des puzzles, de nouvelles Barbie. J'ai joué avec tous les jouets à la fois, ouvrant les boîtes et assemblant à moitié les puzzles en même temps avant de m'en désintéresser et de passer à autre chose. Stewart craquait parce qu'il essayait de me suivre, le pauvre, et il n'y arrivait pas. Et à la fin, je m'en souviens encore très bien, parce que c'est comme une marque au fer rouge dans ma mémoire, Stewart a poussé un gros soupir, et, épuisé, a tourné les yeux sur toi. Tu étais tranquillement assise sur le tapis, avec ta Barbie sur les genoux, et tu regardais un livre d'images avec attention. Tu étais si calme, concentrée, et c'est la première fois où je t'ai enviée.

Tu avais l'habitude de me dire, pour rigoler, que tu me détestais d'être si parfaite. Mais je te jure que ça n'était pas facile, Catlin, d'être tributaire des attentes de papa et de maman, et quelles attentes en plus… Tu as toujours pu faire tes choix en fonction de ce que tu voulais, point. Et à la fin de l'été dernier, je me suis rendu compte que je ne réussirais pas à me trouver en allant à Yale. Maintenant à New York, loin de toutes les idées et projections qu'on a pu avoir sur moi, j'ai le droit d'être qui je veux. Et c'est le plus important pour moi, désormais.

J'ai beaucoup pleuré quand j'ai appris ce qui t'était arrivé. Depuis la journée qu'on a autrefois passée, chez Stewart et Boo et jusqu'à aujourd'hui, tu as toujours su faire tes choix, bons ou mauvais. Mais au moins, c'était tes propres choix. Et depuis que je suis partie de chez nous, c'est à toi que je pense quand je me sens faible, et c'est ta pensée qui me soutient.

Écris-moi quand tu seras prête, et n'oublie pas ta folle de sœur qui t'adore,

Cass.

Je lus la lettre trois fois avant de la replier et de la ranger dans mon tiroir. J'effleurai alors le sachet en plastique où j'avais placé les morceaux de mon autoportrait déchiré en mille morceaux. Je fermai le tiroir et posai le sachet sur mon bureau.

C'était drôle, mais je ne me souvenais pas de cette journée qu'on avait passée avec Stewart quand on était petites. C'est drôle aussi comme la perception qu'on se fait de vous se forme à votre insu. Ma sœur avait eu sa propre vision de mon présent et de mon futur. Seulement, j'aurais aimé qu'elle me tourne la tête pour me les montrer.

Les morceaux de ma photo étaient petits, mais j'en identifiai certains. Je passai quelques minutes à les retourner, comme si je commençais un puzzle. À la fin, je pris l'un des quatre coins, le lissai, et le collai avec soin au dos d'un des précieux mots croisés de Ginger, qu'elle avait jeté.

J'ai le droit d'être qui je veux. Et c'est le plus important pour moi, désormais.

Je trouvais un deuxième coin que je plaçai en diagonale du premier et le collai aussi.

C'est à toi que je pense quand je me sens faible et c'est ta pensée qui me soutient.

Le troisième coin était plus gros qu'un fragment : il totalisait un bon centimètre.

N'oublie pas ta folle de sœur qui t'adore.

Je trouvais mon quatrième et dernier coin que je mis en place, puis je m'assis et je contemplai mon œuvre. Mes quatre coins attendaient d'être remplis, mais je replaçai les autres morceaux dans le sachet. J'allais prendre mon temps, être patiente, pour regarder mon image lentement se recomposer sous mes yeux.

Le docteur Marshall me disait que je ne devais pas me faire d'illusions : je n'oublierai pas Matthew, et ce qui s'était passé. D'une certaine façon, je ne le voulais pas. La nuit, je rêvais souvent de lui. Parfois, Matthew était à la lisière d'un rêve compliqué, adossé contre sa BMW, ce qui me rappelait tous les après-midi où il m'attendait devant le gymnase. D'autres fois, je ne voyais que son visage rouge de colère tout proche du mien, lorsqu'il était sur le point de me frapper. Je me réveillais en sursaut et en sueur, les couvertures entortillées autour de mes jambes, les cheveux humides et collés à ma nuque, paniquée parce que je ne reconnaissais pas ma chambre. Dans le lit voisin, Ginger dormait toujours profondément, et ronflait à peine. Je refermai les yeux et me concentrai sur son souffle jusqu'à ce que je me rendorme.

Mais étrangement, les pires rêves, c'étaient ceux où Matthew n'était pas présent. J'essayai d'arriver à temps à l'endroit où il m'avait donné rendez-vous, mais les obstacles étaient nombreux sur ma route. Parfois, c'étaient des obstacles « normaux » ; je devais louvoyer entre les élèves, dans le couloir du lycée, pour arriver au tournant. D'autres fois, les obstacles étaient surréalistes. Mes jambes refusaient de me porter, ou encore, un rêve se superposait au premier et mettait en scène un bébé qui n'en était pas vraiment un, de plus, je devais préparer des sandwichs alors que je ne trouvais pas le pain. Ces rêves auraient été marrants si je n'avais pas éprouvé une panique en continu parce que je savais qu'il m'attendait. La peur prenait la forme d'une main se refermant autour de ma gorge, et je me réveillais, le cœur battant, pour me rendormir et repartir dans ces mêmes endroits.

Le docteur Marshall m'avait expliqué que c'était ma façon de gérer mes problèmes avec Matthew, de les surmonter comme je le faisais dans son bureau en dévorant sans cesse des bonbons. Je lui avais tout raconté sur les quiz de culture générale, et l'herbe. Comment il m'avait attirée à lui, le premier soir, lors de cette fête. Je lui avais aussi parlé de ce petit élancement en plein cœur, mais tellement déplacé, lorsque je pensais à lui.

— Ton cœur n'est pas un interrupteur que tu peux éteindre, m'expliqua un jour le docteur Marshall. Si tu ne l'avais pas aimé, rien ne serait arrivé. Mais tu l'as aimé. Et accepter cet amour et ce qu'il a entraîné, c'est une façon de lâcher prise.

J'essayais.

Je savais aussi que je devais accepter la fille de la photo que je reconstituais tous les jours. Cette étrangère avec le regard inexpressif, les hématomes jaunes ou bleus, qui était restée silencieuse et avait sombré parce qu'elle l'avait choisi. Ça me faisait mal de penser à cette fille, mais elle faisait partie de moi, comme toutes les Catlin d'avant, et aussi la Catlin que j'essayais de devenir. J'essayais de ne plus être la Catlin qui sortait avec Matthew, ou même celle d'avant lui. Je remontais le passé jusqu'à cette petite fille assise avec sa Barbie et un livre d'images sur les genoux, qui savait gérer sa solitude, dans la sérénité et le calme.

J'aurais aimé revenir au début de mon histoire avec Matthew, presser sur le bouton stop à tel ou tel moment pour empêcher la suite. J'avais la tête farcie de « si seulement » : si seulement j'étais sortie avec Mike Evans. Si seulement je n'avais pas été autorisée à sortir avec Matthew, le soir de notre premier rendez-vous. Si seulement j'avais raconté à mes parents, ou à je ne sais qui, qu'il me frappait. D'un autre côté, j'aurais loupé ma rencontre avec Corinna, ma passion pour les portraits, et même mon séjour dans les Evergreen, qui m'aidait à retrouver mon équilibre. J'avais besoin de tout, en fin de compte, pour mettre le mot fin à ma propre histoire.

Parfois, je remontais au jour, si récent, où Matthew et moi on était au McDo. Le ciel était bleu, le vent, doux. Je me souvenais parfaitement de mon regard sur lui et de la pensée qui l'accompagnait ; dans une autre vie, notre histoire n'aurait-elle pas été différente ?

« Matthew ? » avais-je alors dit.

Je lui avais demandé ce qu'était un éon – un milliard d'années. Il avait levé la tête, lui aussi senti la brise et m'avait souri.

— Matthew.

Parfois, je prononçais son prénom à voix haute, au plus profond de la nuit, même si je savais qu'il ne pouvait me répondre.

Je faisais de plus en plus de progrès. À chaque incursion, balisée par des bonbons, dans le bureau du docteur Marshall, à chaque projet, débile, de l'atelier d'expression artistique (un cendrier infâme, une mangeoire à oiseaux passable, deux nœuds de hauban et un impressionnant collier de perles), et à chaque visite de l'extérieur, j'ajoutai un autre morceau aux deux Catlin que je reconstruisais.

J'essayai d'écrire à Cass à plusieurs reprises, mais je ne savais pas par où commencer. Je sortis mon journal de rêve et je relus ce que j'y avais écrit à l'époque où les mots coulaient sur le papier. Je froissais des pages et des pages, avant de renoncer. Peut-être n'étais-je pas encore prête à raconter cette histoire, même à Cass, d'autant que je ne savais pas encore comment elle finirait.

Je m'étais décidée à mettre une pellicule dans mon appareil photo et avais essayé de prendre des clichés, des objets seulement, des natures mortes. Tirer des portraits, j'en étais pour l'instant incapable. Boo les développait pour moi à l'Arts Center et me les apportait lors de ses visites. On les examinait à la lumière du solarium et on discutait technique en plissant les yeux sur les planches contacts.

Maman et moi, on faisait des promenades de plus en plus longues, et on parlait. De tout. De mon enfance, de la sienne, de Cass qui nous manquait et de son départ qui nous avait changées, elle et moi, en mieux. Je voyais désormais maman en tant que personne, et plus seulement en tant que maman, la reine des ventes de gâteaux et des tartelettes au citron. Et lorsque je fus finalement capable de faire des portraits, c'est maman que je choisis pour premier modèle.

Elle est assise sur une couverture, tandis qu'on termine notre pique-nique, raisin et chocolat. Elle a retiré ses chaussures et a les jambes croisées. Ses cheveux flottent dans la brise de cette fin de printemps, et elle rit, tête rejetée en arrière, yeux fermés tandis qu'elle porte une main (floue) à la bouche.

Mon père et moi, on avait traversé le Gin Rummy, et maintenant, on en était à l'Atout Pique. Comme ça se jouait à quatre, on avait recruté deux mecs de mon étage, un ancien toxico accro à l'héroïne et un maniaque compulsif qui jouait des cigarettes alors que papa et moi, on jouait du fric. Tous les deux on était invincibles aux cartes. À un moment donné, je pris mon père en photo. Dessus, il a les sourcils froncés tandis qu'il observe ses cartes, avec le gars maniaque compulsif en fond, dont la fumée de cigarette s'échappe en volutes de ses doigts. La dernière partie du bouquin, c'était le poker fermé, mais j'espérais être rentrée à la maison d'ici là.

Avec Rina, je redevenais une lycéenne. J'oubliais les séances de thérapie et l'hosto, et les conversations sur mes ressentis et mes problèmes. Rina m'apportait *Cosmo,* des chocolats et une petite radio qu'elle avait fait passer clandestinement et dont elle gardait le volume au minimum.

Un jour, on s'installa dehors sur une couverture, et on se fit une super manucure pendant qu'elle me mettait au courant des ragots sur les cheers, le lycée et Jeff (qui était encore d'actualité, mais elle avait un nouveau béguin en cours : Helmut, un étudiant Allemand qui passait un an aux États-Unis dans le cadre d'un échange international).

Rina avait entendu deux ou trois bricoles sur Matthew. Son avocat avait négocié un arrangement pour les charges (violences, maltraitance émotionnelle et psychologique) qui pesaient sur lui : il passait ses week-ends en prison et effectuait de nombreuses peines d'intérêt général au refuge pour animaux abandonnés dont il nettoyait les cages. Apparemment, il habitait avec Dave et Mingus, dans la fermette jaune, et il ne la ramenait pas trop. Rina l'avait rencontré un soir, et il était passé devant elle sans la regarder.

Je savais que j'avais des chances de le revoir, mais le docteur Marshall ne cessait de me répéter que j'étais en sécurité, et que je le resterais. Même après avoir quitté les Evergreen, je bénéficierais d'un « système de poids et contrepoids », autrement dit, un suivi thérapeutique dans un groupe à raison d'une fois par semaine, ainsi que d'une thérapie familiale avec mes parents et sans eux, pendant au moins un an, pour m'empêcher de repartir en vrille. C'était rassurant, mais la pensée de retourner dans la vraie vie me faisait toujours aussi peur. L'automne dernier, tout le monde ne parlait que de Cass, au lycée. Maintenant, ce serait à mon tour. Et ça ne serait pas facile. Mais j'avais ma famille, mon « système de poids et contrepoids ». De plus, le pire était derrière moi, non ?

Parfois, je pensais à ce qui arriverait, si je voyais Matthew. Me frapperait-il ? Non. J'avais échappé à son emprise. Mais je passais toutes les possibilités en revue. On se croisait dans une fête ou dans la rue. Dans la plupart de ces scénarios, il était en colère contre moi, ou au contraire si gentil que je me sentais faiblir – à peine, mais c'était déjà trop. Dans d'autres cas de figure, il passait devant moi comme si je n'existais pas et n'avais jamais existé ; c'est ce qui me faisait le plus mal. Mais je me forçais à tout imaginer pour mieux me préparer.

J'avais passé tous ces derniers mois sous l'eau, au pays des rêves parmi les sirènes, tout en percevant des voix en surface. Et depuis que j'étais aux Evergreen, j'avais l'impression de nager de toutes mes forces pour remonter : l'eau devenait plus chaude, certes je n'étais pas encore arrivée à la surface, mais je la discernais, ridée par les vaguelettes.

Chaque fois que j'avais peur, je sortais mon autoportrait que je continuais de reconstituer, et je l'observais. La moitié supérieure était presque achevée, mais le bas avait encore des blancs. Çà et là, on voyait le brun de mes cheveux, un morceau de nez, un peu de ma nuque. Le jour où j'aurais fini de recomposer la mosaïque de cette photo, je la mettrais au mur de ma chambre. Cette Catlin-là serait alors réunie à toutes les autres photos de ma collection, et trouverait sa place parmi les visages de ceux que j'aimais.

15.

— Catlin ?

Mon sac à l'épaule, maman se détourna de mon lit désormais dépouillé de ses draps.

Je regardai par la fenêtre, la seule que j'avais eue sur l'extérieur, au cours de ces derniers mois.

— Oui ?

— Tu es prête ?

— Presque.

J'avais toutes mes affaires. Mon cendrier façon bateau ivre, ma mangeoire à oiseaux et toutes mes photos : moi et Ginger, le docteur Marshall, la bouche pleine de bonbons. Celle de moi, que j'avais reconstituée et qui ressemblait à une vraie mosaïque romaine, était planquée entre les pages de mon journal des rêves, que je pressais contre ma poitrine.

— Je te rejoins dehors.

Maman sourit et sortit. J'entendis ses talons dans le long couloir lumineux, tandis que je sortais mon appareil photo de ma sacoche en bandoulière et le réglai.

Un soleil radieux pénétrait par la fenêtre tandis que je me dirigeai vers le miroir et levai l'appareil à mes yeux, en ajustant l'objectif. J'avais bien changé depuis mon arrivée. J'avais repris du poids, mes cheveux étaient plus longs, et mon teint uni. Je portai un T-shirt rouge à manches courtes et mes bras étaient bronzés, grâce à toutes mes balades avec maman, et surtout, sans hématomes, comme n'importe quelle ado.

Je baissai l'appareil à ma taille et l'orientai vers le haut. Puis je posai mon doigt sur le déclencheur, avalai ma salive et souris à la fille dans le miroir. Elle me rendit mon sourire, tête inclinée. Je savais qu'elle comprenait tout : les quiz de culture générale, la course après le temps et l'incident du bac à sable, Cass, les cheerleaders, Matthew, tout. Alors je gardai mes yeux plantés dans les siens, sans ciller, tandis que je pressais sur le bouton, pour prendre le dernier cliché de ma collection. Clic.

Boo et Stewart nous avaient invités à dîner afin de fêter ma première soirée à la maison. Au crépuscule, mes parents et moi, nous traversâmes donc l'herbe humide pour franchir le monticule qui séparait notre jardin du leur. Derrière les baies, la cuisine et le salon étaient plongés dans l'obscurité.

Je m'arrêtai, puis je levai la main pour frapper, mais papa me dit d'y aller.

J'ouvris donc la baie, entrai. Je reconnus les odeurs : celles des fougères de Boo, de la térébenthine, de l'encens au santal qui flottaient toujours chez eux. Devant moi la cuisine était vide. Sur les murs s'alignaient des ombres tarabiscotées.

J'entrai dans le salon et m'approchai du mur où je discernai des cadres.

— Il y a quelqu'un ? appelai-je.

Je m'approchai et vis une photo, au mur.

L'une des miennes. La première que j'avais prise au cours : la vieille dame dans le supermarché, yeux fermés avec son souffle qui formait un petit nuage dans l'air froid. Agrandie, elle était au mur. C'était la première d'une longue série, toutes logées dans des cadres identiques.

— Qu'est-ce qui se passe ici ? demandai-je.

Au même instant, les lumières s'allumèrent. Éblouie, je cillai.

— Surprise ! crièrent des voix.

Je me retournai et vis mon père, ma mère, Boo, Stewart, Rina dans la cuisine qui souriaient et applaudissaient.

Boo s'approcha et passa son bras autour de ma taille.

— J'espère que cela ne te dérange pas, me dit-elle. Mais je sais que tu étais triste d'avoir manqué l'expo. Et ces photos, elles méritaient d'être exposées, Catlin. Elles sont magnifiques.

Je tournai les yeux, et regardai dans le salon, où mes photos s'alignaient sur les murs, chacune parfaite dans son cadre. Tous mes visages, mes objets. C'était mon monde qui se trouvait exposé aux yeux de tous.

Je regardai mes parents qui m'observaient devant les photos les représentant. Je fermai brièvement les yeux et me sentis nager à mouvements redoublés pour gagner la surface.

« Catlin ! » avaient-ils hurlé lorsque j'avais traversé le gymnase lors de ma première performance de cheerleader, avant que tout ne commence.

« Catlin », avait dit Matthew quand on s'était rencontrés à la station de lavage auto, lors de cette nuit froide et étoilée.

« Catlin », avait dit Corinna en riant, un bon millier de fois, alors que de son sofa on regardait les jeux télévisés.

« *Catlin* », avait murmuré maman ce soir-là, sur le trottoir en me berçant.

« Catlin », avais-je dit à voix haute en plaçant le dernier morceau de ma photo et en y reconnaissant le visage que j'y voyais.

Ces voix, je les avais entendues au cours de l'année, tandis que je sombrais et nageais avec les sirènes dans les fonds glacés de l'océan, mais ce fut ma propre voix, ou presque, que j'entendis tout à coup.

— Catlin ?

Je nageai toujours plus vite, attirée par ce son. Non, je n'allais pas couler. Je voyais déjà le ciel, iridescent au-dessus de moi. Et loin derrière, le pays des rêves. Mais pour le moment, je voulais seulement rester entre ces mondes, flotter dans du bleu, tout ce bleu.

— Catlin ?

J'ouvris les yeux juste à l'instant où maman venait à mes côtés, une main sur les lèvres. Ma sœur, Cass, s'avança. J'aurais reconnu son visage n'importe où.

— Catlin..., répéta-t-elle.

Elle s'approcha de moi, cherchant déjà du regard ma cicatrice, se l'appropriant. Je ne savais pas encore quoi lui dire. Mais je savais que j'avais une histoire à raconter, maintenant, la mienne, la nôtre. Et, à cet instant, je me concentrai pour atteindre la surface, puis me sentis tout à coup fendre l'eau qui ruissela sur mon visage, alors que j'émergeais et réussissais enfin à respirer sans assistance.